청년백수를 위한

길 위의 인문학

청년백수를 위한 길 위의 인문학 : 임꺽정의 눈으로 세상을 보다

발행일 초판6쇄 2024년 8월 7일(甲辰年 壬申月 癸卯日) | **지은이** 고미숙 | **일러스트** 한유사랑 |
펴낸곳 북드라망 | **펴낸이** 김현경 | **주소** 서울시 종로구 사직로8길 24 1221호(내수동, 경희궁의아침 2단지) | **전화** 02-739-9918 | **이메일** bookdramang@gmail.com

ISBN 978-89-97969-36-4 03800 | 이 도서의 국립중앙도서관 출판시도서목록(CIP)은 서지정보유통지원
시스템 홈페이지(http://seoji.nl.go.kr)와 국가자료공동목록시스템(http://www.nl.go.kr/kolisnet)에서
이용하실 수 있습니다. (CIP제어번호: CIP2014024560) | **Copyright ©** **고미숙** 저작권자와의 협의에 따라
인지는 생략했습니다. 이 책은 지은이와 북드라망의 독점계약에 의해 출간되었으므로 무단전재와 무단복제
를 금합니다. 잘못 만들어진 책은 서점에서 바꿔 드립니다.

책으로 여는 지혜의 인드라망, 북드라망 **www.bookdramang.com**

※ 이 책은 2009년 사계절출판사에서 출간되었던 『임꺽정, 길 위에서 펼쳐지는 마이너리
그의 향연』의 개정판본입니다.

청년백수를 위한

길 위의 인문학

임꺽정의 눈으로

세상을 보다

고미숙 지음

BookDramang
북드라망

머리말

2008년은 무자년(戊子年)이었다. 무자년은 운기론적으로 불의 해다. 그래서인가. 초장부터 숭례문^{남대문}이 타더니 몇 달 동안 촛불이 꺼지질 않았다. 8월이 오면서 촛불은 꺼졌지만 다음에는 쓰촨성 지진과 베이징올림픽으로 세상이 온통 시끌시끌했다. 나는 그 뜨거운 여름을 『임꺽정』을 읽으며 보내야 했다. 벽초 홍명희가 여름에 태어났기 때문일까. 『임꺽정』은 뜨거웠다. 이열치열로는 그만이다. 처음엔 투덜거렸다. 그 다음엔 희희낙락했고, 세번째 읽을 땐 이미 『임꺽정』이 내 신체와 일상을 잠식해 버렸다. 책은 마치 기다렸다는 듯 내게 말들을 쏟아내기 시작했다. 청년백수 혹은 마이너들에 대하여, 사랑과 우정의 '야생성'에 대하여, 조직과 코뮌의 '이합집산'에 대하여, 또 운명과 '길'에 대하여.

그 인연을 갈무리하기 위해 그해 겨울, 연구실에서 강좌를 열었다. 무려 80명이 넘는 수강생들이 몰렸다. 홍명희의 초상화가 걸린 신문사에서 근무를 했다는 전직 기자, 매주 KTX를 타고 올라온 부산

아가씨, 마트에서 〈임꺽정 떡갈비〉를 판다는 노처녀(?), 『임꺽정』이 막장드라마보다 더 재밌다시던 60대의 위반장님 등등……. 다들 입심이 어쩌나 좋으시던지 강의가 또 하나의 인생극장이요, 말잔치였다. 그 신명과 열기를 담아 이 책 『길 위의 인문학 : 임꺽정의 눈으로 세상을 보다』의 초판을 낸 게 2009년 여름이었다. 제목은 『임꺽정, 길 위에서 펼쳐지는 마이너리그의 향연』! 초판을 펴냈던 사계절출판사는 『임꺽정』과의 인연이 각별하다. 『임꺽정』을 세상에 널리 알리고 싶은 열망이 나에게로 와서 또 하나의 책을 낳았던 셈이다. 새삼 깊은 감사를 드린다.

그리고 다시 5년이 흘렀다. 수많은 사건들이 있었고, 무수한 인연들이 오고 갔다. 무엇보다 『임꺽정』을 통해 많은 청년들을 만날 수 있었던 건 크나큰 행운이었다. 개정판은 내 일상의 거처 〈남산강학원&감이당〉의 이웃사촌인 북드라망출판사로 옮겼다. 5년의 시간이 만들어 준 새로운 인연에 응답하기 위해서다.

*   *   *

개정판을 내는 2014년은 갑오년(甲午年)이다. 동학혁명이 일어났던 120년 전의 갑오년 못지않게 대형 사건들이 이어지고 있다. 특히 4월 16일 '세월호 참사'는 우리 사회를 그 이전과 이후로 나눌 만큼 커다란 분수령이 되었다. 특히 희생자들의 대부분이 10대라는 사실이 뼈에 사무친다. 그들의 죽음은 이제 그 자체로 '시대의 화두'가 되었다.

아울러 세상은 그야말로 백수천국이다. 청년백수는 물론이고 중년백수, 정년백수, 노년백수 등등. 해서, 아예 '청년백수'를 키워드로 삼아 글 전체를 재배치하면서 보태고 덜어냈다. 이제 백수는 더 이상 특별한 존재조건이 아니다. 인간이 밟아야 할 자연스런 스텝 중의 하나다. 생각해 보니 그렇다. 결국 백수로 태어나 백수로 가는 것, 그게 인생 아니던가. 그걸 깨우치는 순간, 백수는 자유인이 된다. 자유를 위한 '삶의 기예', 그것이 백수의 인문학이다. 이런 취지에서 2014년 봄 CBS의 〈세상을 바꾸는 시간, 15분〉(일명 '세바시')에서 백수의 정치경제학으로 강연을 하기도 했다(관심있는 분들은 '세바시 유튜브'를 참조하시길). 아울러, 〈남산강학원&감이당〉 안에서도 백수들을 위한 다양한 비전을 모색, 실험 중이다.

하여, 나는 소망한다. 우리 시대 청년백수들이 청석골 칠두령의 배짱과 의기를 터득할 수 있기를. 부디 갖바치의 눈부신 비전과 지성에 접속할 수 있기를. 무엇보다 밥과 우정과 유머로 이어지는 '달인들의 향연'을 만끽할 수 있기를!

2014년 가을 남산 아래 햇살 좋은 곳,
깨봉빌딩 3층 〈남산강학원&감이당〉 카페에서
고미숙

차례

인트로

—

'집의 시대'에서
'길의 시대'로

존재는 홈리스고, 존재는 노숙한다. (고병권, 『추방과 탈주』)

바야흐로 길의 시대가 도래하였다. 농민, 노동자와 회사원이 거리로 내몰린 지는 이미 너무나 오래되었다. 비정규직과 이주민들이 거리를 메우게 된 것도 더 이상 새로운 현상이 아니다. 한데, 여기에 더해 이젠 청년들, 특히 대졸자들이 백수가 되어 길 위로 내몰리고 있다. 우리 시대 대학생들은 '청년백수'의 다른 이름이다. 대학을 가기 위해 죽어라고 공부하고, 대학에 가선 학점과 스펙에 목숨을 건다. 그러고 나선? 백수가 된다! 이게 우리 시대 청춘의 자화상이다. 그렇다고, 이것이 청년기에 거쳐야 하는 통과의례인가, 하면 그것도 아니다. 중년이 되어서도, 혹은 정규직에 무사히 골인한 뒤에도, 누구나, 언제든지 백수가 될 수 있다. 요컨대, 이제 거의 모든 사람들은 '잠재적인' 백수로 살아가게 되었다. 백수——속어이자 비어였던 이 낱말이 당당하게(!) 정치경제학적 용어로 부상하는 순간이다.

그와 더불어 집을 중심으로 만들어졌던 '모든 고정된 것들이 연기처럼 사라지고' 있다. 가족 혹은 집의 의미, 사랑과 행복의 가치, 생로병사의 과정 등. 이 가운데 어느 것 하나 고정된 것이 없다. 모든 것이 다 흔들리고 또 흘러간다. 개중에는 유령처럼 떠도는 것들도 있고, 아주 돌발적으로 생성되는 것들도 있다.

한데, 이런 시대에, 나는 왜 하필! 『임꺽정』을 읽었던 것일까?

『임꺽정과의 마주침』 : 우연이 '시절인연'을 만나면?

세상만사 늘 그렇듯, 시작은 어디까지나 우연이었다. 내 인생은 2003년을 기점으로 그 전과 후로 나뉜다. 2003년 봄에 연암 박지원의『열하일기』를 '리라이팅'(『열하일기, 웃음과 역설의 유쾌한 시공간』)하면서 고전평론가가 되었고, 그 이후 나는『열하일기』의 자장 속에서 살았다.『열하일기』의 청소년 버전을 내고,『열하일기』를 번역하고,『열하일기』에 대한 강연을 하고.『열하일기』는 내 사유와 일상의 원천이었다. 덕분에 수많은 길을 만나게 되었다. 루쉰을 만나고,『동의보감』을 만나고, 근대성의 기원을 만나고…… 그 와중에『임꺽정』이 내 일상에 툭! 끼어들었다. 20세기가 낳은 불멸의 고전인『임꺽정』을 우리 시대 독자들에게 알려야 할 소명이 주어진 것이다. 왜? 고전평론가니까. 결국 이 또한『열하일기』가 맺어 준 인연이었던 것.

처음엔 몹시 당혹스러웠다. 일단 분량에 압도당한 탓이다.『임꺽정』은 무려 열 권이다. 미완성이기에 망정이지 다 완성했더라면 정말 큰일 날 뻔했다(ᄊ). 처음에 내가『임꺽정』을 들고서 투덜거린 건 이 때문이다. 이렇게 길고 장중한 호흡은 내 스타일이 아니야. 그리고 내용도 뻔하잖아, 뭐? 민중의 수난, 저항과 반역, 장렬한 최후 등등. 알다시피,『임꺽정』은 1980년대에 주목받은 베스트셀러다. 시대를 주름잡던 희대의 화적패가 중앙권력과 맞짱뜨는 작품인 데다 작가 홍명회洪命憙는 북한에서 부수상까지 지낸 거물이다. 그러다 보니,

당연히 금서였다. 금서가 되어야 베스트셀러가 되던 시대니 책으로 선 행운이었던 셈. 덕분에 독자들의 사랑을 듬뿍 받았다. 한때 드라마로 '뜬' 적도 있다. 임꺽정 역을 맡았던 배우의 목소리가 지금도 귀에 생생하다. 어찌나 우렁차고 울림이 크던지. 허나, 세상엔 공짜가 없는 법. 그런 사랑과 행운이 이 작품에는 아주 육중한 족쇄가 되었다. 민중과 저항, 역사소설, 리얼리즘 등의 코드로 가득찬 족쇄. 나 역시 무의식적으로 거기에 매여 있었다.

첫번째 완독 후, 나는 더 이상 투덜거리지 않았다. 대신 강렬한 의문에 휩싸였다. 우선, 꺽정이를 포함한 칠두령은 의적이 아니었다('청석골 칠두령'은 '꺽정이, 유복이, 봉학이, 막봉이, 천왕동이, 곽오주, 배돌석이'를 말한다). 의적이 되고자 하지도 않았다. 백정들과 계급적으로 연대하려고 한 흔적도 없다. 대신 자존심들은 억수로 세다. 그들의 반역적 파토스는 이념이 아니라, 그 야생적 생명력에서 분출된다. 이건 계급의식이나 저항성과는 전혀 다른 속성이다. 이게 대체 뭐지? 원초적 본능 혹은 야만적 객기? 헷갈렸다. 거기다 내가 홀딱 '깬'건 말발이었다. 무슨 화적들이 이렇게 입담이 좋은가? 특히 오두령과 노밤이의 입담은 가히 입신의 경지였다. 또 '너미룩내미룩', '가리산지리산', '뻭쓰다', '왕청 뜨게' 등 지금은 사라진 질펀한 구어들이 대향연을 펼치고 있었다. 이 말들을 써 보고 싶어 혓바닥이 근질근질할 지경이었다.

두번째 읽으면서 눈이 환해졌다. 그렇구나! 꺽정이는 굳이 의적이 될 필요도, 저항의 화신이 될 필요도 없었다. 그저 자신의 길을 거침없이 갔을 뿐이다. 벽초는 다만 그것을 '있는 그대로' 그렸을 뿐이고. 그런데 왜 우리는 꺽정이를 계급적 저항에 불타는 영웅으로 기억하고 싶었던 것일까? 1980년대를 풍미한 리얼리즘과 민중문학의 명제들이 그렇게 호명했기 때문이다. 한데, 이 명제들은 어디까지나 '근대적 소설'을 바탕으로 한 이론이다. 하지만 김윤식 선생님 말씀처럼 『임꺽정』은 소설이 아니다. 대하소설 『임꺽정』이 소설이 아니라구? 그렇다. 소설이 아니라 '이야기'다. 이야기란 근대 이전 구술문화 시대의 서사양식이다. 작가가 "순 조선적 정조"로 쓰겠다고 선언했을 때 바로 이 점을 염두에 두었던 것이리라. 이야기와 소설, 둘 사이에 우열 같은 건 없다. 다만 사건과 서사를 조직하는 방식이 다를 뿐이다. 『임꺽정』의 서사들은 하나하나가 다 사료에 근거하고 있다. 한마디로 모든 것이 다 '팩트'다. 벽초 홍명희는 정사와 야사, 각종 설화 등에 존재하는 크고 작은 '팩트'들을 이리저리 엮어서 거대한 서사의 그물망을 직조해 냈다(임형택·강영주 편, 『벽초 홍명희와 임꺽정의 연구자료』, 사계절, 1996). 와우~ 벽초가 천재인지는 모르겠으되, 달인인 것만은 틀림없다. 퍼즐의 달인, 퀼트의 달인, 취재의 달인! 이 파노라마가 보이는 순간 나는 무릎을 쳤다. 아뿔싸! 이걸 미리 보았더라면, 내 공부가 덜 빈곤했을 터인데. 나는 명색이 조선 후기 전공자다. 조선 후기 시조사로 박사학위를 받았다. 나름 자료를 뒤졌다고 뒤졌건만 그 생생한 현장은 한번도 접하질 못했다. 그런데, 이 작품 속엔 내가 그토록 보고 싶었던 현장들이 고스란히 재현되어 있었다. 한량패들이 기생을 차지하기 위해 시조창으로 배틀을 하는 장면하며 사설시조에 자주 등장하는 여성들의 화끈한 성풍속과 청춘남녀의 생기발랄한 사랑법, 거기다 팔자 세탁(?)을 위해 남자를 보쌈하여 하룻밤을 보낸 뒤, 쥐도 새도 모르게 죽여 버리는 '살벌한 풍속'에 이르기까지. 어디 그뿐인가. 갖바치를 통해 유儒·불佛·도道, 삼교가 역동적으로 교차하는 장면은 단연 압권이다. 「봉단편」, 「피장편」, 「양반편」까지 이어지는 스토리는 그야말로 조선 전기 사상사의 백과사전이라 할 만하다. 화담 서경덕, 청년 퇴계와 남명 조식, 토정 이지함 등 '레전드'급 인물들이 수시로 출몰한다.

　　다시 세번째 완독. 아! 그때였던 것 같다. 소설『임꺽정』이 내 일상과 신체를 잠식하기 시작한 것은. 나는 더 이상 투덜거리지도 의아해하지도 않았다. 이젠 마음놓고 즐기기 시작했다. 길 위에서 펼쳐지는 칠두령의 사랑과 우정, 자유와 열정, 그리고 반역과 전복의 여정을. 그들이 만들어 낸 말과 행위들은 나의 몸 속으로 들어와 끊임없이 세포들을 도발하기 시작했다. 온몸을 근질거리게 하고, 주먹을 불끈 쥐게 하고, 배꼽을 잡고 뒹굴게 하고, 더할 나위 없이 고양시키는가 하면, 한없이 쓸쓸하게 만들기도 했다. 결국 나는 항복하고 말았다. 그리고 결심했다. 이 모든 '느낌과 말'들을 다 토해내 버리기로. 세상 속으로 과감하게 흘려보내기로.

초판을 냈을 때가 2009년. 그 전해인 2008년 가을, 미국발 금융 위기가 터지면서 신자유주의가 드디어 파산에 이르렀다. 경제적으로뿐 아니라, 삶의 비전으로서도 신자유주의는 완전히 붕괴하고 말았다. 그것이 구축한 삶과 행복의 가치가 말짱 거품이자 신기루였음이 백일하에 드러났기 때문이다. 그리고 사람들이 거리로 쏟아져 나왔다. 비정규직으로, 백수로, 노숙자로. 바야흐로 '길의 시대'가 열린 것이다. 하필 그때, 내가 『임꺽정』에 빠져 있던 그 시간에 말이다.

다시 개정판을 내는 지금은 2014년이다. 그 사이에 5년여의 시간이 지났다. 2014년은 갑오년甲午年이다. 120년 전 갑오년(1894)에는 동학혁명이 일어났다. 갑오년의 운세가 너무 '센' 탓일까. 봄이 한창 무르익은 4월 16일, 세월호 참사가 온 나라를 절망과 분노, 부끄러움으로 뒤덮어 버렸다. 2008년 금융위기가 사람들을 길 위로 내몰았다면, 세월호 참사는 사람들의 영혼을 망망대해로 내몰았다. 대체 뭐가 잘못된 것일까? 어떻게 해야 이 '깊은 슬픔'에서 벗어날 수 있을까? 과연 그런 길이 있기나 한 것인가? 하지만 한 가지는 분명하다. 120년 전 동학혁명이 그랬던 것처럼, 이제 결코 4월 16일 이전으로 돌아갈 수는 없다는 것. 그 이전처럼 살아갈 수는 없다는 것. 그래서 또 묻게 된다. 나는 왜 하필! 이때 『임꺽정』을 다시 만나게 된 것일까?

모든 시작은 우연이다. 우연은 또 다른 우연을 낳는다. 이런 우연의 연쇄고리들이 문득 '시절인연'을 만나면? 필연이 된다. 아니, 운명이 된다!

백수의 향연 혹은 '마이너리그'

나는 '본투비'(born to be) 백수다. 백수팔자를 타고났다는 뜻이다. 처음, 대학을 마쳤을 땐 청년백수였다. 그때는 대학을 나오면 대부분 취업을 하던 시절이라, 너무 창피해서 하늘 아래 고개를 들 데가 없었다. 간신히 한 출판사엘 들어갔는데, 뭔 놈의 출판사가 책을 못 보게 하는 거다. 9시에 출근해서 하루 온종일 교정지만 쳐다보고 있다가 6시 '땡!' 치면 다들 벌떡 일어나 짐을 싸는, 참 어이없는 회사였다. 돌이켜 보니 그게 내 인생의 유일한 정규직이었다. 그렇게 10개월쯤 다니다 때려치우고 대학원엘 갔다. 알바로 등록금을 벌면서 박사학위까지 마쳤다. 하지만, 이번에도 역시 정규직 진출엔 실패! 당시 유행어였던 '박사실업자'가 된 것이다. 대졸 때만큼은 아니지만, 그래도 창피하긴 마찬가지였다. 그래서 시작한 것이 '지식인 공동체'다(1997년 〈수유연구실〉에서 시작하여 지금은 〈남산강학원&감이당〉에서 활동 중이다). 어차피 백수인생, 공부나 맘 편히 해보자는 심정으로. 덕분에 공부도 맘껏 하고, 친구들도 원없이 사귀었다. 백수의 자유를 충분히 누린 셈이다. 그러면서도 뭐랄까 여전히 극복하지 못한 어떤 부끄러움 같은 게 있었다. 연암 박지원이 평생을 프리랜서로 지낸 걸 알고서 환희용약한 것도 어쩌면 그런 콤플렉스가 작동한 건지도 모르겠다. 그런데『임꺽정』은 그 이상이었다. 한방에 모든 자의식을 깨끗이 날려 주었다.

『임꺽정』의 칠두령은 하나같이 백수들이다. 특별한 직업이 없다는 뜻이다. 사농공상士農工商에서 '농공상'의 범주에도 들지 못한다. 한마디로 다 '노는 남자들'이다. 하기사, 칠두령만 그런 것도 아니다. 당대 최고의 지성인인 갓바치도 그렇고 갓바치가 길 위에서 마주치는 사람들 역시 거의 다 그렇다. 특별한 직업이 없거나 있어도 '있는 둥 마는 둥' 하다. 그렇다고 이들이 궁상맞게 사는 건 절대 아니다. 사랑과 우정, 공부와 놀이 면에서 우리보다 조금도 꿀리지 않는다. 꿀리기는커녕 훨씬 더 풍요롭다. 그래서인가. 이들에겐 콤플렉스 같은 게 없다. 신분차별이 뼈에 사무쳤을 텐데도 결코 주눅드는 법이 없다. 을묘왜변이 일어나자 봉학이와 껙정이는 함께 참전하기로 한다. 그런데, 면접에서 껙정이가 탈락했다. 백정 출신이라 군의 사기를 떨어뜨릴 위험이 있어서라나. 별 망할 놈의 세상 다 보겠다며 봉학이가 길길이 뛰었다. 껙정이의 결단. "너는 너대로 전장에를 나가거라. 나는 나대로 전장에를 나갈 터이다." "어떻게 나간단 말이오?" "혼자 나가면 못쓰느냐?"(3권 384쪽) 오홋, 이 배짱! 이 자존심!

그렇다. 껙정이는 요즘말로 치면, '비국민'이다. 그런데도 절대 기죽지 않고 자신의 길을 간다. 양반과 세상에 대한 분노와 저항만이 아니라, 그런 가치들을 훌쩍 뛰어넘는 자유를 함께 누리는 것이다. 이 대목에서 나는 정말 '감동먹었다'. 천민에다 백수면서도 이렇게 당당하고 떳떳할 수 있다니. 따지고 보면 너무나 당연하다. 조선의 선비들도 그렇지만, 그리스 시대에도 자유인은 직업이 없는 이들이었다. 정규직에 종사하는 이들이 바로 노예였다. 평생 한 가지 직장과 노동에 붙들려 있는 것, 그것이 노예의 저주받은 숙명이었다. 그런데 우리는 왜 이토록 정규직을 열망하는가? 과연 그게 자연스러운 생존본능일까? 백수는 임금노예인 정규직을 얻지 못해서 안달복달하고, 정규직은 언제 거리로 내몰릴지 몰라 안절부절하고. 그래서 결국 백수나 정규직 모두 노예가 되어 버리는 이 기막힌 현실! 이 모순과 부조리 앞에서 우왕좌왕하는 우리들에게 꺽정이와 그의 친구들은 말한다. 제발 그렇게 삶을 방기하지 말라고. 자기 자신을 좀 믿어 보라고. 길 위에도 얼마든지 '자유의 새로운 공간'이 존재한다고.

핵심은 역시 네트워크다. 낯설고 이질적인 존재들과 접속하여 새로운 관계를 만들어 낼 수 있는 능력, 길 위에서 살아가려면 무엇보다 이게 관건이다. 우정과 의리를 목숨보다 소중하게 여겨야 하는 이유도 여기에 있다. 우정과 의리는 기본적으로 수평적 윤리다. 이 윤리를 능동적으로 체득할 수 있다면 언제 어디서건 새로운 관계와 활동을 조직할 수 있다. 칠두령은 피를 나눈 형제가 아니다. 하지만 그들의 사랑은 연인보다 짙고 핏줄보다 더 질기다. 청석골은 그런 인연들이 얽히고설켜서 만들어진 일종의 '인디언 요새'다.

추방당한 존재들이다 보니 이들에겐 정착민의 규범이 없다. 어떤 권위나 습속에도 예속될 필요가 없다. 대신 현장이 요구하는 윤리적 규칙들이 그때그때 만들어진다. 이들을 움직이는 건 유동성과 야생성이기 때문이다. 하여, 이들은 단지 추방당한 자들이 아니라, 탈주하는 자들이기도 하다. 정착민들은 상상조차 하기 어려운 '삶의 기예'

를 창조하는 탈주자들. 추방과 탈주의 동시성──백수의 향연이 '마이너 리그'가 되는 건 바로 이 순간이다.

어떤가? 그야말로 '길의 시대'에 필요한 능력과 기술이 아닌가. 이 역동적 비전을 세상에 널리 전파하는 전령사가 될 수 있다면 더할 나위 없는 영광이겠다. 그리하여 길이 곧 삶이 생성되는 장소가 되기를! 그 생성이 이 세계를 한없이 불온한 열정으로 뒤덮을 수 있기를!

1장

길 위의 경제

청년백수와 직업

노는 남자들

✿
✿ ✿
✿

"너 어디 사느냐?"

"양주 읍내 삽니다."

"나이 몇 살이냐?"

"서른다섯 살입니다."

"부모와 처자가 있느냐?"

"아버지가 있고 처자도 있습니다."

"네 집에서는 농사하느냐?"

"아닙니다. **아무것도 안 하고 놉니다**."

"아무것도 아니하고 놀아? 네 아비는 무엇하는 사람이냐?"

"소백정입니다."

(3권 381쪽, 강조는 인용자)

꺽정이는 직업이 없다. 땅이 없으니 농사를 부쳐 먹을 수도 없고, 아비가 백정이라 백정 일을 열심히 거들 것 같지만, 천만에 말씀이다. 그런 건 생각조차 해본 적이 없다. 한마디로 '노는 남자'다. 그럼, 뭘 먹고 사는가? 본인의 말을 빌리면, "그럭저럭 먹고산다". 사지 멀쩡한, 아니

원기왕성한 젊은 남자가 아무것도 안 하면서 그럭저럭 먹고살 수 있다니. 전후맥락은 차치하고 일단 놀라운 일 아닌가.

덕순이는 꺽정이의 양반 친구다. 한양 집을 처분하고 시골로 내려갈 즈음, 덕순이가 큰집은 하인들에게 맡기고 아우 집은 팔기로 했지만 자신의 집은 어떻게 할 계획이 없다고 하자, 꺽정이가 그러면 그 집에 자신이 올라와서 살까요 하고 묻는다.

"좋지. 그렇지만 올라와서 살 수 있겠니?"

"장난의 말이오. **누가 귀찮게 살림하고 살겠소. 얹히어 먹는 것이 편하지.**"

"너는 생전 살림 아니할 작정이냐? 너의 아버지도 늙은이니 얼마 아니 가서 푸줏간을 네게 내맡길라."

"**우스운 소리 마시오. 내맡기면 누가 맡소?**"

"푸줏간이라고 아니 맡아?" ……

"내가 부모의 천량개인 살림살이의 재산을 맡는다면 고대광실보다는 푸줏간을 맡겠소. 고대광실 무엇하오? 푸줏간에는 피나 있지만."

(3권 85쪽, 강조는 인용자)

엎혀 먹는 게 더 편하다, 아비가 생업을 맡겨도 절대 맡을 생각이 없다? 이 떳떳함 아니, 뻔뻔함은 대체 뭐지? 참 '걱정'되는 인물이다. 하긴, 그래서 이름도 '꺽정이'다. 문제는 그의 친구들 역시 크게 다르지 않다는 거다. 꺽정이의 처남 천왕동이는 서른이 넘도록 빈둥거릴 뿐 아니라, 장기에 미쳐 온종일 장기방에 붙어 있다. 그러면서도 식구들한테 미안해하는 기색일랑 일절 없다. 꺽정이의 어릴 적 친구 유복이는 이십대를 앉은뱅이로 지냈으니 더 말할 나위도 없고, 길막봉이는 소금장수로 이곳저곳을 떠돌아다니지만 장사보다는 술 마시는 게 주업이다. 곽오주는 머슴살이를 하긴 하지만, 그렇다고 평생 묶여 있는 정규직(?)은 아니다. 수틀리면 언제든 보따리를 쌀 준비가 되어 있는, 일종의 비정규 계약직이다. 배돌석이는 고향 김해에 있을 때부터 술로 세월을 보낸 위인이다. 그럼 살림은 어떻게 꾸렸지? ──농사고 장사고 할 줄도 모르면서 알코올중독자인 그는 일명 '등처가'. 의붓어머니와 아내의 방아품팔이로 먹고산다. 그리고 보면, 등장인물 가운데 멀쩡한 정규직은 봉학이뿐이다. 공방비장과 정의현감에, 임진별장까지 꽤나 괜찮은 직위를 전전했다. 하지만 그건 훗날의 일이고, 그 역시 청년 시절엔 외할머니와 외삼촌에게 엎혀살았다.

요컨대, 꺽정이와 그의 친구들은 '노는 남자'들이다. 이들은 세상의 차별과 모순에 대한 울분은 강렬했을지언정, 땅이나 직업에 대한 욕구, 가족의 생계를 책임져야 한다는 '가장콤플렉스' 같은 건 전혀 없었다. 그런데도 그럭저럭 먹고들 산다. 어디 그뿐인가. 놀랍게도 이들은 모두 달인들이다. 봉학이는 명사수고, 유복이는 댓가지(표창)의 달인, 천왕동이는 축지법 도사요, 돌석이는 돌팔매의 고수며, 곽오주와 막봉이는 천하장사에 속한다. 주인공인 꺽정이는 하늘이 내린 장사에다 검과 말타기에 있어 타의 추종을 불허한다. 놀면서도 당당하고, 심지어 배울 건 다 배운다(이럴 수가!).

솔직히 충격이었다. 우리는 단군 이래 가장 풍요롭다는 시대에 살고 있다. 그런데 왜 이렇게 늘 바쁘고 분주하지? 그러면서도 늘 초라하고 부족하게 느껴지지? 백수들이야 그렇다치고 고액의 연봉을 받고도, 평생 직장에 매여 있으면서도 늘 가족들한테 미안함과 죄의식을 느껴야 하는 가장들은 또 얼마나 많은가? 심지어 정년 이후에도 또 사업을 벌이거나 주식투자를 해야 한다. 무언가를 마음놓고 배운다거나 누구한테 얹혀산다거나 하는 건 상상조차 하기 어렵다. 대체 뭐가 잘못된 것일까? 아니, 그 이전에 무슨 영광을 보자고 이렇게 자신을 혹사시키며 사는 것일까?

이 미스터리를 풀어 보면 조선조 부락공동체의 경제구조를 파악할 수 있을뿐더러, 우리 시대 백수들의 '생존노하우'를 터득할 수 있을지도.^^

과객질과 무명

✿
✿ ✿
✿

판소리 「흥보가」 중에 '놀부 심술타령'이란 아리아(!)가 있다. 애호박에 말뚝박기, 우물가에 똥누기, 똥누는 아이 주저앉히기, 상가집에서 춤추기, 불난 데 부채질하기, 배앓는 아이 살구 주기 등 상상을 초월하는 심술들이 펼쳐진다. 일종의 심술의 미학적 탐구라 할 만한데, 그중 '베스트 오브 베스트'에 해당하는 종목이 두 가지 있다. 하나는 '물동이 이고 가는 여인 두 귀 잡고 입맞추기'. 또 하나는 '길 가던 과객 재울 듯이 붙들었다 해 지면 내쫓기'. 생각만으로도 웃음보가 절로 터진다. 이 정도면 미학을 넘어 '도(道)'의 경지라 해도 좋을 지경이다. 특히 압권은 후자다. 지나가는 길손을 일껏 붙들었다 해가 저물면 밖으로 내몰다니. 당시 풍속으로선 정말 몹쓸 짓이었다.

『임꺽정』의 인물들은 끊임없이 어디론가 이동한다. 원수를 갚으러, 친구를 만나러, 장기국수를 찾아, 포도청의 추적을 피해, 산천유람을 하러 등등. 그런데, 그렇게 떠돌아다니면 숙식을 어떻게 해결하지? 주로 과객질로 해결한다. 길 가던 과객을 재워 주고 먹여 주는 풍속이 일반화되었던 것이다. 예컨대 이런 식이다. 황천왕동이가 누구를 찾아 떠돌아다니던 때였다. 하룻밤을 묵으려고 이집 저집 기웃거리다 한 곳을 찍었다. 이유는 그 주인 사내의 생긴 품과 분위기가 촌농군답지 않게 훌륭한 말벗이 될 듯해서다. 생긴 대로 호락호락하지 않은 주인장, 집이 '협착'하여 손님을 재울 수 없다며 천왕동이에게 다른 데로 가 보라고 한다. 이에 더 만만치 않은 천왕동이의 한방!

"내가 유년 과객질을 하구 다녔어두 한번 자자구 청한 집에서 못 자본 일이 없소."(7권 405쪽)

호오, 과객질에도 '유경력자'가 있다?! 부탁하는 처지에 자신의 경력을 내세워 당당하게 요구한다. 이렇게 바락바락 우기면 주인도 대책이 없다. 때로는 주인이 안방을 비우고 옆집에 가서 자기도 한다. 그리고 재워 주려면 당연히 끼니도 해결해 줘야 한다. 1권 「봉단 편」의 주인공인 이장곤처럼 하룻밤 묵었다 병으로 몸져누우면 병구완도 해줘야 한다. 그러니 놀부의 심술이 얼마나 몹쓸 짓인지 짐작할 수 있다. 일부러 붙들었다 해질녘에 내쫓는 건 놀부 같은 배짱과 심술보가 아니고선 감히 저지르기 어려운 행태였다.

물론 주인이 일방적으로 서비스를 제공하기만 하는 건 아니다. 주인 쪽에선 과객을 통해 전국 방방곡곡의 뉴스를 주워들을 수 있다. 궁중 한복판에서 벌어진 일도 하루 이틀 사이에 시골 구석구석까지 퍼진다. 다 과객들의 입을 통해서다. 걸어 다니는 인ᄉ터넷망이라고나 할까. 그래서 과객질을 잘하려면 말발이 좋아야 한다. 아닌 게 아니라, 『임꺽정』의 인물들은 다 이야기의 달인이다. 말 한마디에 천냥 빚을 갚는다고, 말만 잘 하면 하루 이틀 '밥과 잠'이야 절로 해결된다. 수백 리 밖에 사는 친구를 만나러 가는 것, 이름난 스승이나 명인을 찾아 팔도를 떠도는 것, 아무 대책 없이 산천유람을 나서는 것 등이 자연스런 일상이 될 수 있었던 것도 다 이 때문이다.

이렇게 시공간들이 서로 연결되어 있다 보니 낯선 존재에 대한 두려움도 별로 없다. 의기투합하면 바로 친구가 된다. 유복이가 원수를 갚으러 가다가 도적 둘을 만났다. 한 명은 튀고 한 명은 남아서 유복이가 그 집으로 가서 하룻밤을 묵었다.

손님이 주인과 한 사발 밥을 같이 먹자고 하다가 주인의 어머니가 그 아들과 한 그릇 밥을 반씩 나눠 먹게 되어서 밥 가지고 실랑이 하던 것이 끝이 났다. 유복이가 주인의 모자간 사랑을 진수성찬보다 맘에 더 좋게 여기어 밥 한 사발을 달게 먹고 그날 밤 밤이 들도록 주인과 서로 이야기하였다. (4권 89~90쪽)

'모자간 사랑을 진수성찬보다 더 좋게 여기어 밥을 달게 먹었다'는 대목에서 가슴이 뭉클해진다. 아마도 그 순간 유복이는 돌아가신 어머님 생각에 코끝이 찡했을 것이다. 그렇게 험궂게 살았지만 유복이는 타고난 심성을 하나도 손상시키지 않았다. 얼마나 기특한가! 또 거룩한가! 이것이 곧 유복이가 지닌 '삶의 내공'이다. 하룻밤에 만리

장성을 쌓는다고, 유복이와 신불출이(도적이자 주인 사내의 이름)는 하룻밤에 십년지기가 되었다.

이런 장면은 지금 같은 아파트 천국에선 상상조차 하기 어렵다. 이 시절에 비하면 우리 시대 주택의 규모는 엄청나게 크고 화려하다. 그럼에도 과객은커녕 사촌, 아니 부모 자식간에도 며칠씩 편안하게 묵어 가기가 만만치 않다. 더구나 같은 방에서 잔다는 건 언감생심이다. 그런 점에서 근대 도시인들이 겪는 외로움과 고독은 결국 자업자득이다. 타자를 받아들일 공간이 없으니 타자 또한 나를 받아줄 리가 없지 않은가. 그래서 결국 집을 채우는 건 사람이 아니라 인테리어가 되어 버린다. 인테리어를 위해 넓은 평수가 필요하고, 그래서 엄청난 대출을 받아야 하고, 그걸 갚기 위해 오랫동안 과로와 스트레스를 감내해야 하고… 됐다, 그만 하자! 말을 할수록 서글프고 한심해진다.

마지막으로 경제상식 하나. 유복이는 불출이의 집에서 묵고 난 뒤, 다음날 그의 어머니한테 무명^{면포} 한 필을 선물한다. 웬 무명? 무명이 화폐였기 때문이다. "1678년 상평통보가 발행되기 이전에는 화폐가 널리 유통되지 않았다. 15세기 초까지는 삼베가 주된 물품화폐였으나 15세기 전반에 무명이 널리 보급되면서 물품화폐의 주종은 삼베로부터 무명으로 바뀌었다."(한국역사연구회, 『조선시대 사람들은 어떻게 살았을까』 1권, 청년사, 1996, 121쪽) 은화가 화폐의 역할을 하긴 했지만 그건 아주 고액권에 속했고 일반 서민들은 물품화폐를 훨씬 선호했다. 돈이면서 동시에 선물이었던 것. 그래서 작품 전체에 걸쳐 무명, 상목^{上木 품질이 좋은 무명} 같은 낱말들이 끊임없이 등장한다. 물건 값으로, 노잣돈으로, 세금으로, 선물로 등등.

연암 박지원의 『열하일기』에 보면 중국인들이 조선사신단에게 청심환을 달라고 떼쓰는 대목이 자주 나온다. 중국에도 청심환은 있지만 대개가 짝퉁이었고, 조선은 청심환 제조를 국가가 직접 관장했기에 조선 청심환은 진짜였기 때문이란다. 청심환이 일종의 화폐 역할을 했던 셈이다. 무명과 청심환, 똑같은 화폐라 해도 우리 시대의 돈과는 전혀 다른 느낌을 자아낸다. 물품화폐에는 인간이 태생적으로 지니고 있는 '선물본능'이 담겨 있어서다. 화폐가 교환의 유일한 척도가 되는 순간, 그 본능은 흔적도 없이 증발되어 버린다(카드나 주식 따위는 말할 나위도 없고). 이 원초적 본능을 되살릴 수 있는 경제적 노하우가 절실하게 요청된다. 예컨대, 물품들 간의 활발한 순환에 접속하거나 아니면 돈을 선물로 변환하는 네트워크, 이를테면 증여와 순환의 원리를 터득하거나. 방법은 무궁무진하다. 돈과 상상력이 결합할 때 사건과 서사가 탄생한다. 꺽정이와 연암이 그런 것처럼. 청년 백수들이 터득해야 할 '삶의 기예' 또한 거기에 있다.

'사돈의 팔촌'― 핏줄과 경제

✿
✿
✿

꺽정이와 친구들은 정착민이 아니다. 농사를 짓자니 땅이 없고, 장사로 재산을 일구자니 변변한 밑천이 없다. 꺽정이는 소백정의 자식이고, 유복이는 홀어머니와 함께 남의 집에 더부살이하는 처지다. 돌석이는 뜨내기 사냥꾼이고, 막봉이는 장사를 하긴 하지만 겨우 호구지책을 면하는 수준이다. 말하자면, 이들은 기본적으로 '사농공상'의 범주 안에 들어가지 못한다. 더 중요한 건 그 안에 편입되고자 하는 욕망 자체가 없다는 점이다. 꺽정이는 이미 앞에서 확인한 바와 같이 "얻히어 먹는 것이" 더 편하다는 인사고, 봉학이의 경우도 "외조모는 남의 전장이나마 농권을 가진 까닭에 울력 농사로 농사를 지어서 양식하고 남은 것으로 연년이 밭뙈기를 장만하게 되어 사는 것이 태평" 하였음에도, 자신은 호미나 지게질 같은 상일에 전혀 적응을 못한다. 그렇다고 공부를 해서 과거를 볼 생각도 없다. 그래서 그냥 활이나 쏘면서 한량으로 지낸다.

그럼, 이런 존재들이 어떻게 "그럭저럭" 먹고살면서 각 방면의 달인이 될 수 있었던 걸까? 가장 일차적인 원천은 역시 핏줄이다. '피 같은 돈'이라는 말이 있듯이, 이 시대엔 핏줄이 곧 밥이었다. 말하자

면, 핏줄을 토대로 한 경제 네트워크가 광범하게 형성되었다. 봉학이
는 외조모가 죽자 외숙(외삼촌)이 전적으로 돌보아 준다. 한편, 유복이는
말 그대로 유복자다. 유복이 엄마는 유복이를 껄쩡이한테서 떼어놓
기 위해 서울 생활을 정리하고 배천 땅으로 내려간다. 형님네한테 의
지하기 위해서다. 한데 엄마의 형님인 유복이 이모가 갑자기 세상을
떠나고 엄마마저 돌아가시자, 유복이는 이모부에게 몸을 의탁한다.
한데, 이 이모부가 "기집을 밝히다 사고를 치고 야반도주하자" 자신
도 따라서 맹산으로 이주한다. 그때부터 유복이의 고난이 시작된다.
그해 가을부터 갑자기 시름시름 앓기 시작하더니 일 년쯤 후엔 뼈와
가죽만 남았다. 유복이를 살려낸 것은 이모부와 이종남매의 정성. 유
복이와 이모부, 사실 이 둘 사이엔 피 한 방울 섞이지 않았다. 일종의
'사돈의 팔촌' 격이라고나 할까. 하지만, 그래도 그 끈으로 30대까지
목숨을 부지하고 얹혀살 수가 있었다. 천왕동이 역시 마찬가지다. 천
왕동이는 백두산에서 사냥꾼으로 살아가다 누이인 운총이가 껄쩡이
와 혼인을 하는 바람에 누이를 따라 세상으로 나온다. 그 이후엔 매
부인 껄쩡이네 집에 빌붙어 산다. 껄쩡이가 살림을 꾸리는 것도 아니
다. 사돈어른인 돌이와 누이(운총이)의 시누이인 섭섭이가 꾸려 가는
살림에 얹혀사는 중이다. 그런데도 조금도 부담스러운 기색이 없다.
돌이나 섭섭이 역시 당연히 받아들인다. 자신들 역시 이런 식으로 살
아왔기 때문이다.

그해 겨울, 독한 돌림감기로 사람이 많이 상하였다. 주삼이 집의 중늙은 내외, 젊은 내외 네 식구는 다행히 무사하였으나 주팔의 집에서는 주팔의 아내가 죽고 돌이 집에서는 돌이의 아버지가 죽었다. 주팔이는 상처한 뒤에 아내가 누累 중에 큰 누라고 재취할 생각이 없어서 그의 오막살이 살림을 걷어치우고 형의 집에 기식하게 되었고, 또 돌이는 상제된 뒤에 당시 금법으로 삼년상을 입지 못하였으나 전같으면 겹상제의 몸이라 성취가 급한 것이 아니라고 주팔이가 말을 일렀을 뿐이 아니라 당사자가 이쁜 색시를 만나기 전에는 총각으로 늙어도 좋다고 장가를 들지 아니하여 떠꺼머리총각이 혼자 살림하기 어려워서 고모의 집에 기식하게 되었는데, 돌이의 집이 방이 많은 까닭으로 주삼이가 외딴 마을집을 비워 두고 돌이 집으로 이사하였다. (1권 136~137쪽)

주삼이와 주팔이(훗날 갖바치)는 형제다. 돌이는 주삼이의 아내쪽 조카다. 촌수를 따지자면, 주팔이와 돌이는 '사돈의 팔촌'인 셈이다. 혼자 살기 힘드니까 고모네 집에 기식하는데, 정작 사는 건 돌이 자기네 집이다. 자기 집에 고모와 고모부, 사촌누이 봉단이와 그의 신랑 이장곤, 그리고 고모의 시동생 주팔이까지 불러들여 같이 산다. 참 재미있는 패밀리 아닌가. 이들은 사돈의 팔촌이면서 이웃사촌이기도 하다. 핏줄을 바탕으로 엮이긴 했지만, 이때 혈연이 포괄하는 범위는 상당히 넓다. '혈연을 바탕으로 한 순환의 경제학'이라고나 할까.

우리 시대 역시 핏줄에 대한 집착은 대단하다. 숨겨 놓은 자식, 출생의 비밀 따위는 각종 드라마의 단골 테마다. 근데, 좀 이상한 것이 그렇게 핏줄이 소중하다면 사촌, 오촌에 대해서도 그런 생각을 가져야 하지 않을까? 사촌, 오촌도 나랑 핏줄을 공유하고 있으니 말이다. 허나, 그렇기는커녕 사촌들은 어떻게든 멀리하려고 애를 쓴다. 사돈의 팔촌은 아예 개념이 없다. 당연히 경제적 차원에선 일절 연결고리가 없다. 요컨대, 현대인의 핏줄타령은 오직 일촌, 핵가족 범위 안에서만 통하는 논리인 셈이다. 이유는? 재산권이 그 안에서만 행사되기 때문이다. 이 경우, 핏줄보다는 돈이 더 선험적인 조건이다. 그러니 사촌을 데려다 키운다거나 사돈의 팔촌과 합쳐서 같이 산다거나 하는 따위의 일은 상상조차 하기 어렵다. 하지만 조선시대엔 그렇지 않았다. 사돈의 팔촌, 이웃사촌 등 다양한 방식의 패밀리가 있었고, 밥과 돈 역시 그 네트워크 안에서 '돌고 돌았다'.

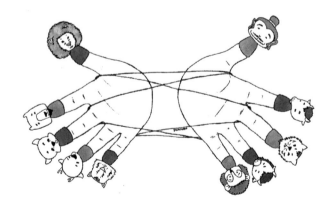

이렇게 종횡으로 '헤쳐모여' 할 수 있었기에 상대적으로 가부장의 책임이 덜했을 것이다. 한 집안에 이질적인 군상들이 뒤섞여 살게 되면 어느 누군가가 다른 식구들을 다 책임져야 한다는 관념이 들어서기 어렵다. 물론 그러다 보니 여성들이 주로 살림을 책임질 수밖에 없었는데, 그 덕분에 가정 내에서 여성들이 차지하는 위상은 실로 대단했다. 위풍당당, 아니 기세등등 그녀들!(기대하시라, 앞으로 그 진면목을 음미하게 될 터이니).

조선시대, 하면 막연히 대가족 제도를 떠올리지만 실제로 직계 가족이 대가족을 구성하는 경우는 별로 없다. 꺽정이도 형제라곤 누이와 단 둘뿐이고, 유복이와 봉학이는 독자, 천왕동이와 운총이 역시 남매가 전부고, 곽오주만 좀 많아서 다섯 형제다. 또 이 인물들이 낳는 아이들도 둘 혹은 셋이 고작이다. 하지만 삼촌, 사촌, 사돈의 팔촌 등으로 얽히고설킨 탓에 늘 대가족으로 복작대며 살아갔던 것이다. 양반층의 경우는 친인척을 포함하여 하인들과 그들의 가족, 또 마을 주민들이 두루 가족의 범위 안에 포함되었다.

객식구를 거느리는 풍속도 그런 배치의 산물이다. 이장곤은 서울로 상경할 때, 양주팔을 불러들인 후 아무 조건 없이 먹여 주고 입혀 준다. 삭불이 역시 이장곤의 객식구다. 유모의 아들인데, 도적패에 섞여 여기저기 떠돌다 생계가 마땅치 않으니까 이장곤한테 와서 몸을 의탁한 것이다. 작은 인연이라도 있으면 일단 '더부살이'를 할 수 있고, 또 그렇게 하는 것이 마땅하다고 여겼다. 심지어 집을 통째로 주고받기도 한다. 갖바치가 서울생활을 청산하고 떠나자 덕순이가 그 집에 와서 산다. 그러다 덕순이마저 서울을 떠나게 되자 덕순이는 그 집을 억울한 모함에 걸려 죽은 한 대신의 가족들에게 넘겨준다. 곡식, 나뭇짐에 살림도구까지 다 갖춰 준 채로(요즘 말로 하면 풀옵션인 셈^^). 물론 이들 사이엔 일면식도 없다(우리 시대 집의 개념과 얼마나 다른가. 집을 이렇게 친한 이들한테 선물할 수 있다면, 참 기막힌 세상이 될 텐데).

이렇게 핏줄과 경제가 기묘한 네트워크를 형성하고 있긴 했지만, 그렇다고 해서 가족주의가 완강했던 것 같지는 않다. 하층민들이라 그랬을 테지만, 직계가족이라도 여차하면 뛰쳐나오는 일이 다반사였다. 곽오주의 경우, 농민 출신으로 오형제 중 막내다(큰형부터 차례대로 일주, 이주…… 해서 오주다). 여섯 살에 어머니가 죽고 아홉 살에 아버지가 죽어서 그뒤로 맏형수에게 눈칫밥을 얻어먹다 뛰쳐나와 사방을 떠돌며 머슴살이를 전전한다. 셋째·넷째 형은 장가도 못 들고 죽었고, 첫째형하고 둘째형과는 연락을 끊고 살아서 형제가 없느니나 마찬가지다.

막봉이도 형제들이 꽤 많은 편이지만 가출한 상태다. 한편으론 가족으로부터 탈주하고, 다른 한편으론 사돈의 팔촌까지 서로 뒤엉켜서 새로운 패밀리를 이루는 것. 이 두 가지 흐름은 아주 상반된 듯 보이지만, 실제론 깊이 연동되어 있다. 가볍게 떠날 수 있는 자만이 다른 관계 속으로 들어갈 수 있는 법이다. 그에 비하면, 우리 시대 가족관계는 얼마나 무겁고 고달픈지. 고작 3~4인에 불과한 핵가족임에도 늘 소통의 결핍에 시달리고, 그럴수록 더더욱 서로에게 집착한다. 떠날 수도 없고 머무를 수도 없는, 집착과 책임감으로 똘똘 뭉친 성城 혹은 감옥. 가족이 세상과 소통하는 출구가 아니라, 그 출구를 봉쇄하는 창살이 되어 버린 시대. 가족주의와 사적 소유를 오버랩시킨 대가치고는 참, 가혹하지 않은가.

우정의 경제학 — 잃어버린 낱말을 찾아서

✿
✿
✿

우정과 의리, 얼마나 낯선 말인가. 사전에서나 겨우 존재하는 잃어버린 낱말들이다. 대신 무엇을 얻었을까? 핵가족과 재산. 더 구체적으론 아파트와 자가용, 기타 쇼핑몰의 상품들……. 결국 돈이다. 요컨대, 우리 시대는 우정과 의리를 돈으로 교환한 셈이다. 돈을 위해 우정과 의리를 저버린다고? 이런 자존심도 없는 족속들 같으니라구! 청석골 칠두령이라면 단박에 이렇게 비웃을 것이다. 친구는 우리에게 '삶'을 선사한다. 아주 낯설고 새로운 삶을. 그럼 돈은 우리에게 무엇을 주는가? 상품과 쾌락, 그리고 고독과 소외. 참으로 어리석은 교환 아닌가. 이 어이없는 배치를 바꾸지 않는 한, 삶의 새로운 가능성은 결코 열리지 않는다. 우정의 경제학이 요청되는 이유가 여기에 있다.

이 지점에서 한번 따져 보자. 왜 돈은 가족, 그것도 핵가족의 범위 안에서만 돌고 도는가? 명품을 사서 장롱에 내팽개쳐 둘지언정 일가 친척을 위해서는 한두 푼도 아까워한다. 주식이나 펀드로 돈을 날리는 건 있을 수 있어도 사촌의 병원비로 돈을 쓰는 건 상상조차 하지 못한다. 하물며 친구한테랴. 하지만 한번 생각해 보라. 친구를 위해 돈 한 푼을 편하게 못 쓴다면 그건 친구라 할 수 없다. 친구란 무엇인가? 인생을 함께 가는 동반자다. 연암의 말대로 친구가 없다면 대체 인생의 희로애락을 누구와 함께한단 말인가? 그렇다면, 당연히 경제적으로도 서로 소통해야 한다. 돈이야말로 소통을 위한 도구다. 어떻게 하냐구? 아주 쉽다. 친구 중에 먼저 정규직을 얻는다거나 아니면 알바를 해서 돈을 번다면 당연히 그 친구가 백수 친구들의 밥과 용돈까지 책임질 수 있어야 한다. 친구는 왜 친구한테 용돈을 주면 안 되는가? 물론 받는 친구 역시 주는 친구를 위해 뭔가 해야 한다. 책을 열심히 읽어서 삶의 지혜를 들려준다든지 혹은 스트레스에 찌들지 않도록 함께 산책을 하거나 등산이나 요가, 108배 같은 양생술을 전수한다든지 등등. 세상엔 돈 말고도 주고받을 수 있는 것들이 억수로 많다.

경제가 어려운 시대라고 한다. 하지만, 그 어려움의 많은 부분은 돈이 핵가족 내에서만 맴돌기 때문이다. 돈은 물 같고, 공기 같은 것이다. 물과 공기가 어떤 격자 안에 갇혀 있다면 어떻게 될까? 세상이 온통 질식하고 말 것이다. 어느 쪽으로든 출구를 터서 매끄럽게 흘러야 한다. 그런 점에서 우정의 경제학이야말로 청년실업의 훌륭한 대안이 될 수 있다, 고 나는 믿는다. 솔직히 한국 경제의 상황을 보건대, 청년실업은 당분간 해소될 전망이 없다. 그렇다고 서로 악다구니를 쓰고 절망에 몸부림치며 청춘을 보내야 한단 말인가? 오 노! 오히려 이런 경제적 패닉상황을 새로운 출구로 삼아야 한다. 신자유주의가 유포한, 삶을 오직 화폐적 경쟁으로 환원했던 공식을 타파하고 자유의 공간을 열어젖히는 출구로. 국가와 제도에 의존하지 말고, 오직 우정의 힘으로 경제적 네트워크를 이루는 것, 자본에 대한 저항으로 이보다 더 멋진 것은 없으리라.

청석골 칠두령에게 거창한 이념이나 명분 같은 건 없다. 품성적으로 '좋은 놈'들도 아니다. 어찌 보면 '나쁜 놈, 이상한 놈'이 더 많다. 하지만, 서로가 서로에게 '좋은 친구들'인 건 틀림없다. 친구가 없어 외롭다고 하면 아마 그들은 이구동성으로 떠들어 댈 것이다. 뭔 소리야? 세상에 친구가 얼마나 많은데! 길에 널린 게 다 친구라구. 그들은 친구 때문에 죄를 짓고, 친구로 인해 집을 나가고, 친구로 인해 기꺼이 반역자가 된다. 대체 친구가 뭐길래, 그렇게까지 하느냐고 묻는다면 아마 이렇게 응답하지 않을까?

사람이 어둠 속에 살고 있으면서, 그 속에서 친구를 얻는다면, 어둠 또한 좋은 것이 아니겠는가. (이반 일리치, 『학교 없는 사회』)

약탈과 공생, 그 어울림과 맞섬

✼
✼
✼

명종 때의 조선은 바야흐로 '도적의 나라'였다. 무엇보다 중앙 조정에선 윤원형과 그의 일당들이 팔도의 재물을 긁어모으느라 바빴다. 그러자 가렴주구에 지친 민초들 역시 '칼 물고 뛰엄뛰기' 식으로 도적들이 되었다. 그중에서도 황해도가 유별나게 심했다. 진상공물과 변경 수자리^{국경을 지키던 일. 또는 그런 병사}로 민초들의 등골이 휠 지경이었던 탓이다.

청석골패는 황해도에 창궐한 무수한 화적패거리 중에 단연 돋보이는 조직이었다. 물론 꺽정이의 명성과 칠두령의 전투력 덕분이다. 청석골이 이렇게 '뜨기'까지는 나름의 역사가 있다. 처음 오가(나중엔 '오두령'으로 불린다)가 혼자 있을 적에는 금교 장꾼을 떠는^{남에게서 재물을 모조리 훔치거나 빼앗는} 것이었는데 장꾼이 서넛만 함께 와도 그대로 보낼 때가 더 많았다. ——솔로의 아픔!^^ 게다가 오가는 힘보다는 주로 말발로 영업을 하는 도적이었다. 박유복이가 와서 있게 된 뒤에는 사람이 여럿이 온다고 그대로 보내는 법은 없었으나 대개 금교 장날 탑고개를 지키는 것은 마찬가지였다. 곽오주와 길막봉이와 배돌석이가 와서 모인 뒤에는 박유복이까지 넷이 돌려가며 매일같이 나와서 장꾼이고 행인이고 만나는 족족 떨었다. ——밴드의 저력! 여기까지가 초창기라면 서림이가 합류하면서 일대 전환이 일어난다. 궁중으로 진상되는 평양 봉물을 떨었기 때문이다. 이 사건 하나로 청석골은 부의 원시적 축적 혹은 경제적 대도약을 이루게 되었다. 이후, 꺽정이가 대장이 된 뒤로는 탑고개를 여전히 지키긴 하되 황해도, 평안도에서 서울로 올려보내는 봉물과 뇌물은 뺏어 들이고 촌 장꾼이나 보행인은 그대로 보내게 하였다. 규모가 커지면서 좀 여유가 생겼다고나 할까. 그래도 도적질이 주업인지라 행인들한테 십일조를 바치게 하였다. 즉, 넉넉해 보이는 장꾼이나 행인들한테는 10분의 1을 받고 불쌍해 보이는 이들은 그냥 보내자고 결정한 것이다. 물론 이런 규칙도 두령들 취향에 따라 제멋대로 적용되다 보니 결국은 중구난방, 주먹구구가 되고 말았지만.

그럼, 이 약탈경제를 어떤 방식으로 분배를 했던가? 처음 봉물을 털었을 적엔 "여덟 몫에 나누어서 한몫은 도중 소용으로 제치고 한몫은 작은 두목들을 내주어서 나누게 하고 그 나머지 여섯 몫은 여섯 두령이 한몫씩 차지하였다."(6권 91~92쪽) 팔분의 일을 세금으로 낸 뒤, 직급별로 대충 분배한 것이다. 꺽정이가 합류한 뒤 대장, 두령, 두목, 졸개 등의 서열을 갖추게 되자 그에 걸맞은 분배시스템을 다시 마련하였다. 대장에게는 백미 일 석과 황두黃豆 십 두, 각 두령들에게는 백미 십 두에 황두 오 두, 두목들에게는 쌀 닷 말과 서속 닷 말, 졸개들에게는 쌀과 서속 각 서 말씩 주는 식으로. 여기에 마소를 먹이

는 콩까지 합치면 한 달에 60석 곡식은 가져야 이들이 먹고산단다.석
(石)은 부피의 단위로 곡식, 가루 등을 잴 때 쓴다. 한 석은 한 말의 열 배로 약 180리터에 해당하며,
석과 섬은 같은 말이다. 두(斗) 역시 곡식, 액체 등의 부피를 잴 때 쓰는 단위로, '말'과 비슷하다. 한
말은 한 되의 열 배로 약 18리터에 해당한다.

　이 정도면 거의 촌락공동체에 해당하는 셈이다. 이렇게 나눈 근
거는? 대충 감으로 했을 것이다. 평등한 분배 같은 건 별로 고민하지
않았다고 봐야 한다. 왜냐하면, 청석골 전체가 하나의 경제공동체였
고, 툭하면 축제가 벌어졌기 때문에 졸개들 역시 먹고 마시는 데 부
족함이 없었다. 특히 아주 위험한 전투, 식량보급투쟁 같은 일들은 졸
개들이 아니라 칠두령이 몸소 담당했다. 청석골을 버리고 광복산으
로 들어갔을 때, 가솔들이 워낙 많다 보니 식량조달이 시급했다. 해
서, "이봉학이와 황천왕동이는 신계 가서 재원을 떨고 박유복이와 곽
오주는 평강 가서 옥동역을 떨고 또 배돌석이와 길막봉이는 안변 가
서 용지원을 떨었다. 세 군데서 떨어온 것이 쌀이 근 이십 석이요, 다
른 곡식이 칠팔 석이요, 소금이 사오 석인데, 거지반 다 소에 실려가
지고 와서 소는 두고 잡아 고기를 먹게 되었다."(7권 59쪽) 이런 식으
로 굴러가다 보니 대장이나 두령이 경제적 부를 축적할 기회는 거의
없다. 실제로 청석골에서 경제적인 문제 때문에 갈등이 일어난 적은
한 번도 없다. 애초부터 재물에 대한 집착이 있었으면 청석골까지 오
질 않았을 것이다.

　어떻든 이렇게 조직의 규모가 확장됨에 따라 인근 마을들과 광

범한 네트워크를 형성하게 되었다. 그러다 보니 금교 장날 탑고개로 나가는 장꾼은 청석골 도중일을 새로 입당한 졸개들보다 더 잘 알았다. 수틀리면 임대장(꺽정이)한테 가겠다며 '개길' 정도였다. 이게 참 아이러니다. 즉, 분명 도적인데, 그리고 화적질로 부를 축적하는데, 그 부를 통해 마을의 이방, 아전, 혹은 주막주인 등등의 촌민들과 공생의 관계를 맺게 되다니 말이다. 그러다 흉년이 들거나 세금포탈이 심해지면 백성들은 곧바로 청석골로 들어가 버린다. 평소엔 백성들의 재산을 털어 가는 화적패인데, 결정적인 순간엔 백성들이 기댈 수 있는 유일한 거점이 된다. 약탈하면서 공생하고, 공생을 통해 약탈을 하는, 이 기묘한 어울림과 맞섬!

약탈과 공생, 이런 식의 이중적 리듬이 가능했던 건 무엇보다 약탈한 물품들을 시장에 유통시켜 주는 거간꾼들이 있었기 때문이다. 약탈한 것을 서울이나 송도로 보내서 상목으로 바꾸어다가 쓰고서

남는 것은 저축을 했다. 잘나갈 때는 상목이 수천 필씩 창고에 쌓일 정도였다.

관군을 피해 광복산으로 숨어들어 간 뒤 한동안 쥐죽은 듯이 지내던 때가 있었다. 꺽정이는 몸이 근질거려 평양봉물을 털 때 나누었던 금은보패를 거두어서 팔아오겠다며 서울로 떠난다. 그리고 남소문안의 한온이 패거리한테 와서 몸을 의탁한다. 남소문안패가 바로 청석골의 장물들을 처리해 주는 매니저였던 것.

이 패거리의 조직과 역사 또한 만만치 않다. 노름꾼 한치봉이가 첩으로 미인계를 써서 왈짜자식을 올가미 씌우고 돈을 뜯으면서 시작했다. 태반은 양반집 종들과 매파, 뚜쟁이와 상쟁이^{관상쟁이}, 점쟁이와 무당, 판수와 태주, 돌팔이, 보살할미 등으로 연결되어 있다. 대단한 네트워크다. 이 정도면 장안의 핵심정보를 손금 보듯 훤하게 파악할 수 있는 수준이다. 허나, 당시는 조광조의 개혁정치가 시작되던 시절이라, 당연히 된서리를 맞았다. "이런 까닭에 남곤, 심정, 홍경주의 무리가 명현들을 모함하여 기묘사화己卯士禍를 일으킬 때 한치봉이는 뒤에서 숨은 힘을 가지고 그 무리를 도와주었었다."(7권 100~101쪽) 한치봉이가 정치적 기반을 마련하기 위하여 소인배들과 은밀하게 결탁을 한 것이다. 그러다 아들 백량이 조직을 물려받으면서 "윤원형의 첩 난정이의 단골무당이며 왕대비의 스승 보우의 상좌중들을 친하여 두고 난정과 보우의 세력을 빌려 쓰는 까닭에 포교들이 한백량이의 용모파기까지 다 짐작하면서"도 잡을 생각조차 하지 못했다. 백량이 은퇴하고 그 아들 한온이가 물려받아서 청석골과 본격적으로 손을 잡은 것이다.

자, 여기서 이 인연의 복잡한 사슬에 대해 잠깐 따져 보자. 남소문안패는 남곤, 심정, 정난정, 보우 등 꺽정이가 증오해 마지않았던 탐관오리들과 밀착해 있다. 그들은 다름 아닌 스승 갖바치의 지기였던 조광조와 김식(덕순의 아버지) 등을 죽음에 이르게 했던 그 무리들이다. 한데, 꺽정이는 조금도 괘념치 않고 이 무리와 손을 잡는다. 더 근본을 따져 들어가면 꺽정이의 태생 자체가 이들과 한통속이다. 꺽정이 아비인 돌이에게 이쁜 각시를 소개해 준 삭불이는 이 남소문안패에서 활약했던 멤버다. 돌이의 장인, 곧 꺽정이의 외할아버지 역시 이 패밀리의 일원이다. 결국 꺽정이는 태생적으로 이들과 연계되어 있는 셈이다. ─시작과 끝이 기묘하게 맞물려 있는 뫼비우스의 띠!

청석골이 반역의 조직이 될 수 있었던 건 이 남소문안패 덕분이다. 구중궁궐의 정보를 즉각 입수할 수 있는 통로이자, 약탈한 봉물을 시장에 유통시켜 주는 교량이었기 때문이다. 한마디로 청석골의 정치적·경제적 교두보인 셈이다. 이 교두보가 제 기능을 하려면 중앙의 썩어 빠진 부패세력과 긴밀하게 결탁해야 한다. 허, 이런! 부패와 반역의 기묘한 공존!

허나 이게 바로 꺽정이의 길이자 운명이다. 갖바치는 도가 깊어질수록 자신의 존재 기반을 벗어날 수 있지만, 꺽정이는 적대감이 커질수록, 청석골의 전투력이 강화될수록 자기가 증오해 마지않는 세력들과 맞물리게 되어 있다. 미움과 증오는 그것이 생겨난 인연처를 결코 떠나지 못한다. 그래서 분노가 강해질수록 그 대상과 오버랩되어 버린다. 니체가 그랬다던가. 괴물과 싸울 땐 괴물을 닮지 않도록 조심해야 한다고.

백수는 미래다!

✿
✿
✿

바야흐로 디지털 문명의 시대다. 디지털이란 무엇인가? 0과 1, 두 가지 부호만으로 천지만물, 세상만사를 다 창조해 내는 정보시스템이다. 그 점에서 '음'陰과 '양'陽, 두 개의 부호로 천지인天地人을 하나로 꿰뚫는 『주역』의 세계와 상통한다. 역설적이게도 첨단의 '문명지'文明知와 시원의 '자연지'自然知가 뫼비우스의 띠처럼 맞물려 있는 것이다. 하여, 디지털 시대의 정보는 아날로그 시대와는 질적으로 다르다. 즉, 머무르고 축적되는 것이 아니라 흐르면서 접속하고 변이한다. 한마디로 고도의 유동성이 지배하는 시대인 것. 그에 따라 성과 세대, 국가와 인종, 민족과 계급, 가족과 공동체 등 기존의 모든 표상들이 심각하게 동요한다. 산업혁명이 중세문명에 대해 그랬던 것처럼, '모든 고정된 것이 연기처럼 사라'지는 시대가 도래한 것이다.

노동과 직업 역시 마찬가지다. 이제 많은 부분의 일들을 기계가 담당하고 있다. 앞으로는 더더욱 그렇게 될 것이다. 그렇다면 일자리가 더 많이 창출되기란 불가능하다. 솔직히 더 늘어나도 문제다. 그건 결국 감정을 과잉으로 소비하는 서비스업이거나 자연을 난개발하는 대형공사가 되기 십상인 까닭이다. 그런 까닭에, 앞으로 우리나라를 비롯하여 전 세계는 백수들로 넘쳐날 전망이다. 대졸자는 말할 나위도 없고, 중견간부에 오른 이후에도, CEO가 된 다음에도 언제든지 백수가 될 수 있다. 청년백수, 중년백수, 정년백수 거기에 더해 노년백수까지.

그럼에도 모든 사람들은 여전히 정규직을 갈망한다. 아니, 그래야 한다고 생각한다. 대학을 가는 이유, 스펙을 쌓는 이유, 성형을 하는 이유, 식스팩을 만드는 이유, 다 정규직 때문이다! 하지만 이 언표에는 심각한 어폐가 있다. 어떤 종류의 직업이나 활동이 아니라 정규직 그 자체라니, 세상에 이런 욕망도 있는가. 뭘 해도 좋으니 그냥 규칙적으로 돈이 들어왔으면 좋겠다는 뜻이리라. 그럼 정규직을 얻으면 만사형통인가. 그렇지 않다. 정규직의 꿈은 어이없게도 '백수'다. 실제로 꿈의 직장이라는 대기업의 이직률도 엄청나다. 그렇게 정규직을 향해 달려가고선 왜 거기에 머무르지 못하는가? 그토록 '정규직, 정규직'을 외쳐 대면서 막상 거기에 도달한 다음엔 왜 그토록 정처없이 방황하는가? 그게 바로 디지털 시대의 '마음의 행로'다. 디지털과 더불어 사람들의 마음도 끊임없이 흐른다. 여기에서 저기로! 이 직업에서 저 직업으로! 비정규직에서 정규직으로! 정규직에서 다시 알바생으로! 그렇다면 이제 백수는 더 이상 열등하거나 비정상적인 상태가 아니라 삶의 자연스런 조건이 된 셈이다. 아니, 그렇게 되어야 한다. 이것이 바로 21세기 '백수의 존재론'이다.

그럼 백수는 시대의 불가피한 산물 혹은 난세의 상징인가? 그렇게 본다는 건 인간은 본래적으로 노동과 직업을 열망한다는 걸 전제하는 셈인데, 과연 그런가? 결코 그렇지 않다. 백수의 계보학 혹은 인류학적 탐사가 필요한 지점이 여기다. 백수의 원조는 공자다. 공자는 천하를 주유하면서 수많은 나라에서 취업을 시도했지만 아무도 그를 채용해 주지 않았다. 결국 고향인 노나라로 돌아가 백수로 살아갈 수밖에 없었다. 『논어』가 바로 그 산물이다.

공자가 시대가 낳은 백수라면, 그와 동시대를 살았던 또 다른 스승인 붓다나 노자는 자발적 백수에 속한다. 붓다는 왕자로 태어나 일국의 후계자가 되었지만, 다시 말해 최고의 정규직을 완벽하게 보장받았지만, 그 자리를 박차고 나왔다. 나와선 탁발을 하는 수행자가 되었다. 정치경제학적으로 보자면, 백수를 넘어 노숙자가 된 것이다. 노자는 또 어떤가. 애초부터 취업의지는 고사하고 인생 행로 자체가 불투명하기 그지없는 인물이다. 이들의 후배인 맹자와 장자, 달마대사 등도 다 마찬가지다. 또 그 스승에 그 제자라고, 유儒·불佛·도道 '삼교회통'의 이치를 연마했던 동아시아의 지식인들 역시 비슷한 코스를 밟았다. 평생 책을 보면서 우정과 진리를 연마하는 자발적 백수, 그것이 '사농공상' 중에서 '사士'가 추구한 삶의 지향점이었다. 조선의 경우, 농암 김창협과 성호 이익이 대표적인 인물이고, 그들의 후배격인 '연암그룹'은 그야말로 '백수지성의 향연'이었다. 18세기가 조선의 르네상스라 불릴 수 있었던 건 전적으로 그들로 인해서다.

그런가 하면 서구 지성사의 원천에 속하는 그리스로마 시대의 주역인 자유인은 직업이 없는 집단이었다(평생 하나의 직업에 종사하는 건 노예였다. 우리 시대의 언어로 말하면 노예야말로 최고의 정규직이다. 평생이 보장될뿐더러 세습까지 되니 말이다). 소크라테스, 디오게네스, 에피쿠로스 등 그리스로마 시대의 현자들은 다 이 자유인 출신이다. 이뿐 아니라 인류의 위대한 멘토들은 직업적으로 보면 거의 다 백수였다. 직업을 갖더라도 최소한의 생계를 꾸리는 정도에서 그쳤다. 칠두령의 스승이자 조광조의 정신적 지주였던 갓바치가 혜화문 근처에서 가죽신을 만들었던 것처럼. 어디 그뿐인가. 『임꺽정』에 나오는 현자들, 곧 화담 서경덕, 토정 이지함, 퇴계 이황 등도 다 마찬가지다. 사상적 지향은 다르지만 그들은 하나같이 백수였다. 관직을 거부했을뿐더러 특별한 직업을 갖고 있지 않았다. 따지고 보면, 황진이 역시 그러했다. 그녀는 기생이라는 신분과 직업을 가지고 있었지만 거기에 종속되거나 머무르지 않았다. 떠나고 싶으면 언제든지 떠났고, 만나고 싶으면 누구든 꺼리지 않았다. 그녀야말로 백수요, 자유인이라 해야 맞지 않을까. 그들에게 있어 부나 경제는 삶을 위한 도구요, 수단이었지 결단코 목표나 이상이 될 수 없었다.

그럼 왜 이들은 직업이나 지위를 거부했던가? 시대가 알아주지 않아서? 시대와의 불화로? 그렇지 않다. 그렇게 사는 것이 곧 '인간의 길'이라 여겼기 때문이다. 즉, 어쩔 수 없이 백수가 된 것이 아니라 백수로 살아가는 것이 가장 고귀한 삶임을 자각했기 때문이다. 고로, 백수는 인간의 원초적 본능이다!

자본주의는 바로 이 자연스런 본능을 억압하는 시스템이다. 자본주의는 화폐의 증식을 목표로 하는 사회구성체다. 화폐를 증식하기 위해선 모든 사람이 노동에 종사해야 한다. 이와 더불어 '노동의 신성함'이라는 근대적 표상이 등장한다. 하지만 이것은 본성에 기초한 것이 아니다. 그것의 최종심급은 화폐다. 증식하는 화폐, 곧 자본의 욕구가 노동의 신성함을 결정한다. 그렇기 때문에 정규직을 얻어도 만족감을 얻는 건 불가능하다. 오히려 그때부터 삶의 소외가 극심해진다. 자본의 유일무이한 테제 ——끊임없이 증식하라! ——를 내면화해야 하기 때문이다. 정규직과 스트레스가 거의 동의어가 된 것도 이런 맥락이다. 이걸 보완해 주는 것이 다름 아닌 쾌락이다. 구체적으로 말하면, '식욕과 성욕의 향연'이 그것이다. 화폐를 대책없이 쏟아붓는 것도 이 영역이다. 그래야만 간신히 정규직을 버틸 수 있으니까. 그러다보니 쾌락의 강도가 높을수록 스트레스 지수 또한 상승한다. 그래서 결국은 또 다시 백수를 꿈꾸게 된다.

자, 그럼 이 지점에서 다시 물어보자. 왜 이런 악순환에도 불구하고 그토록 정규직을 갈망하는가? 성공이니 꿈의 구현이니 하는 거품을 걷어 내고 보면, 결론은 '짝짓기'다. 다시 말해, 연애와 결혼, 그리고 '스위트홈'을 꾸려 가기 위해서다. 직업과 화폐를 확보해야 짝짓기를 할 수 있고, 그래야 간신히(!) 결혼을 해서 가정을 꾸릴 수 있다, 고 생각한다. 그 다음엔? 다시 아이를 낳아 그렇게 키우는 것이다. 다시 말해 노동과 화폐, 쾌락의 수레바퀴를 영원히 되풀이하는 것, 이것이

전부다. 하지만 이 여정에서 삶의 구원——그것이 행복이건 자유건 간에——은 불가능하다. 왜? 그것은 '동일성의 반복'이기 때문이다. 반복은 권태를 낳고 권태는 우울증으로, 다시 죽음충동으로 이어진다. 고로, 가장 '반생명적' 행위다. 당연히 인간의 자연스런 본성에 반한다. 따라서 이제 인류의 비전은 이렇게 바뀌어야 한다. 노동에서 활동으로! 화폐에서 자유로! 쾌락에서 충전으로!

그렇다면 백수가 특별히 더 박탈감을 가질 이유가 없다. 백수는 존재 자체만으로 이 '순환의 장'에 참여하고 있기 때문이다. 또한 백수는 사회를 위해, 인류를 위해 특별히 더 좋은 일을 할 필요가 없다. 오직 자신을 배려하는 기술을 갈고 닦으면 된다. 이름하여, 자기배려의 윤리(혹은 양생술)가 그것이다. 너무 막연하다고? 아주 간단한 실천적 전략이 하나 있다.

그동안의 물질적 풍요로 우리 사회는 공공자산이 넘쳐난다. 백수는 이 공공자산에 접속하기만 하면 된다. 공공자산의 핵심은 지성이다. 가장 좋은 것이 집 가까이에 있는 공공도서관이다. 지금 당신이 백수라면, 아침 일찍 일어나 도시락을 싼 다음, 걸어서 그곳으로 가라! 도서관에는 사람과 책과 강의가 있다(거의 다 공짜다!). 걷고 읽고 배우고 만나고……. 담백한 식사, 도보의 권리, 진리의 탐구——이보다 더 좋은 양생술은 없다! 그 다음엔 성과 세대, 계층을 넘어서 사람들과 접속하라. 인생의 모든 과정을 배움으로 바꾸는 지성의 네트워크, 거기에 접속하는 순간 백수는 '자유인'이 된다. 그렇게 우정과 지성의 향연을 누리다 보면 낯설고 새로운 윤리적 가치가 생성된다. 화폐로부터의 자유, 스위트홈의 망상에서 벗어나기, 자기배려의 양생술 등이 그 핵심이다.

　이것은 인간이라면 누구나 반드시 익혀야 하는 윤리적 기초다. 이런 토대가 없다면 아무리 부귀영화를 누린다한들 그 삶은 위태롭고 허망할 따름이다. 해서 우리 공동체(남산강학원&감이당)의 백수 프로그램은 '공자 프로젝트'다. 공자란 '공부하며 자립하기'의 준말이자 백수의 원조이자 인류의 위대한 스승인 '공자-되기'를 시도한다는 뜻이다. 모든 사람이 공자처럼 주유천하를 하면서 자연의 이치와 인간의 도리를 터득할 수 있는 시대, 이것이야말로 인류의 문명론적 비전이 아닐까. 고로, 백수는 인류의 미래다!

2장

길 위의 배움

청년백수와 공부

'배우는' 남자들

꺽정이와 그의 친구들은 '노는 남자들'이다. 그럼 뭘 하고 노는가? 배우면서 놀고, 놀면서 배운다. 꺽정이는 봉학이, 유복이 두 동무와 더불어 갖바치의 집에서 청년기를 보냈다. 갖바치는 집안어른이자 스승이다. 이 세 친구는 갖바치의 집에 더부살이를 하면서 많은 걸 배운다. 물론 정규교육과는 좀 거리가 멀다. 글공부는 아니하지만 갖바치의 이야기를 들으며 '배우고', 저희들끼리 장난을 치며 '익힌다'.

장난의 주종목은 뜀박질이다. 높이 뛰고, 멀리 뛰고, 빨리 뛰고……. 공기놀이도 한다. 주먹만 한 공깃돌을 놀리다 옆집 장독을 깨기도 하고. 그러니까 우리의 예상과는 달리 천민이라 문자를 익힐 기회를 '박탈'당한 게 아니라, 문자로 하는 공부를 '거부'(!)하고 딴짓을 했다는 것. 물론 처음부터 그랬던 건 아니다. 애초 유복이와 봉학이는 착실하게『천자문』에서『소학』까지 진도를 빼고 있었다. 한데, 꺽정이가 합류한 뒤 꺽정이가 글을 읽지 않자 봉학이와 유복이까지 차차 글공부를 싫어하게 되면서 달음질, 뛰엄질로 '커리(큐럼)'가 바뀐 것이다. 친구따라 강남 간 격. 그럼에도 스승인 갖바치는 한 번도 꾸짖지 않고 그들이 하는 대로 내버려 두다시피 했다. 그렇다고 가르침을 포기한 건 절대 아니다. 갖바치는 잠자리에 들기 전 늦지 않은 밤에 여러 가지 이야기를 들려주었다. 그중 꺽정이가 제일 재미있어 한 것은 옛날 명장의 싸움 이야기. 문자 대신 전투 이야기로 보충수업을 해주었던 것이다.

이야기로 듣는 병법? 장난질하며 익히는 기예? 우리 시대가 꿈꾸는 최고의 대안교육을 받은 셈이다. 중년이 된 다음에는 아예 본격적으로 검을 배우고 말타기를 배운다.

"이 대사는 말 타는 법을 가르쳐 주신 내 선생님이다."
하고 일러주었다. 봉학이가 공손한 말씨로 허담과 인사를 마친 뒤에 꺽정이를 보고
"형님은 선생님도 많소." 하고 웃으니
"선생님이 많아도 못쓸 선생님은 하나도 없다."
하고 꺽정이도 역시 웃었다.

(3권 376쪽)

유복이, 봉학이 역시 마찬가지다. 언제, 어디서건 쉬지 않고 뭔가를 배운다. 말하자면, 이들은 '노는 남자들'이자 '배우는 남자들'이었던 것. 천민에다 책하곤 담을 쌓은 인물들이 스승복, 공부복은 억수로 많다. 그에 비하면, 학교에 학원에 학습지에 논술에, 온종일 교과서와 문제지를 끼고 살지만 스승복, 공부복은 완전 꽝(!)인 우리 시대 10대들의 처지는 참, 허접하기 짝이 없다.

참고로 말하자면, 사주명리학적으로 공부복과 학벌은 전혀 다른 범주다. 학벌은 공부복이 아니라 돈을 벌기 위한 정보수집, 곧 노동에 해당한다. 그래서 공부가 그토록 고달픈 거다. 백수의 원조인 공자는 '배우고 때로 익히니 즐겁지 아니한가'學而時習之 不亦說乎라고 했지만 우리 시대 청년들은 도무지 이런 경지를 이해하기 어렵다. 또 예전에는 공부를 할수록 노동과 화폐로부터 자유로워졌는데, 요즘엔 반대다. 공부를 잘할수록 노동의 강도가 더 높아진다. 화폐에 대한 집착과 결핍도 더 심해진다. 실제로 '잘나가는' 정규직일수록 빚이 많다. 의사, 변호사, 증권맨, 연예인 등을 생각해 보라. 결국 요즘 청년들은 공부복은 꽝이고, 일복만 터진 격이다.

배워서 뭐하나? ─ 아무 이유 없다!

✻
✻✻
✻

배워서 남 주냐? ── 엄마들이 즐겨 하는 말이다. 공부하면 다른 누구
가 아닌, 바로 너 자신이 영광을 본다는 뜻이다. 이때의 영광은 당연
히 성공이다. 근대교육에선 지식이 권력이자 연봉이다 보니 '공부의
목표=성공'이라는 등식이 지배적일 수밖에 없다. 특히 가난한 사람이
입신양명할 수 있는 길은 오직 학벌밖에 없기 때문에 다들 이 전제를
믿어 의심치 않는다. 그래서 '배워서 남 주자!'는 상상도 못할뿐더러,
'남 줄 거면 뭣 때문에 배우나?' '돈이 안 되는 건 배워서 뭐하나?' 이렇
게 되물을 지경이다.

　그럼, 꺽정이 같은 천민들에게 배움의 목표는 무엇일까? "대체
검술을 배워 무엇하니?"라고 묻자, 꺽정이 왈, "그저 배워 두었으면
좋으려니 생각할 뿐이지, 무엇하려는 작정은 없소"(2권 230쪽) 한다.
오, 목표도 이유도 없이 그저 배운다고? 철학적으로 본다면, 이건 정
말 대단한 경지다. 양명학자 왕심재王心齋가 설파한 유명한 테제, "사
람의 마음은 본래 저절로 즐겁다. 배움이란 이 즐거움을 배우는 것이
다"는 그런 경지에 가깝다.

　꺽정이가 검술을 배우기 전, 누이 섭섭이가 꺽정이한테 너도 봉

학이나 유복이처럼 재주를 하나 배워 두라고 하자(봉학이는 활의 달인 유복이는 표창의 달인이다), 껏정이가 이렇게 대꾸한다.

"여편네는 배워 두면 어떻소?"
"여편네가 활이나 창 같은 것을 배워 두어서 무엇에 쓰니?"
"쓰기는 무엇에 써요, 그저 배워 두는 것이지."
"여편네가 벼슬하는 나라 같으면 나도 배워 두다뿐이야."
"누나가 쓴다 못 쓴다 하는 것이 벼슬을 두고 하는 말이라면 누나의 여편네나 나의 사나이가 못 쓰기는 일반이오."
(2권 217~218쪽)

여성의 재주가 세상에 쓸모가 없는 거나 천민 남성의 재능이 쓸데가 없는 거나 매일반이라는 말이다. 이른바 사회적 효용가치라는 면에선 제로에 가깝다. 그러니 섭섭이는 궁금하기 짝이 없다. "신령님이 인물을 점지할 때는 장래에 반드시 쓰일 곳이 있을 것인데. 너 같은 큰 인물을 왜 우리네 백정의 집으로 점지하셨을까?" 누이의 물음에 대한 껏정이의 해명. "신령님이란 다 무엇이오? 그런 것이 있는지 없는지는 모르지만 있다고 해도 내가 그따위 것의 점지를 받아서 태어났을 리 만무하오."(2권 218쪽)

맙소사! 천지신명의 깊은 뜻까지 완전 무시하는, 진짜 '껏정'스런 인물이다. 그러니 사회적으로 쓰임이 있고 없고 따위를 신경 쓸리가 있나. 하기사 뭘 배운다고 직업이 생길 리도 만무하고 신기록을 세운다고 메달을 받는 것도 아니다. 그러니 아무 이유 없다! 굳이 찾는다면, 시간은 많고 힘은 넘친다고나 할까. 노느니 장독 깬다는 말이 있듯이, 그냥! 배운다. 놀면서 배우고, 배우면서 논다. 그리고 그게 일상이다. 그런데 바로 여기서 기적이 일어난다. 천민백수들이 각 방면의 최고 고수이자 달인으로 재탄생하는 기적이.

　달인이 되려면 이것저것 대충 해선 안 되고 관문 하나를 반드시 통과해야 한다. 분야가 뭐건 다 마찬가지다. 요즘의 선수들은 금메달, 그 뒤에 오는 영광(주로 광고를 찍어 벌어들일 돈!)에 대한 유혹이 대단하기 때문에 그 고난의 역정을 다 견뎌낸다. 이런 영광이 전혀 없다면? 아마 아무도 안 하지 않을까. 만약 그런데도 할 수 있다면, 그 재주는 단지 기예가 아니라, 인생역전의 비전이 된다. 무용함의 유용함, 목표 없음의 위대함이 여기에 있다. 금메달을 따고 세계적인 스타가 되어도 부와 인기 말고는 아무것도 누릴 게 없는 우리 시대 선수들을 보라! 목표가 뚜렷하다는 게 얼마나 초라한 것인지.

'백수'에서 '달인'으로!

✩
✩ ✩
✩

소설 『임꺽정』은 달인들의 이야기다. 활, 표창, 돌팔매 등 각 방면의 달인들이 등장한다. 축지법의 달인도 있고, '속임수'의 달인도 있다. 심지어 '콩알 불기'의 달인도 있다. 이 달인들의 기술은 말 그대로 최고의 경지다. 일단 목표를 정하면 결코 표적을 놓치지 않는다. 그게 파리건 참새건 호랑이건 아니면 적병이건. 하지만 그렇다고 이들의 능력이 판타지적인 것은 절대 아니다. 『수호지』의 협객들처럼 신묘막측한 무술도 아니고, 『서유기』에 나오듯 하늘과 땅, 용궁을 주름잡는 화려한 술법도 아니다. 『홍길동전』의 분신술, 둔갑술의 경지는 더더욱 아니다.

요컨대, 그것은 어디까지나 리얼리티의 지평을 떠나지 않는다. 그래서 더 의미심장하다. 왜냐하면, 그건 철저히 수련의 산물이기 때문이다. 그렇다고 무협지처럼 산속에 들어가 비장하게 내공을 연마한 건 아니다. 그저 일상 속에서 꾸준히 갈고 닦았을 뿐이다. 천민에 일자무식에 억수로 사나운 팔자를 타고났지만, 일상적 공부를 통해 그들은 달인이 되었다. 놀이가 공부고, 공부가 일상이 되면 누구나 한 방면의 달인이 될 수 있다! 이거야말로 어떤 판타지보다 더 아름다운 진리가 아닌가. 그 과정을 한번 엿보도록 하자.

활의 달인, 이봉학이

봉학이는 명궁이다. 어린 시절, 외할머니를 따라 잠시 절에서 지냈던 적이 있다. 늘상 꺽정이, 유복이랑 같이 지내다 혼자 떨어지자 심심하기 이를 데 없었다. 그래서 싸리나무로 활을 만들고 빼앙대^{삥대쑥. 국화과의 여러해살이 풀}로 화살을 만들어 활장난을 시작했다. 하루하루 재미가 붙더니 숫제 밥 먹는 것도 잊고 활을 쏘게 되었다. 과녁을 세우고 맞히자 더 재미났다. 심심함이 화살을 낳고 화살이 인생을 낳은 셈이라고나 할까.^^

이때부터 봉학이는 큰 야망을 하나 품게 되었다. 태조대왕만큼 활을 쏘겠다는. "태조대왕이 활 잘 쏘았다고 선생님이 이야기하신 일이 있지 않소? 태조대왕의 핏줄을 받은 내가 태조대왕만큼 활을 쏘고야 말 터이니까 언니 두고 보시오." 꺽정이가 생일이 좀 빠르기 때문에 언니라고 한 것이다. 조선시대엔 남성들끼리도 '언니'로 통했다(근대 이후 여성들끼리의 호칭으로 바뀐 것). 또 몰락한 왕족 출신이라 태조대왕의 핏줄을 받았다고 표현한 것이다. 아무튼 봉학이는 활에 완전히 꽂혔다. 조석으로 예불을 드리는 중 뒤에 가 서서 태조대왕처럼 활을 잘 쏘게 해달라고 부처님께 빌기까지 하였다. 봉학이의 이런 무서운 열성은 활장난을 시작한 지 한 달도 안 돼 싸리나무 살로 참새를 쏘아 맞히게 만들었다. 이렇게 겨울 한철을 톡톡히 수련으로 보냈다. 그걸 지켜보던 갖바치와 심의가 공개테스트를 했다. 봉학이가 작고 얇은 파리활로 파리를 쏘아 맞히는데, "처음에 서너 마리는 벽에 앉은 채로 꿰어 박아놓고, 그다음에 너덧 마리는 일변 날리며 일변 쏘아 떨어뜨리고, 나중에 두어 마리는 일시에 날리고 연발로 쏘아 맞히었다."(2권 207쪽) 브라보! 봉학이는 상으로 특별제작된 예쁜 숙각궁熟角弓을 받았다.

이 나이에 이미 이런 수준인데, 그 뒤로도 쉬지 않고 수련을 했으니, 달인이 되는 건 '떼어 놓은 당상'. 훗날 왜변에 참여하여 전투를 벌일 때나 청석골 두령이 되어 관군과 접전을 할 때나 봉학이의 활은 단 한번도 빗나간 적이 없었다. 백발백중!

표창의 달인, 박유복이

유복이는 표창의 달인이다. 가능하면 살생을 하지 않고 또 한번 사용한 무기를 재활용(?)하려고 표창 대신 댓가지를 쓰는 바람에 '댓가지 도적'으로 이름을 날리게 되었다. 유복이가 달인이 되는 과정은 한편의 인생극장이다.

처음 수련을 시작한 동기는 단순소박하다. 한번은 세 친구가 산에 올라갔는데, 꺽정이가 생나무를 뿌리째 뽑아 버렸다. 순간, 봉학이와 유복이의 눈에는 꺽정이가 '사람 같아 보이질' 않았다. 그후, 유복이는 봉학이의 활재주와 꺽정이의 힘이 부러웠다. 그래서 유복이는 댓가지로 창을 만들어가지고 수법도 모르면서 두르기며 찌르기며 던지기를 공부하였다. 남들이 눈치채지 못하게 몰래몰래. 하지만 결국 발각되고 말았다. 유복이 역시 갖바치와 심의, 두 스승 앞에서 공개 테스트를 받은 뒤, 상으로 뼘창을 받았다.

하지만, 유복이가 달인의 경지에 오른 건 그 이후다. 갖바치의 곁을 떠나 이모부한테 얹혀살 때 십여 년간 앉은뱅이로 지내던 시절이 있었다. 이름도 알 수 없는 어떤 병에 걸려 일어날 힘이 없어 토막둘을 양손에 갈라 쥐고 궁둥이루 다니게 된 것이다. "궁둥이로 다니는 것이 무슨 일을 할 수 있습니까. 조팝으루 주린 배를 채우면 뜰 앞에 앉아서 해를 보냈었습니다."(4권 36쪽) 그래서 시작한 것이 손장난이다. 손장난? "나무때기루 찌름한 꼬챙이를 깎아서 던지는 장난을 했습니다. 처음에는 심심풀이 장난으루 시작한 것인데 물건을 노리구 던지면 맞는 데 재미가 날뿐더러 그것도 혹시 재주루 쓸데가 있을까 하구 일심 정력을 들여서 익혔습니다. 그래서 긴긴 해두 가는 줄을 모르구 보냈습니다."(4권 37쪽) 읽을 때마다 가슴이 뭉클해지는 장면이다. 유복이에게 있어 이 손장난은 공부이자 놀이고 삶 그 자체였다. 아무 목적도, 이유도 없건만 '일심 정력'을 다했다. 이를 테면 유복이는 손장난으로 수행을 한 셈이다. 공부란 본디 그런 것이다. 하여, 누구나, 어디서나, 언제나 공부해야 한다. 아니, 할 수 있다. 유복이가 바로 그 증거다. 이 공부로 어느 날 문득 세상을 떠돌던 이인異人 재주가 신통하고 비범한 사람을 만나 인생역전을 한다. 쿵푸공부(工夫)의 중국어 발음로 인생역전!

돌팔매의 달인, 배돌석이

을묘왜변에 참전했을 때, 봉학이는 모든 군사들이 보는 앞에서 '활솜씨'를 보이게 되었다. 방어사防禦使 이윤경이 까치의 왼쪽 눈을 맞혀보라고 하자 봉학이가 다소 주춤거린다. 역시 너무 지나친 미션이었군. 천만에, 그게 아녔다. 왼쪽 눈만 맞히는 게 아니라 왼눈에서 오른눈까지 꿰뚫어도 괜찮겠냐는 거다(허걱!). 이 사건으로 양쪽 군영에서 일종의 '배틀' 비슷한 걸 하게 되었다. 그때 상대편 대표로 나온 인물이 배돌석이다. 이윤경이 봉학이와 돌석이에게 각각 옥판 붙인 벙거지를 쓴 다음, 서로 마주보고 서서 상대방 옥판을 맞히라고 명령했다. 여차하면 목숨도 내놓아야 하는 '데드 매치'였다. 첫째 북소리에 돌석이가 한번 팔매를 치고, 둘째 북소리에 봉학이가 한번 활을 쏘았다. 양쪽 다 막상막하! 그렇다, 돌석이는 이름대로 돌팔매의 달인이다.

돌석이의 고향은 김해다. 김해의 풍속 중에 석전石戰이라는 게 있다. 고을별로 편을 갈라 돌싸움을 벌이는 것이다. 김해 말고도 꽤 여러 지역에서 해왔는데, 일제 때 모조리 없애 버렸다. 명분은 사람들이 다치고 죽을 위험이 있다는 거였지만, 실제로는 석전행사가 야기하는 거칠고 역동적인 분위기를 아주 불온하게 여긴 탓이다. 김해에선 특히 사월 초파일부터 오월 단오까지 석전질이 대대적으로 계속되었다. 돌석이는 아주 어릴 때부터 유명한 석전꾼이 되어 보려고 돌팔매를 치기 시작했다. 그래서 이미 열 살 즈음에 놀라운 솜씨를 보이게 되었다. 한데 거기서 멈추지 않았다. 열서너 살 무렵 읍내 사정射亭 활 쏘는 사람들이 무예 수련을 위하여 활터에 세운 정자에 가서 편을 갈라 활쏘기를 겨루는 것을 보고 돌팔매도 활 쏘듯 해보려고 스스로 방법을 만들어 삼 년 동안 팔매를 공부했다. 삼 년 동안 독학수련을 한 것이다. 그래서 터득한 기술이 연주팔매. 양손을 한꺼번에 쓰는 고난도 기술이다. 여기에 걸리면 사람이고 짐승이고 꼼짝없이 당하고 만다. 돌석이도 '노는 남자' 중 하나다. "우리 아버지가 생존했을 때까지는 내가 석전판에나 뛰어다니고 석전 없을 때는 팔매질이나 공부하고 빤빤히 놀고 먹었네." 아버지가 죽은 뒤로는 의붓어미와 마누라한테 빌붙어 산다. 가족을 책임진다는 생각일랑은 해본 적이 없다. 그런 인간이 팔매공부는 정말 열심히 한다.

돌석이는 청석골 칠두령 가운데 성질이 제일 더럽다. 여자를 엄청 밝히는데 처복은 사나워서 툭하면 살인과 유랑을 반복한다. 게다가 밥 없이는 살아도 술 없이는 못사는 중증 '알코올릭'이다. 한마디로 '쓰레기 같은 인생'이다. 그런데, 돌팔매질을 할 때는 더할 나위 없이 차분하고 예리하다. 호랑이 사냥 때 그가 보여 준 냉철한 카리스마는 단연 압권이다. 호랑이 사냥을 하면서 천왕동이를 만나고, 그 인연으로 목숨도 건지고, 청석골 두령까지 되었다. 그렇다면 이 '팔매공부'야말로 그의 인생을 수렁에서 건져 준 유일한 빛이었다고 해도 좋으리라.

축지법과 장기의 달인, 황천왕동이

천왕동이는 사슴보다 빠르다. 하루에 사백 리를 가뿐하게 오간다. 올림픽 금메달리스트도 그에게는 '쨉'이 안 된다. 특별히 배운 것이 아니라, 타고난 건각健脚에다 백두산에서 들짐승처럼 자라면서 저절로 터득한 기술이다.

한데, 누이 운총이가 꺽정이한테 시집을 가는 바람에 꺽정이네 집에 얹혀살게 되었다. 그런데 고만 장기에 미쳐 버렸다. 하루 온종일 장기방에 붙어 있을뿐더러, 장기를 잘 두는 사람이라면 전국 어디든 찾아가서 겨루는 게 그가 하는 일(!)이다. 겨뤄서 뭐하나? 아무 이유 없다! 그냥 한다. 그 덕에 이름난 부자인 봉산 백이방의 데릴사위가 되었다. 그것도 보통 데릴사위가 아니라, 봉산 읍내에서 최고로 예쁜 색시를 얻었다. 장기로 인생역전한 셈이다. 역시 뭐든 정성을 다해 배워야 한다. 배움은 이렇게 복을 부르고, 인연을 부른다.

청석골 두령이 된 뒤에는 장기는 끊고(?) 축지법으로 사방을 누빈다. 그가 맡은 임무는 '첩보'다. 관군의 동태는 물론이려니와 대궐 한복판에서 삼정승이 모의한 일이 하루 만에, 그것도 거의 생방송 수준으로 청석골로 전달될 수 있었던 건 전적으로 그의 두 발 때문이었다. 참고로 천왕동이는 얼굴도 꽃사슴처럼 해맑다. 칠두령 가운데 최고의 꽃미남이다. 그럼 여자깨나 밝힐 법하지만, 천만의 말씀이다. 성윤리에 관한 한 꼬장꼬장한 선비들보다도 더 엄격하다. 그런 걸 보면 학벌과 품성 사이에는 아무 연관이 없다. 아니, 오히려 반비례하는 경우가 더 많다. 쩝!

호모 치토스, 서림이와 노밤이

인간은 치팅^{cheating}하는 존재라는 말이 있다. 치팅, 곧 태생적으로 남을 속이고 사기 치는 본능을 타고났다는 뜻이다. 이름하여 '호모 치토스'(사기의 달인). 서림이와 노밤이가 바로 거기에 해당한다. 이 둘은 거짓말과 잔머리의 달인이다. 어찌나 능수능란한지 가히 입신의 경지라 할 만하다.

청석골의 모든 계책은 서림이의 머리에서 나온다. 그의 머리가 뛰어나기도 하고, 상대적으로 다른 두령들의 머리가 워낙 모자라기도 한 탓이다. 쿵푸의 달인들은 머리보다 몸이 더 앞선다. 반면 서림이는 몸으로 익힌 기예가 없다 보니 오직 머리와 입만 쓴다. 입만 열면 천문지리에서 의약복서醫藥卜筮 의술과 점술까지 청산유수로 흘러나온다. 하지만, 그의 박학다식과 잔머리에는 이념도, 명분도 없고 오직 생존의 논리만 있다. 관아에서 공금횡령으로 도주하다 청석골에 입당하고, 청석골에선 관아에 관한 정보를 역이용하여 봉물을 털고, 그러다 포도청에 체포되자 그 즉시 꺽정이를 잡을 수 있는 온갖 아이디어를 다 제공하고, 그야말로 '배반의 달인'이다. 마치 배반을 위해 태어난 인간처럼 보일 정도다.

다른 한편, 노밤이는 좀 질이 떨어지는 치토스다. 그 역시 생존의 논리 말고는 아무것도 없다. 하지만, 천하만사를 무불통지로 알 뿐 아니라, 그 처세가 어찌나 느물느물하고 능란한지 가는 곳마다 사람들을 단숨에 구워삶는다. 심지어 남들은 그 기세에 눌려 잘 쳐다보지도 못하는 꺽정이 앞에서도 '농담 따먹기'를 무시로 하는 인물이다. 감탄해 마지않는 사람들한테 노밤이가 한 수 가르쳐 준다. "자네네들이 아직 문리가 안 났네. 내게 강미를 바치구 글을 배우게. 남의 부하 노릇두 좀 편히 하려면 대장이구 괴수구 길을 잘 들여놔야 하네."(7권 114쪽) 대장을 길들인다고? 참 대단한 생존 기술이다. 아닌 게 아니라 꺽정이는 노밤이한테 진짜 약하다. 노밤이가 무슨 어릿광대짓을 해도, 또 어떤 어이없는 짓을 해도 다 용서한다. 자기도 그 이유를 잘 모른다. 세상만사 이래서 오묘하다고 하는가 보다. 하지만, 이런 기술은 아무리 뛰어나 봤자 끊임없이 배신과 도주를 반복할 수밖에 없다. 꺽정이한테 삐쳐서 포교들한테 정보를 흘리고, 그 때문에 자기도 잡혀가고, 그러고는 또 꺽정이를 잡을 묘책이 있다면서 청석골까지 들어가고, 거기서도 또 다시 속임수를 쓰고(윽! 토할 것 같다). 슬프지만, 그게 바로 '호모 치토스'의 운명이다.

이밖에도 많은 달인들이 등장한다. 꺽정이, 막봉이, 곽오주는 워낙 힘이 장사라 말할 것도 없고, 꺽정이의 누이 섭섭이도 '콩알 불기의 달인'이다. 동생 친구들이 재주를 익히는 것이 부러워 자신도 콩알을 입에 넣고 불어 대기 시작했다. 그것도 일 년 넘게 꾸준히 하다 보니 콩알 하나로 웬만한 표적은 다 맞힐 수 있게 되었다. 그래서 어디에 썼냐고? 글쎄, 그 대목은 보이지 않는다. 역시 목적 없는 순수한 배움이었던 게다.

이렇게 『임꺽정』의 인물들은 갖가지 방식으로 배움의 길에 나선다. 물론 이 길에는 목적지가 없다! 어디를 향해 가긴 하지만, 가다가 얼마든지 옆으로 샌다. 그래서 다들 바쁘다. 하긴, 요즘도 백수들이 가장 바쁘지 않은가. 노동을 하지 않고도, 직장이 없어도 얼마든지 바쁠 수 있다.^^ 정말 정신없이 바쁜 건 놀 때다. 놀이 따로, 배움 따로가 아니라, 놀이가 곧 배움이다. 놀이가 배움이라면 인생의 모든 순간이 다 배움이 될 수 있다. 이를테면, 꺽정이와 그의 친구들은 청년기를 자기만의 수련으로 통과한 것이다.

그에 비하면, 우리 시대 청년들의 처지는 실로 한심하다. 체질과 적성에 상관없이 무조건 입시에 올인해야 하고, 제도와 시스템에 갇혀 스스로 터득할 기회를 박탈당한 채, 스마트폰이 제공하는 각종 쾌락에 무차별적으로 노출되어야 하니 말이다. 더 큰 불행은 대학생이 되어도, 백수가 되어도, 나아가 중년이 되어도 이런 상황은 계속된다는 점이다. 이 '홈 파인 레일'에서 벗어나 '자유의 시공간'을 열고자 한다면, 첫째 목적 없이 배울 것, 둘째 몸으로 터득할 것, 셋째 스마트폰의 '주인'이 될 것 등의 윤리적 결단이 필요하다. 그럴 수만 있다면 누구든 달인이 될 수 있다. 쿵푸의 달인이자 인생의 달인이. 유복이처럼 사나운 팔자도, 돌석이같이 성질 더러운 인간도 가능한데 누군들 가능하지 않겠는가.

이야기와 서사, 달인들의 공부법

✤
✤
✤

꺽정이는 '검의 달인'이다. 하늘이 내린 장사라 특별히 재주를 익힐 필요가 없어서 봉학이가 활을 배우고, 유복이가 표창을 배우는 시간에 '뛰엄질'만 주로 했다. 기초체력만 다진 셈. 그러다 양주에서 어느 늙은 검객의 이야기를 듣고는 즉시 그를 찾아 숲으로 간다. 늙은 검객이 묻는다.

> "너 그래 그(갓바치)에게 무얼 배웠니? 글 배웠니?"
> "병서를 배웠소. 내가 글을 못하니까 이야기로 배웠소."
> "병서를 이야기로 배워? 그래 잘 알겠디?"
> "대강이야 알지요."
> "어려운 병서를 이야기로 가르치는 사람도 용하지만 이야기로만 듣고 아는 너는 더욱 용하다."
> (2권 227~228쪽)

꺽정이와 친구들은 무식하다. 진서고 언문이고 문자와는 담을 쌓은 인물들이다. 그래서 이들은 어떤 공부건 책이나 문자를 통해 하는 법이 없다. 그럼? 이야기로 배운다. 이야기로 배우고 이야기로 전수한다. 그러다 보니 이들은 모두 엄청난 수다쟁이요, 타고난 이야기꾼들이다.

갖바치가 꺽정이네를 방문했을 때다. 꺽정이가 천왕동이더러 인사를 시킨다. 이런저런 이야기 끝에 경복궁 화재 이야기와 중수重修 역사 이야기가 나왔다. 부역을 나갔었던 천왕동이가 말한다. "그런 집을 차지하고 한번 살아 보았으면 좋겠습다. 하루 살아 보고 죽어도 죽어서……" 하고 말끝을 내지 못하고 끙끙거린다. 백두산에서 살다 온 터라 어휘가 달린 것이다. 꺽정이가 "죽어서 한이 없겠습니다" 하고 대신 말끝을 채워 준다. 그러자 천왕동이는 "옳지, 한이 없어" 하고 손뼉을 치고 조금 있다가 "한이란 말을 아는데 생각이 잘 나지 아니하였소."(3권 322~323쪽) 맙소사! 마치 외국어를 습득하는 과정을 보는 듯하다. 그런데 이렇게 기초적인 어휘도 모르는 천왕동이가 갑자기 "왕후장상이 영유종호아"라는 고급문자를 구사한다. 고려 후기, 역사상 최초로 노예반란을 일으켰던 만적의 선언적 명제 아닌가. 그 말이 무슨 뜻인지 아냐고 묻는 갖바치에게 천왕동이는 "임금 노릇 대장 노릇 대신 노릇 하는 사람들이 어디 씨가 따로 있겠느냐 하는 말"이라며 단번에 정답을 맞힌다.

길에서, 일상 속에서 배우다 보니 진도가 들쭉날쭉이라고나 할까. 아무튼 이렇게 귀동냥과 수다로 말을 익혀 간다. '말이 말을 부른다'고 이 과정에서 다양한 지식들의 소통이 이루어진다. 백정 출신

봉단이가 정경부인이 되어 집안 대소사를 배운 것도, 백두산에서 야생동물처럼 자란 운총이가 마을의 살림살이를 익힌 것도 다 현장에서 입말을 통해 전수받은 것이다. 지금이야 대부분의 지식과 정보를 인터넷 검색을 통해 습득하지만 꺽정이 시대엔 '입말'이 그 모든 것을 전담했다고 보면 된다. 인ⁱⁿ터넷과 인ㅅ터넷의 차이라고나 할까.

호랑이 사냥이 끝난 뒤, 천왕동이와 돌석이는 친구가 된다. 돌석이가 천왕동이를 따라 봉산으로 놀러왔다. 밥상이 들어오나 술상이 들어오나 둘 사이에 이야기가 그치지 않았다. 밥상을 받을 때만 해도 '하오' 하던 것이 술상을 대할 때는 '하게'로 변해 있었다. 하오, 하게, 해라, 조선조에는 통상 이 세 가지 어법을 구사했다. 해서, 말투만 들으면 화자와 청자의 관계를 한번에 파악할 수 있었다. 하오에서 하게로 넘어갔다는 건 두 사람의 마음이 통했다는 뜻이다. 십년지기 '절친'과 다름 없어진 것. "여보게, 실없는 말 고만두구 자네 난리 치러 갔던 이야기나 좀 자세히 듣세." "자네 자형에게 들었을 테지." "자형이 무엔가?" "누님의 남편이 자형 아닌가." "매부 말인가?" "매부는 손아랫누이 남편이지." "까다로운 문자말을 누가 아나."(5권 273쪽) 돌석이도 무식하기 짝이 없는데, 그 돌석이한테 낱말학습을 하고 있다, 허참. 누구한테건 배울 게 있다는 공자님의 말씀은 과연 진리다! 둘의 대화는 계속된다.

"그래 자네 누님 남편이 지금 무엇 하나?"

"무엇 할 것 있나. 집에서 놀지."

"아까운 인재가 썩네."

"역졸이나 장교를 다니면 썩지 않는 셈일까."

"되지 못한 구실아치는 집에서 노는 팔자만두 못하지."

(5권 274쪽)

이 대화의 수준은 상당히 높다. 어설픈 정규직(역졸이나 장교)은 백수만도 못하다는 아주 예리한 비판의식이 담겨 있다는 점에서 그렇다. 이와 더불어 잘했으면 봉학이만큼 출세했을 것 아니냐는 천왕동이의 말에 자신은 고생을 팔자에 타고난 사람이라는 돌석의 말도 음미해 볼 만하다. 고생을 타고난 팔자에 대해 별 유감이 없다. 한 방을 꿈꾸지도, 기를 쓰고 벗어나려도 하지 않는다. 그냥 인연 닿는 대로 살아갈 뿐! 살아 보면 알지만, 이러기도 참, 쉽지 않다. 아마도 이런 것이 산전수전 다 겪어 본 이들의 내공이 아닐까 싶다. 그러니 이야기가 흥미진진할 밖에. 결국 닭울녘까지 돌석이의 고생 풀스토리가 이어진다. 이렇게 이야기를 주고받는 과정 자체가 아주 훌륭한 배움의 장이다. 낱말과 숙어, 화법 등을 고루 익힘과 동시에 타인의 인생역정을 관찰하고 실감할 수 있는 기회이기 때문이다. 인생 자체가 책이요 예술이며 경전인 셈이다. 칠두령이 우정을 쌓게 되는 건 다이 '인생극장'의 힘이다. 이들은 모두 길 위에서 만났다. 어디론가 떠돌다 어느 길목에서 딱 마주치면 일단 한판 싸우고, 그다음엔 술을 마시고, 그다음엔 밤새 이야기를 나눈다. 자신의 과거사를 판소리 완창하듯 한바탕 주워섬긴다. 도적질을 하러 가는 중에도 이야기를 하고, 서로 싸우면서도 이야기로 응수를 한다. 하면서 점점 입담이 늘기도 한다.

칠두령 가운데 팔자 험하기로는 유복이가 단연 독보적이다. 유복자로 태어난 데다 앉은뱅이로 10년을 지내고, 그다음에는 원수를 갚고, 도주하다 장군당에서 색시를 얻고 등등. 오주는 그 '징헌' 곡절이 흘러나오는 유복이의 입에서 눈을 떼지 못한다. 뿐인가, 원수도 못 갚고 앉은뱅이병으로 고생한 사연에서는 닭똥 같은 눈물을 떨구는가 하면, 원수의 목을 베서 부모의 산소에 찾아간 곡절에서는 "곤댓짓^{뽐내어 우쭐거리며 하는 고갯짓}을 하며 싱글거리고", 장군당에서 색시를 얻은 토막에 이르면 그야말로 '빵 터진다'. 울다가 웃다가, 갖은 몸짓에

추임새까지. 그야말로 역동적인 무대다. 서사가 살아나려면 말솜씨도 중요하지만 듣는 힘도 못지않게 중요하다. 판소리에서도 창과 고수 못지않게 귀명창을 중시한다. 예능에서도 리액션이 중요하다고 하지 않는가. 말이건 소리건 또 그 무엇이건 소통과 교감보다 더 중요한 건 없다.

가장 멋드러진 장면 하나. 막봉이와 오주가 한판 붙었다(이들의 맞짱은 이 책 3장 '길 위의 우정'의 「싸우면서 '정분'난다」를 보시라!). 오주의 완패! 막봉이가 오주를 송도 관아에 넘기려고 끌고 가던 중 꺽정이가 오주를 구하기 위해 달려온다. 꺽정이가 일단 막봉이를 진정시킨 다음, 오주의 기구한 곡절을 들려준다. 하지만 꺽정이는 말발이 영 시원찮은 처지라(하긴 천하장사가 '말발'도 좋긴 힘든 법) 옆에 있던 오가한테 떠넘긴다. 오가는 청석골 원조임에도 도적질보다는 '입으로' 먹고산다고 할 정도로 말솜씨가 빼어나다. "밤중에 배고파 우는 갓난애를 홀아비가 안고 달래다가 화가 치미는 바람에 눈이 뒤집혀서 안은 애 태기치는 광경을 그려내듯이 이야기"하자 아랫목에 누워 있던 오주가 벌떡 일어나고 유복이는 그런 오주를 붙들어 눕히고……. 마치 연극무대 혹은 소리마당을 보는 듯하다. 이렇게 해서 오주에 대한 막봉이의 앙심은 눈 녹듯 풀려 버렸다. 거기다 유복이의 인생경력을 듣고 나선 완전 반해 버린다. 이렇게 해서 송도 관아로 가던 일행은 걸음을 돌려 청석골로 향한다. 청석골로 들어가선 며칠 걸판지게 때려먹고 그때부터 친구가 된다. 원수지간이었던 인간들이 십년지기로 바뀌는 순간이다. 서사와 연극이, 광대와 관객이, 이야기와 삶이 자유롭게 넘나드는 인간극장!

알다시피 근대 이전은 구술문화의 시대다. 모든 것이 구술을 통해 이루어졌다. 그 시절, 이야기는 소통의 수단이자 오락이요 예술이었다. 또 새로운 관계로 나아가는 통로이기도 하다. 그에 반해, 우리 시대는 서사가 사라졌다. 사람들은 서사적 본능을 망각해 버렸다. 자신의 일상, 자신의 인생, 자신의 배움이 모두 이야기가 될 수 있다는 사실을 까먹은 것이다. 동시에 청각도 잃어버렸다. 청력 자체도 현저히 떨어졌지만 경청의 힘을 익히려 하지도 않는다. 그래서 자신의 속내와 인생역전을 멋들어지게 이야기할 줄도 모르지만, 남의 사연을 허심탄회하게 들을 줄도 모른다. 결국 남의 이야기는 드라마와 예능을 통해 엿보고, 자기 이야기는 정신과 의사나 심리상담사, 아니면 종교인들에게 털어놓는다(이런!). 임꺽정과 그의 친구들을 보면 서사와 경청이 하나의 능력임을 알게 된다. 그리고 그것이야말로 사람과 사람 사이의 가장 매혹적인 교량이라는 것도.

공부의 원리도 마찬가지다. 이야기를 하려면 판이 벌어져야 하듯이, 공부를 하려면 반드시 '터'가 있어야 한다. '스승과 도반道伴 함께 도를 닦는 벗, 도량道場 수행처'이 있는 터. 터는 넓을수록 좋다. 그 배움 '터'들의 네트워크, 거기가 바로 백수지성의 산실이다.

스승과 제자, 냉정과 열정 '사이'

✿
✿ ✿
✿

근대교육에서 좋은 스승이란 친절하고 자상한 안내자를 뜻한다. 역설적이게도 이것이 계몽의 구조이기도 하다. 제자는 어린애요, 길 잃은 양이다. 선생은 어른이고, 목자다. 어둠에서 빛으로, 미성숙에서 성숙으로 이끄는 것이 선생의 역할이다. 고전에서는 이와 다르다. 스승과 제자는 모두 깨달음을 향해 나아가는 동료일 뿐이다. 부처님 또한 자신을 스승이라고 지칭하지 않았다. 신이나 절대자라는 호칭은 더더욱 가당치가 않다. 다만 다른 이들보다 앞서 진리와 자유로 가는 길을 열었을 뿐이다. 일찍이 양명좌파의 기수 이탁오李卓吾가 설파했던, 스승이면서 벗이고, 벗이면서 스승인 '사우'師友의 관계가 바로 이런 것일 터. 바로 그렇기 때문에 절대 친절하지 않다. 아니 '무자비'하기까지 하다. 자비를 터득하기 위해선 무자비의 터널을 거쳐야 한다는 역설을 믿기 때문이다. 고로, 도를 향해 나아가는 길에 친절은 금물이다. 그래서 아무나 다, 똑같은 방식으로 가르쳐 주지 않는다. 문턱을 넘어오는 만큼만 가르쳐 준다. 그릇과 국량이 감당하는 만큼만 알려준다. 자신을 구원하는 건 결국 자기 자신이기 때문이다. 이 점에서도 평준화와 균질화를 강조하는 근대교육과는 완전히 배리된다. 평준화나 균질화에 집착하다 보면 결국 진리가 아닌 지식(혹은 정보)으로, 체득이 아닌 축적으로 나아갈 수밖에 없다. 그 과정에서 신체적 차이나 방향성은 지워지고 모두에게 같은 목표와 기준이 부여된다. 우리 시대 청년들을 압박하는 성적과 학벌, 스펙 등이 그것이다. 이런 지표들이 얼마나 진리와 자유, 깨달음과 지혜라는 영역을 잠식해 버렸는지는 더 말할 나위도 없다.

양주팔과 이천년. 이 두 사제간의 만남은 처음부터 운명적이었다. 주팔은 묘향산을 떠돌다 한 암자에서 이천년을 만난다. 만나는 순간, 주팔은 아주 강렬한 예감에 휩싸인다. "내가 그 사람 밑에 가서 제자 노릇이나 해보겠다. 제자 되겠다고 청하면 선선히 들어줄까? 지성감천이라니 어디 정성을 들여 보지."(1권 209쪽) 그러고는 근처 암자에서 자고 새벽에 다시 찾아간다. 암자는 비어 있다. 주팔은 비를 찾아서 "비 끝을 눌러 가며" 마당을 깨끗이 쓸어 놓고 또 걸레를 빨아 마루를 정하게 닦아 놓았다. 쓸고 빨고 닦고…… 그렇다! 모든 공부와 수행의 기초, 그건 다름 아닌 청소다. 스승들이 원하는 건 대단한 재능이나 선물이 아니라, 지극히 단순 소박한 실천이다. 한데 청소보다 더 소박한 실천이 있을까. 무술의 문파건 유·불·도의 문하건 초입자한테 청소부터 시켰던 건 이런 맥락에서다. 『서유기』에서도 삼장법사는 서역으로 가는 도중 불탑을 만나면 빗자루를 구해 성심껏 불탑 곳곳을 소제한다. 처음 길을 나설 때 그렇게 발원을 했다. 부처님에 대한 공양으로 그보다 더 좋은 건 없는 까닭이다. 주팔의 행동 역시 같은 맥락이다. 배우고자 하는 간절한 마음을 쓸고 닦는 행위로 표현한 것이다. 하지만 이 정도론 택도 없다. 이천년은 눈길도 주지 않고 그냥 들어가 버린다. 다음 단계.

'옛사람은 선생의 집 문앞에서 석 자 눈이 쌓이도록 서 있었다 하니 나도 그만 한 정성을 보이리라.'

주팔이는 속으로 생각하며 두 손길을 맞잡고 단정하게 서 있었다. 다리에 피가 내리도록 서 있었다. 다리가 떨리었다. 그래도 그대로 서 있었다. 다리가 남의 것같이 되었다. 그래도 그대로 서 있었다. 나중에는 주팔이가 쓰러지지 아니하려고 애를 쓰나 다리가 말을 듣지 아니하여 썩은 나무같이 쓰러졌다. (1권 211~212쪽)

제자인 주팔은 온몸을 던질 정도로 열렬하고, 스승인 이천년은 얼음물보다 더 차갑다. 전자가 열정의 화신이라면, 후자는 냉정하기 이를 데 없다. 열정과 냉정 사이의 팽팽한 대결! 청소가 입문의 기초라면, 온몸을 던지는 고행은 입문의 중간관문이다. 사실 이 과정 자체가 훌륭한 공부다. 정성을 다하는 것, 뜻을 이루기 위해 기꺼이 몸을 던지는 것, 이런 행동과 실천에도 연습이 필요하다. 배우고 익히지 않는데 절로 될 리가 만무하지 않은가. 좋은 스승이란 제자로 하여금 이런 윤리적 훈련을 스스로 하게끔 유도하고 촉발해 주는 존재다. 그래서 스승은 매혹적이어야 한다! 허나 이천년은 아직도 문을 열어 주지 않는다. 주팔은 초조해하지 않는다. 자신의 이 무모한 열정으로 스승과의 인연은 맺어졌고, 이제 남은 건 타이밍이다. 이름하여, '시절 인연'! 문득 '초조해하는 것은 죄'라는 카프카의 말이 떠오른다. 뜻을 세우고 지혜를 터득하는 여정에서 초조해한다면 그건 일종의 형용 모순이다. 지혜란 이 초조함으로부터 해방되는 기술을 배우는 것이므로. 다음날 다시 올라가서 마당 쓸고 마루 치고 기다린다. 사흘 되던 날 첫새벽에 다시 올라오니 마침내 허락이 떨어진다.

스승 이천년은 주팔이 언제 나타날지, 그리고 그 국량이 얼마인지 다 꿰고 있었다. 그런데도 덥석 받아 주지 않는다. 스스로 문을 열고 들어올 때까지 기다린 것이다. 3천배를 해야 접견을 허락했다는 성철 스님 이야기나 팔 하나를 잘라 바치고서야 달마대사를 만날 수 있었던 혜가 스님 이야기를 떠올리면 솔직히 주팔이의 경우는 약과다. 누군가를 향해 이렇게 열렬하게, 절실하게 다가가는 것, 우리 시대에 이런 건 오직 멜로에서나 가능한 장면이다. 연인의 마음을 얻을 때나 이럴 수 있다고 여기는 것이다. 하지만, 근대 이전 진리에 목마른 학인들은 이런 정염을 스승에게 바쳤다.

주팔이 입문했을 때 이미 학습 중인 학인이 있었다. 서자 출신의 18세 소년 김륜. 나중에 사주쟁이로 서울 장안을 떠들썩하게 하는 인물이다. 주팔은 선생의 심부름에다 김륜의 심부름까지 하느라 입문한 뒤 첫 한 달은 그냥 보내야 했다. 선생이 저술하는 『삼원명경』三元明鏡을 얻어 보기 시작한 것은 그 다음달부터였다. 하지만 주팔의 공부는 단번에 김륜을 앞지르고 만다. 김륜이 일 년에 18~19권을 보는데, 주팔은 한 달에 50권을 뗸다(와우!). 그러자 스승은 륜이한테 주팔이를 형으로 부르라고 지시한다. 첫째, 사람이 낫고, 둘째로는 나이가 많고, 셋째 이유는 재주가 앞선다는 것이었다. 김륜과 주팔은 그릇도 다를 뿐 아니라, 공부의 목표도 하늘만큼 땅만큼 달랐다. 김륜은 오직 주문이나 술법을 배워 세상을 떠들썩하게 하고 싶었을 뿐이다. 그러나 스승은 "정심 공부가 주문 공부보다 몸에 이로울 것"이라며 주문이나 술법을 가르쳐 달라는 김륜의 청을 단칼에 자른다. 하여 이천년은 자신의 도를 륜이 몰래 주팔에게 전수해 주고, 다 익힌 다음엔 책을 불태우라고 당부한다(속이고, 숨기고, 태우고. 중국 선불교의 역사에서 이런 장면은 아주 흔하다. 이로써 보건대, 스승과 제자는 천지의 도를 놓고 한판 승부를 펼치는 '라이벌'이자 '원수'이기도 하다).

도를 전수했으니 이제 스승의 몫은 끝났다. 하산할 때가 온 것이다. 스승은 제자를 떠나보낸다. 무슨 말이 필요할까. 다만 눈빛으로, 몸짓으로만 표현할 수밖에 없는 작별의 순간은 어떤 멜로보다 눈물겹다. 겉으론 한없이 냉정하지만 그 속엔 불꽃 같은 열정이 숨죽이고 있다. 처음 만날 때 그랬던 것처럼, 스승과 제자는 냉정과 열정 '사이'의 팽팽한 긴장감을 다시 한번 연출한다.

돌아온 양주팔. 이제 그는 더 이상 예전의 양주팔이 아니다. 음양오행의 이치와 술수를 터득한, 아주 낯설고 고귀한 존재가 되었다. 하여 이전과는 전혀 다른 생의 국면이 그를 기다리고 있었다. 스승을 통해 운명을 바꾼다는 건 바로 이런 의미이다. 요컨대 스승을 만나려면 먼저, 간절히 발원하라! 그 다음엔? 찰거미처럼 달라붙어라! 가르침이 시작되면? 마음을 비워라. 그래야 스승의 지식과 비전이 온전히 내 안으로 흘러들어 온다. 그 다음엔? 스승의 품을 박차고 떠나라!

앎, 축제 혹은 평상심

☆
☆
☆

다시 묻자. 배워서 뭐하나? 툭하면 가출하고, 길 위를 떠돌고, 그래서 스승을 만나 아주 낯선 세계로 진입하고… 그럼 뭐 어떻게 되는데? 라고 묻고 싶을 것이다. 대답은 여전하다. 아무 이유 없다! 도를 터득한 다음에는 뭘 하는가? 역시 '논다'. 놀면서 배우고, 배우면서 논다. 허무하다고? 글쎄? 정말 허무한 건 '노동과 화폐, 쾌락'의 삼중주에 빠지는 것 아닐까. 그에 비하면 평생 길 위에서 뭔가를 배우고 그 안에서 놀 수 있다면, 그런 인생이야말로 좋지 아니한가!^^

애당초, 배움의 현장 자체가 놀이에 다름 아니다. 한바탕 이야기를 풀어놓을 때면, 당연히 술과 떡과 고기가 함께한다. 그게 바로 축제다. 아닌 게 아니라, 이들은 축제 폐인들이다. 정착민들에겐 '봉제사奉祭祀 접빈객接賓客'조상의 제사를 받들고, 손님을 맞이한다이 중심이지만 길 위의 인생들한테 그건 해당사항이 아니다. 세속적 권위, 예법이나 상법, 습속 따위에 매일 이유가 없기 때문이다. 대신 즉흥적인 잔치마당은 무시로 벌어진다. 그러다 보니 일상이 곧 축제다. 가장 화려한 대목 하나, 꺽정이가 갖바치를 따라 팔도유람을 하던 중 송도에 가서 황진이와 서경덕 형제들을 만난다. 황진이는 당대 최고의 명기로 화담 서경덕의 제자로 입문해 있던 터였다. 서경덕은 기氣철학자 혹은 도가사상가로 유명한 이다. 즉, 그 역시 당대 사상사의 주류에선 한참 벗어난 '마이너'였던 것. 즉석에서 노래와 춤과 요술, 각종 재주가 펼쳐진다.

서형덕, 서숭덕 형제가 술이 취한 김에 요술을 할 것이니 구경하라고 떠들었다. …… 물 만 밥 한술을 입에 넣었다가 공중을 향하여 뿜으니 흰 나비들이 펄펄 날았다. …… 갓바치가 슬그머니 손가락을 튀기더니 나비로 보이던 것이 종이쪽이 되어 떨어졌다. …… 이때 젊은 축은 각기 숨은 재주를 다 내놓아서 법석을 벌이었다. 서형덕은 나무꾼의 노래를 흉내내고 서숭덕은 금단의 손을 잡고 춤을 추고 김덕순은 긴 활개를 펼치고 남무男舞 한바탕을 법제로 추었다. 노축에 섞이어 앉았던 김륜이가 어느 틈에 자리를 옮겨와서 거북춤을 춘다고 팔을 짚고 엎드려서 목을 오므렸다 내밀었다 하며 궁둥이를 치어들었다 내려 놓았다 하여 여러 사람의 웃음을 자아내어 젊은 사람들이 돌아서서 손뼉을 칠 뿐 아니라 노축까지도 이야기를 그치고 입들을 벌리었다. …… 서숭덕이가 요술한다던 운두 높은 목판을 앞에 갖다 엎어놓았다. 꺽정이의 작대기가 휘휘 돌기 시작하며 진이의 목판에서 또르락딱딱 소리가 났다. 도는 작대기에 맞추어서 목판 소리가 차차로 잦아지다가 휘휘 돌던 작대기가 번개같이 돌게 되어 작대기가 작대기로 보이지 아니하고 수

없이 많은 검은 뱀이 꺽정이의 전후좌우를 휩싸고 도는 것같이 보이었다. (2권 312~316쪽)

황진이와 서경덕 형제. 갖바치와 그의 동료 김륜, 그리고 꺽정이 등 당대 최고의 인물들이 모여 한바탕 '놀아제끼는' 버라이어티 쇼다. 노래와 요술, 칼춤이 난무한다. 예정에 있던 것도 아니고, 특별히 준비된 것도 아니다. 그저 우연히 만나 신명이 나자 바로 판을 벌인 것뿐이다. 신분이나 철학, 지역과 성향, 모든 것이 천차만별인 이 낯선 존재들이 아무 거리낌 없이 한데 어우러진다. 그 매개는 '앎과 배움'이다. 특히 꺽정이가 이 그룹에서 전혀 소외되지 않을 수 있는 건 전적으로 그의 내공 덕분이다. 배우고 터득하고 그래서 세상과 맞짱뜰 수 있는 내공. 이야기와 축제, 이 두 가지 전략으로 인해 이들의 전투는 분노로 점철된 강퍅한 투쟁과 저항이 아니라, 체제의 외부를 자유롭게 떠도는 '마이너들의 향연'이 된다.

꺽정이네는 무식하다. 문자와는 담쌓은 인물들이다. 나중에 서림이가 모사꾼이 된 건 서림이가 두뇌회전이 빠르기도 하지만, 이들이 상대적으로 너무 무식해서다. 여기서 무식하다는 건 문자를 멀리한다는 뜻이면서 동시에 생각을 거의 안 한다는 의미도 있다. 무념무상! 그럼, 도인이란 말인가? 물론 아니다. 다만 생각과 행동 사이에 간극이 없다! 이건 사실 대단한 경지다. 죽음에 대한 공포에서 벗어날 수 있는 것도 이 때문이다.

꺽정이가 막봉이를 구출한 뒤, 한 이방의 집 다락방에서 잠행을 하고 있을 때다. 포도군사 서넛이 진천 장교를 앞세우고 이방의 작은 집_{소실의 집}까지 수색을 하다 돌아가자, 그 집 여주인은 간이 콩알만 해진다. 하지만 정작 당사자들은 이 상황을 뻔히 내다보고 있으면서도, 벙어리 시늉을 하거나 그걸 구경하거나 누워서 다락 천장이나 치어다보고 있을 뿐이다. "생사관두生死關頭 죽고 사는 것이 달린 매우 위태로운 고비의 위경" 중에도 멍을 때리는 경지! 또 송악산 굿구경 갔다가 한바탕 살인사건이 벌어지는 바람에 청석골패가 큰 위기에 처한 적이 있었다. 길막봉이는 언제나처럼 태평이고, 천왕동이와 배돌석이도 역시 아무 생각이 없다. 이에 비해 서림은 안절부절. 지나가는 사람들이 지껄이는 말을 듣자니 막봉이가 용의자로 몰리는 상황. 서림이 어쩔 줄 몰라 세 사람을 돌아봐도 그들은 변함없이 빙글빙글 웃기나 하고 당사자인 막봉이는 콧방귀를 뀔 뿐이다. 생사가 오락가락 하는 순간에

이렇게 평정심을 가질 수 있다니, 앞서 말한 '초조함으로부터의 해방'이 이런 것인가. 죽음에 대한 공포, 존재의 근원적 불안에서 자유로워야만 가능한 경지다. 따지고 보면, 서림이가 '배신을 때리게' 된 것도 이 공포와 불안을 벗어나지 못한 탓이다. 요컨대, 공부를 통해 낯선 경계로 진입한다는 건 낡은 권위와 습속으로부터 탈주하는 일인 동시에 생사의 경계조차 뛰어넘는 행위이기도 하다. '평상심이 도道'라는 건 이런 의미에서다.

양주팔의 공부가 그 점을 '리얼하게' 구현하고 있다. 그에게 공부란 운명의 마디를 유연하게 통과하는 일상의 도정일 뿐이다. 이천년에게서 음양오행론의 이치를 마스터했지만, 그는 다시 저잣거리로 돌아와 가죽신을 만들면서 '거리의 스피노자'가 된다. 양주팔에서 갖바치로! 공부로 세상을 주름잡는다거나 한바탕 권세를 휘두르는 짓 따위가 아니라, 지극히 범속한 일상 속으로 들어간 것이다. 의약으로 사람들을 고쳐 주고, 미래에 대한 예지력으로 사람들의 번뇌를 치유해 주면서. 그가 본격적으로 도술을 발휘한 건 병해대사가 된 다음부터다. 중생이 번뇌하는 한복판에서 자신의 능력을 아낌없이 펼치는 생불生佛의 길, 이 여정에는 부귀도 공명도 없다. 다만 일상이 있을 뿐이다. 그래서 눈부시다. 생사의 관문을 넘을 수 있는 힘도 거기에서 나온다. 스승 이천년의 죽음도 그랬지만 그의 죽음 또한 지극히 '태평하다'. "생불이 돌아갈 때 목욕하고 새옷 입고 앉아서 조는 양 숨이 그쳤었는데, 그날 종일 이상한 향내가 방안에 가득하고 은은한 풍악소리가 공중에서 났다고 소문이 자자하였다."(6권 288쪽) 어떤 슬픔이나 회한도 없다. 미련도 애달픔도 없이 그저 자연으로 돌아갔을 뿐. 평상적인, 지극히 평상적인!

사랑하는 사람은 보상이 필요없다, 사랑하는 순간 이미 천국을 경험하게 되니까. 그렇다면 공부에도 목적이나 이유, 대가 따위가 필요하지 않다. 공부하는 순간, 이미 삶은 축제가 되니까. 그리고 그 축제의 절정이 곧 평상심이다. 일상이 곧 공부요 도가 될 때, 생사의 문턱 역시 가뿐히 넘나들 수 있다. 평상심이란 무릇 그런 것이리라. 양명학의 대가이자 소금장수 출신의 철학자 왕심재의 「낙학가」樂學歌를 클로징 멘트로 삼기로 하자.

즐겁지 않으면 배움이 아니고, 배우지 않으면 즐거움도 없다. 즐거운 연후에야 배운 것이고, 배운 연후에야 즐겁다. 고로, 즐거움이 배움이고 배움이 곧 즐거움이다! 아아! 세상의 즐거움 중에 이 배움만 한 것이 또 있을 것인가?

3장

길 위의 우정

청년백수와 친구

'솔직한'(?) 반역자

✿
✿ ✿
✿

봉학이는 활의 달인, 유복이는 표창의 달인, 천하장사 꺽정이마저 '검의 달인'이 되어 돌아왔다. 뻔둥뻔둥 놀면서 뛰엄질만 해대던 세 동무가 '달인 삼총사'로 재탄생한 것. 한참 팔팔한 나이에다 가슴속은 불평지기不平之氣로 그득한데, 설상가상(?)으로 일당백의 전투력을 갖게 되었으니, 이거야 뭐 존재 자체가 무기인 격이다. 갖바치와 심의, 두 스승은 왠지 불안하다. 아니나 다를까 사고가 터지고 말았다. 세 동무가 훈련원에서 말타고 활쏘는 것을 구경갔다가 얼떨결에 사람들을 다치게 한 것이다. 관아에 붙들려 가서 문초를 받는데, 실토하는 말들이 가관이다. 먼저 고지식한 유복이. 창을 왜 배웠냐고 묻는 포도청 부장의 말에 씩씩하게 대답한다. "아버지 원수 갚을랍니다." 곤장 십여 대로 간단히 끝났다. 약삭빠른 봉학이. 역적질할 생각으로 활을 배운 게 아니냐, 원수는 없느냐는 유도심문(?)에 절대 걸려들지 않는다. "원수는 무슨 원수예요? 외할머니가 항상 하는 말이 가난이 원수라고 하니까 가난을 저의 원수라고나 말할까요." 볼퉁이만 쥐어박히고 끝났다. 문제는 꺽정이다.

"너 이놈! 힘이 세다고 역적질할 생각을 가졌다지?"

"역적질이오? 할 생각 있지요."

"이놈 보아, 죽일 놈 같으니!"

……"역적질할 것을 누가 가르치더냐?"

"가르치다니? 내가 남을 가르칠 작정이오."

"어느 때쯤 일을 내려고 했느냐?"

"일을 내기 좋은 때 내려고 했지요."

"누구를 추대할 생각이 있었더냐?"

"추대가 무어요?"어휘에 약하다^^ — 인용자

"임금으로서 세우는 것 말이다."

"임금을 없이 하려는 사람이 다시 세운단 말이오?"

"임금 노릇할 사람은 작정이 없었단 말이냐?"

"임금이 소용들 있다면 나는 못할까요."

(2권 265~266쪽)

허걱! 부장, 군사 할 것 없이 다들 기겁을 한다. 너무 무식해서, 또 너무 솔직해서! 심문하면서 단어 뜻풀이까지 해주어야 하다니. 그리고 뜻을 말해 주자마자 토설하는 건 또 뭔가. 역사상 이렇게 무식한, 아니, 이렇게 솔직한 반역자가 또 있을까. 스스로 역모를 자백했으니 능지처참을 당해야 마땅하건만, 그 사이에 갖바치와 심의가 손을 쓰기도 했고, 포도청에서도 역모라 떠들기도 남사스러워 중곤을 쳐서 그냥 방면해 버린다.

하지만 이 사건의 후유증은 컸다. 이때부터 봉학이 할머니와 유복이 어머니가 두 아이를 꺽정이랑 떼어놓기 위해 안간힘을 쓴다. 꺽정이랑 같이 붙어 있다가는 봉학이, 유복이의 앞날마저 '걱정스러워질 게' 뻔한 탓이다. 하지만 둘은 온갖 꾀를 다 써 가며 꺽정이를 찾아다닌다. 셋은 이미 동무를 넘어 '결의형제'를 맺은 사이다. 대체 누가 이들의 만남을 막을 수 있으랴. 할 수 없이 봉학이네가 무악재 밑으로 이사를 갔다. 허나, 그것도 허사. 하루걸이로 서로 중간에 장맞이^사 _{람을 만나려고 길목을 지키고 기다리는 일}를 하는 장면이 포착되자, 봉학이 할머니가 마침내 교하로 이사를 가기로 작정한다. 이젠 정말 앞날을 기약할 수 없는 '긴 이별'이다.

봉학이가 떠나는 날, "언니, 들어가시오." "유복아, 들어가거라." 하고 눈물을 뿌리면서 두 손으로 꺽정이와 유복이의 손을 갈라잡고 울먹이며 말한다. "우리가 이담에 우리 집을 가지고 살 때 되거든 한곳에 모여서 떠나지 말고 삽시다."(눈물 없인 보기 어려운 장면이다, 훌쩍!) 그리고 얼마 후, 유복이마저 시골 이모네로 떠나가자 꺽정이는 "짝 잃은 기러기 신세"가 되었다. 동무들과 함께 시작된 청춘이 동무들이 떠나면서 저물어 가고 있었다. 봄날은 간다!

친구가 뭐길래! ― 우정과 인생

❀
❀
❀

〈여고괴담〉이란 영화가 있었다. 10년이 넘도록 주야장천 학교를 다니고 있는 여고생 귀신에 관한 이야기였다. 대체 왜 그 지긋지긋한 학교를 죽어서까지 다니고 있는 거지? 학교가 너무 좋아서? 일등 한번 해보려고? 그게 아니라, 친구를, 자기를 진심으로 이해해 줄 친구를 기다리느라 그랬단다. 한마디로 친구가 없어 '한이 맺힌' 귀신이었던 거다. 그렇다. 친구가 없으면 정말 죽어서도 눈을 감지 못한다(살아서 친구가 없었는데, 죽은 뒤에 친구가 생길 리가 있겠는가. 그러니 쓸쓸하게 구천을 맴돌 수밖에).

친구가 필요해! 나만의 소중한 친구가 있다면! 누구나 이렇게들 말한다. 하지만 정작 그 친구와 인생을 함께하는 '찐한' 우정을 나누고 싶냐고 하면, 다들 뜨악할 것이다. 웬 우정? 인생을 다 거는 건 또 뭐야? 그건 좀 부담스럽지 않나? 꼭 그렇게 깊은 우정을 나누어야 하나? 쿨하게, 적당한 거리에서 적당히 사귀는 게 좋지 않을까? 심심할 때 만나서 뒷담화하고 술 한잔하면서 불평지기를 털어놓는 것. 지금 현대인들이 생각하는 친구와 우정의 범위는 이 수준을 크게 벗어나지 않을 것이다. 여성들은 주로 수다와 쇼핑의 파트너들, 남성들은 주로 음주가무(회식)의 동반자들.

　그래서 참, 어이없다. 친구를 그처럼 하찮게 생각하면서 맨날 친구가 없어 외롭다고 하니 말이다. 단언컨대, '우주에는 공짜점심이 없다'. 사람이건 일이건 내가 마음을 여는 딱 그만큼 '인연의 장'이 열린다. 친구를 받아들일 준비가 안 되어 있는데, 대체 어떤 친구가 내 마음의 틈을 비집고 들어온단 말인가? 해서 진정, 좋은 친구를 원한다면 자신이 먼저 좋은 친구가 되면 된다. 그게 뭐냐고? 그래서 우정에도 쿵푸가 필요하다!

　『임꺽정』을 끌어가는 서사의 기본라인은 '우정'이다. 수많은 인물군상이 등장하고, 왕실과 명문거족, 유·불·도의 대가들과 역관서리에서 천민까지 각계각층이 두루 망라되지만 이야기의 뼈대는 '청석골 칠두령의 우정과 의리'다. 물론 칠두령뿐 아니라, 주요 등장인물들을 지배하는 정서 역시 '우정' 혹은 의리다. 『임꺽정』의 세계는 선악 이분법이 지배하지는 않는다. 선한 놈인가 싶으면 형편없이 나쁘고 심하게 나쁜 인간인가 싶으면 놀라울 정도로 착하다. '좋은 놈 나쁜 놈 이상한 놈'이 한 인물한테 뒤섞여 있다고나 할까. 꺽정이만 해도 그렇다. 퓨전사극 〈일지매〉나 〈홍길동〉 등에 나오는 주인공처럼 시종일관 멋진 일만 할 것 같지만, 절대 그렇지 않다. 주색잡기에 빠져 허우적대기도 하고, 어처구니없는 살인과 폭력을 저지르기도 한다. 하기야 청석골 자체가 반역과 비리가 맞물려 있는 조직이다. 계급적 이분법도 잘 들어맞질 않는다. 상류계층이 썩어 빠진 건 맞는데,

그렇다고 하층민이 더 고결하고 도덕적인 것도 아니다. 말하자면, 인물들의 행동이나 궤적이 현대인들의 합리적 잣대로는 잘 가늠이 되질 않는다. 대신, 인물들의 캐릭터를 구분짓는 아주 뚜렷한 선분이 하나 있다. 의리를 소중히 여기는 인간과 그렇지 않은 인간. 이 기준점은 일상의 사소한 영역에서 생사를 가르는 엄청난 사건에 이르기까지 두루 관통한다.

1권 「봉단편」의 주인공 이장곤이 유배지에 있을 때 유모의 아들 삭불이가 와서 도주를 권한다. 삭불이의 권유를 물리치고 돌려보내자, 당시 이장곤이 머물고 있던 집주인이 말한다. "그렇게 의리 있는 사람을 왜 쫓으셨소?" 그러곤 팔뚝을 걷어붙이며 "세상에는 의리가 제일"이라고 덧붙인다.

그는 사실 의리란 말의 뜻도 잘 모른다. 그저 느낌으로, 직관으로 감을 잡고 있을 뿐이다. 그런데도 의리를 인생의 척도이자 기준으로 삼고 있다. 그래서 아무 연고도 없는 이장곤을 위해 위험을 무릅쓰고

밤새 노를 젓는다. 아마 그 순간 그는 생의 충만감을 만끽했으리라. 꺽정이와 그의 친구들 역시 마찬가지다. 그들이 우정과 의리에 목숨을 걸 때 그것은 어떤 명분이나 개념이 아니다. 몸으로 터득한 삶의 원칙이자 생존의 원리다.

두 친구가 시골로 내려가고 외기러기 신세가 된 꺽정이는 서울이 재미없어지면 양주로 가고, 양주가 시들해지면 서울로 왔다. 한 반년 지난 뒤에 서울서 다시 맘에 맞는 사람 하나를 만나게 되었으니, 그가 바로 양반친구 김덕순이다. 양반티를 내지 않고, 고리삭은 글 이야기도 하지 않고, 힘깨나 쓰기에 꺽정이와 힘겨룸도 할 수 있어 꺽정이보다 나이가 배나 많은데도 동무처럼 지내게 되었다. 그렇다! 친구가 된다는 건 신분이나 나이, 지식 등과 같은 사회적 경계를 넘어설 때 비로소 가능해진다. 덕순이 역시 서울로 올라온 뒤로부터는 갓바치는 물론이요, 꺽정이의 얼굴을 하루만 못 봐도 안달이 나 갓바치의 집을 아예 제집처럼 드나들게 되었다. 갓바치가 서울생활을 접으면서 덕순이한테 집을 넘기고 간 것도 이런 맥락이다. 갓바치와 심의의 관계도 '심상치 않다'. 심의네 집 하인이 갓바치한테 한 말, "당신이 시골 가서 하도 오래 아니 오니까 댁 나으리께서는 화를 더럭더럭 내십디다."(2권 144쪽) 하루라도 못 보면 견딜 수 없을 정도로 '뜨거운' 사이가 된 것. 이런 식으로 등장인물들 간의 '러브 라인'이 장난이 아니다.

그러니까 이들에게 있어 친구란 수다 떨고 쇼핑하고 회식하는 대상이 아니라 생의 모든 순간을 함께하는 '깊은 인연'을 의미한다. 친구를 통해 시선이 바뀌고, 친구를 통해 길이 열리고, 친구를 통해 삶이 완성된다. 당연히 뜨거운 정염이 수반될 수밖에. 그러니 부귀공명은 물론이고 목숨도 기꺼이 던질 수 있는 것이다.

인생과 우정이 하나로 오버랩되는 이 특별한 기술을 체득할 수 있다면! 고독과 소외라는 현대적 질병에서 벗어날 수 있을 뿐 아니라, 청년백수의 경제적 비전(놀면서 배우고, 배우면서 자립하는)도 가능하지 않을까?

싸우면서 '정분' 난다!

✿
✿
✿

꺽정이와 그의 친구들은 한 방면의 달인들이다. 그래서 길을 나서는데 거침이 없다. 누구를 만나도 맞짱을 뜰 준비가 되어 있다. 그래서이들이 새로운 친구를 만나는 법은 먼저 한판 붙는 것이다. 죽기살기로 싸우다 보면 정이 든다. 그래서 친구가 되고, 형제가 된다.

유복이가 청석골에 들어가 댓가지 도적으로 이름을 날릴 즈음, 곽오주와 한판 붙었다. 오주가 힘이 장사라는 말을 듣고 '떼밀기 내기'를 제안했다('때밀기'가 아니라, '떼밀기'다^^). 작품 전체에서도 손꼽히는 '명장면'이다.

총각이 유복이의 팔을 놓고 물러서서 두 팔을 위로 쭉 뻗치고 가슴을 딱 벌리었다. 유복이가 총각 하던 대로 견대팔을 쥐고 떠미는데 총각의 팔이 돌덩이 같았다. 총각이 한동안 뻑쓰더니 그 이마에 진땀이 솟았다. 총각의 몸이 뒤로 젖히어지는 듯하며 발이 뜨기 시작하여 뒤로 몇걸음 밀려나갔을 때 총각의 입에서 '애개개' 소리가 나왔다. 그 소리가 우스워서 유복이가 머리를 들고 볼 즈음에 총각이 펄썩 주저앉아서 유복이는 앞으로 고꾸라질 뻔하였다. "이놈아,

왜 주저앉니? 너 졌지?" "지기는 왜 져." "이놈, 염체 봐라. 앙탈두 못하두룩 떠다박질러 줄 테니 어서 일어서라." "내가 똥이 마려우니 똥 좀 누구." 총각이 두 팔을 뒤로 짚고 얼굴을 젖혀들고 두 눈을 찌긋찌긋하며 유복이를 치어다보니 유복이가 빙그레 웃으면서 말하였다. "그럼 어서 가서 누구 오너라." "가기는 어디루 가. 여기서 누지." 총각이 그 자리에 쭈그리고 앉으며 곧 바지를 까뭉갰다. "이놈아, 사람 앞에서 무슨 짓이냐!" "개 앞에서나 누는 법인가? 여기 개가 있어야지." …… "어, 구리다." 하고 유복이가 뒤로 물러나니 총각은 예사로 "누는 사람도 있을라구." 하고 한자리 옆으로 옮겨 앉았다.

(4권 220~222쪽)

다 눈 다음엔? 낙엽으로 밑을 닦고 일어난다(오호! 기막힌 재활용이다). 싸우다가 똥누고 똥누면서 아웅다웅하고. 그러고 나선 다시 한판 붙는다. 옆에서 보고 있던 오가도 한판 땡긴다. 이거야 뭐, 예능을 찍는 것도 아니고, 이쯤 되면 이미 친할 대로 친해진 거 아닌가. 원래는 오가가 오주한테 된통 당해서 유복이가 그 복수를 해주러 온 건데, 사태가 이상하게 꼬여 버린 것이다. 오가가 영 떨떠름해서 구시렁대자 유복이가 오주의 똥무더기를 보며 말한다. "그 총각이 밉지가 않구먼요."(4권 226쪽) 밉지 않다!? 작품 전체에 걸쳐 꽤 자주 등장하는 '서술어'다. 문자 그대로, 곧이곧대로 이해하면 안 된다. '밉지 않은' 정도가 아니라 '은근히 끌린다'는 뜻이기 때문이다. 하여, 친구 간이건 남녀 사이건 '왠지 밉지 않다!'는 고백이 나오는 순간, 둘 사이에 심상치 않은 기류가 흐른다고 봐야 한다. 허 참, 싸우다 똥누는 건 뭐고, 똥누는 거 보고 반하는 건 또 뭔가. 진짜 '이상한 놈'들이다.

훗날 오주는 '쇠도리깨 도적'으로 악명을 떨치게 되는데, 여기엔 아픈 사연이 있다. 산후더침_{출산 후 조리를 제대로 하지 못해 생기는 여러 가지 병}으로 마누라가 죽은 뒤, 갓난애를 젖동냥으로 기르는데, 우는 아이를 밤새 달래다 잠깐 정신줄을 놓는 바람에 태기쳐서 죽게 하고 말았다. 그후 아이 울음소리만 들으면 광증이 나서 마구 날뛰게 된 것이다.

천하장사 길막봉이가 자기 매부인 손가의 원수를 갚으러 곽오주를 찾아갔다. 막봉이가 쌈박하게 씨름으로 끝장내자고 내기를 건다. 막봉이는 매형의 원수도 원수지만 오주의 손에 죽은 어린애들의 원수를 갚아 줄 것이라며 오주에게 도전장을 날린다. 이렇게 해서 황소싸움보다 더 무서운, 황소 같은 사람들의 싸움이 시작되었다. 막봉이와 동행했던 삼봉이와 손가는 짐짝들과 쇠도리깨를 한옆에 치워 놓고서 두 사람의 싸움을 관람한다. 결과는 막봉이의 압승! 뻗어 버린 오주. 그제서야 손가가 오주의 머리와 얼굴을 발로 짓밟아 온몸이 피투성이가 되었다. 오주의 사지가 축 늘어지자, 옆에서 보고 있던 막봉이가 손가를 말리기 시작한다. "그러다가 아주 죽이겠소." 그래도 그치지 않자, "고만두라거든 잔소리 말고 고만두어요!" "그만하면 원수두 갚구 버릇두 가르쳤지. 아주 죽일 맛이 무어요?" 당황한 손가.

"자네가 오늘 식전까지 무도한 도둑놈은 잡아 없애야 한다구 말하지 않았나? 홀제 맘이 변한 걸세그려." "맘이 변했소. 변했으니 어떻단 말이오?"(5권 41쪽)

그 사이에 오주한테 마음이 '동한' 것이다. 늘 이런 식이다. 한판 싸우고 나면 어느새 서로에게 끌린다. 이게 바로 몸으로 하는 소통법이다. 몸과 몸 사이의 어울림과 맞섬! 쉬운 말로 엎치락뒤치락하다 보면 홀연 마음의 장벽이 사라져 버린다. 왜냐? 몸싸움에선 자의식과 망상이 들어설 여지가 없는 까닭이다. 그래서 아주 담백하게 상대를 받아들이게 된다. 특히 힘이 팽팽할 경우, 싸우면 싸울수록 서로를 자신의 분신처럼 느끼게 되어 있다. 그러니 정분이 날 밖에. 그런 점에서 현대인들이 우정에 약한 건 무엇보다 이 단순한 소통법을 망각한 탓이다. 현대인들은 몸보다 마음, 그것도 자의식과 망상으로 가득한

대화에 훨씬 익숙하다. 자신의 몸조차 '있는 그대로' 보지 못한다. 그러니 타자의 몸, 그 몸에서 내뿜는 원초적 메시지를 받아들일 능력이 있겠는가.

부연하자면, 한의학적으로 간신肝腎 간장과 신장은 결단과 용기를, 비위脾胃 비장과 위장는 생각을 주관한다. 건강한 신체란 이 둘 사이의 간극이 없음을 의미한다. 요컨대 생각과 행동이 일치해야 한다. 생각은 많은데 행동이 따라주지 못하거나 혹은 그 반대의 경우, 그만큼의 잉여가 몸에 쌓이게 된다. 그 잉여가 바로 번뇌와 질병을 낳는다. 지행합일 혹은 언행일치가 중요한 이유가 여기에 있다. 즉, 그것은 윤리적 문제 이전에 양생적 원리라 할 수 있다. 말과 행위, 말과 생각, 이 사이의 간극이 한참 벌어진 사람이 건강하게 산다는 건 불가능하다. 타자와의 관계에서도 마찬가지다. 현대인들은 특히 간신이 허약하다. 온갖 이벤트와 스펙터클에 길들여져 기운이 다 상체로 뜨게 된 덕분이다. 전문용어(?)로 허열虛熱이 망동한다고 한다. 그러다 보니 쓸데없는 망상만 늘고 또 망상이 늘다 보니 비위가 늘 스트레스에 시달린다. 행동으로 이어지지 못한 '의념'意念 쉬운 말로 잔머리들이 너무 많아진 것이다. 알 수 없는 불안과 두려움에 시달리는 이유도 거기에 있다. 현대인들이 말하는 소통과 배려는 주로 이런 비위비장과 위장적 표상에 근거한다. 하지만, 그건 넌센스다. 왜냐하면, 그 표상들은 대개 상품과 화폐적 이미지로 이루어져 있어서 그걸 뛰어넘어 서로를 이해한다는 건 요원하고 또 요원할 뿐이다. 심지어 대화를 하면 할수록 오해가 쌓이는 경우도 허다하다. 그래서 어설픈 대화보다 아예 생각 자체를 내려놓고 '몸적으로' 소통하는 기술을 익히는 것이 필요하다. 그래야 비위도, 간신도 튼실해질 수 있다. 아, 물론 꺽정이네들처럼 한바탕 붙으라는 뜻은 아니다.^^ 몸과 몸의 어울림과 맞섬에도 수많은 방법이 있을 수 있다. 중요한 건 머리로, 입으로 재지 말고 몸을 통해 직접적으로 부대껴 보라는 것. 그럴 수만 있으면 전혀 예기치 못한 관계의 장이 열릴 것이다. 꺽정이네들이 그랬던 것처럼.

이야기는 '힘'이 세다! ─ '말잔치'

✿
✿ ✿
✿

물론 그렇다고 이들이 오직 몸싸움만 하는 건 아니다. 몸싸움 못지않게 엄청 말도 많다. 싸우고 나면 꼭 술판이 벌어지는데 그때는 서로 정신없이 떠들어 댄다. 벽초의 표현이 기가 막히다. 방 안 "가득한 술 김은 무지개가 되고 여러 입에서 나오는 이야기는 꽃"(4권 327쪽)으로 핀단다. 이렇듯, 술잔치는 늘 말잔치로 이어진다. 그래서 다들 이야기꾼이다. 소설 서두에 나오는 이장곤만 해도 도망자 처지에 봉단이네 집에 은근슬쩍 정착할 수 있었던 건 순전히 말솜씨 덕분이다. 주팔이나 돌이, 봉단 엄마까지 이장곤이 들려주는 서울 이야기에 푹 빠졌던 것이다. 돌이의 아버지, 그러니까 꺽정이의 할아버지 역시 알아주는 고담꾼이었다. 들어줄 사람만 있으면 즉시 판을 벌인다. 오래전 조상의 이야기, 가문의 보배인 활 이야기 등등. 이런 이야기 속에서 역사와 풍속, 세상살이에 대한 다채로운 '앎'들이 넘실거린다.

청석골 원조 오가가 솔로로 활약하면서 유복이, 곽오주 등을 청석골로 불러모을 수 있었던 것도 그의 구변 덕분이었다. 오가의 싸움 실력은 누가 봐도 형편없다. 조금만 '쎈' 상대를 만나면 바로 무릎을 꿇는다. 그 다음엔 넉살 좋은 화술로 사태를 모면한다. 너스레와 수다에 관한 한 타의 추종을 불허한다. 위기를 거뜬히 모면할뿐더러 상대를 친구나 가족으로 만들어 버린다. 유복이를 수양사위로 삼아 청석골에 주저앉힌 것이나 청석골 주변의 사람들로 하여금 청석골 끄나풀 노릇을 하게 만든 것 등도 따지고 보면 다 오가의 '말발'이었다. 힘이 아니라, 입으로 영업하는 도적이라니. 그게 말이 되나, 싶지만 화적질도 결국은 사람 상대하는 업종(?) 아닌가. 멕시코의 민족해방군 사파티스타의 강령 가운데 '우리의 말이 우리의 무기입니다'라는 말이 있다. 오가한테 딱! 들어맞는 슬로건이라 할 수 있겠다. 오가가 좀 유별나다 뿐이지 다른 두령들 역시 다 이 방면엔 일가견이 있다. 관군과 접전을 하러 나가면서도 잠시 쉴 틈이 있으면 그 고을이나 고개에 얽힌 전설과 야담을 주고받는다. 또 그렇게 주고받는 이야기에서 아이디어를 얻어 작전에 적극 활용하기도 한다. 예컨대, 평산싸움에서 관군 5백 명과 붙은 뒤 산을 타고 도주할 때, 꺽정이패가 눈밭 위를 짚신을 거꾸로 신고 감으로써 관군의 추격을 따돌린 일이 있었다. 관군의 허를 찌른 명작전이었다. 한데, 이 전략의 원천은 바로 그 동네 온천에 전해 내려오던 '도깨비 이야기'였다. 꺽정이패가 온천욕을 즐기다 동네주민한테 얻어들은 것이다. 이런 식으로 이 시대엔 이야기가 밥이요, 생명줄이며, 정보요, 전략이었다. 당연히 친구를 사귀는 최고의 노하우이기도 하다.

앞서 소개한 바 있듯이, 유복이가 아비의 원수를 갚으러 가다 도적 둘을 만났다. '몽둥이 분지르기 내기'를 하여 두 놈을 간단히 제압한 뒤 심부름꾼으로 끌고 간다. 한 놈은 튀고, 한 놈은 유복이를 따라 간다. 가다가 해가 저물자 유복이를 자기 집으로 안내한다. 노모와 병든 자식이 누워 있는 찢어지게 가난한 집이었다. 그날 밤 둘은 하룻밤을 같이 보내며 만리장성을 쌓는다. 도적의 이름은 신불출. 다음날 불출이와 유복이는 함께 걸으며 쉬지 않고 떠들어 댄다. 듣는 불출이나 떠드는 유복이를 모두 신나게 하는 이야기는 꺽정이의 원력 이야기와 봉학이의 활 재주 이야기. 마음이 동한 불출이는 꺽정이를 꼭 만나고 싶다며 유복이를 따라 양주까지 간다. 이 과정을 한번 찬찬히 탐구해 보자. 길 위에서 만나 얼떨결에 하룻밤을 같이 보내고 그 다음엔 아예 함께 길을 간다. 그러다 내친 김에 옆으로 새고, 새서는 새로운 친구들과 접속한다. 말하자면, 이야기란 일종의 다리다. 한 사람에게서 다른 사람에게로, 여기에서 저기로 건너갈 수 있는 다리. 혹은 한 세계에서 다른 세계로 도약하는 다리.

오직 꺽정이를 만나고 싶다는 호기심으로 양주까지 갔건만 불출이는 꺽정이를 만나지 못한다. 꺽정이가 왜변에 참전했기 때문이다. 대신 꺽정이의 처남인 천왕동이와 친구가 된다. 이게 인연이 되어 훗날 불출이는 꺽정이네 근처로 이사를 와서 한가족처럼 지낸다. 그러다 꺽정이를 따라 청석골로 들어가게 된다. 결국 불출이에겐 그날 유복이를 만난 것, 유복이에게서 꺽정이 이야기를 들은 것이 인생의 큰 변곡점이 된 셈이다.

그런데 이 이야기들은 한번으로 끝나는 게 아니다. 새로운 친구

가 오면 또 들려주고, 또 다른 친구들한테 전해 주기도 한다. 그리하
여 수많은 버전들이 탄생하게 된다. 말솜씨가 제일 후진 건 꺽정이
와 오주다. 그나마 오주는 진솔한 맛이나 있지, 꺽정이는 힘과 카리스
마가 워낙 뛰어나다 보니 말발은 영 신통찮다(그래서 세상은 참 공평
하다^^). 봉학이가 제주도에서 원님 노릇을 할 때 꺽정이가 천왕동이
때문에 제주도를 간 적이 있다. 간만에 만나 그동안에 만난 친구들의
인생역정을 풀어놓는데……

꺽정이가 유복이의 장가든 것을 이야기하느라고 유복이의 소경력
을 거의 다 이야기하게 되었는데, 강령 가서 부모의 원수 갚은 것
을 이야기한 다음에 맹산 가서 앉은뱅이병을 앓는 동안 표창질 익

힌 것을 이야기하고, 또 덕물산 장군당 새 마누라 가로챈 것을 이야기하다가 최영 장군의 귀신이 영검해서 산 사람 마누라 얻는 것을 이야기하여, 이야기가 올라가고 내려가고 또 가로새어 가리산 지리산이 될 때가 많았으나 봉학이는 갈피를 찾아 물어가며 재미나게 들었다. …… 봉학이는 한동안 허리를 잡고 웃고 나서 "돌석이가 황주서 살인한 이야기나 마저 들읍시다" 하고 꺽정이의 이야기를 재촉하였다. 호랑이 잡고 경천 역말서 역졸 노릇하고 계집사단으로 살인하고 봉산 와서 잡혀 간힌 돌석이 이야기와, 사위 취재 보이고 득배 잘하고 장교 다니고, 유복이와 돌석이를 빼어놓고 그 언걸로 귀양 온 천왕동이 이야기가 뒤범벅이 되어서 이야기를 잘 알아듣는 봉학이로도 연해 재차 묻지 않으면 돌석이 이야긴지 천왕동이 이야긴지를 알 수 없을 때가 많았다. (5권 474~480쪽)

너무 많은 인물들, 너무 많은 사연들이 종횡으로 얽혀 버린 것이다. '가리산 지리산'으로 뻗어나가는 이야기들을 명쾌하게 분리하기엔 꺽정이의 화술이 좀 벅찼던 게다. 그러니 영리한 봉학이가 상황과 맥락을 파악하여 알아서 듣는 수밖에. 이게 바로 '귀명창'이다. 그래서 꺽정이는 뭔가 길게 말해야 할 상황이 되면 오가한테 넘겨 버린다. 오가는 순발력과 표현력, 서사와 유머 등 모든 면에서 단연 최강이다.

오가가 꺽정이, 오주 등과 사냥을 나간 적이 있었다. 오주가 호랑이랑 붙었는데, 호랑이가 오주의 힘에 질려 똥을 지려 버렸다. 졸지에 오주의 얼굴이 호랑이똥으로 칠갑을 했다(오주는 이래저래 똥하고 인연이 깊다). 그 꼬라지를 본 오가. "여게 오주, 자네가 호랑이 밑으루 나왔네그려." "두구두구 할 이야깃거리가 하나 생겼네. 무섭구두드러운 이야기, 희한하지 않은가." '폭소 한마당'이 따로 없다. 오가가 있는 곳엔 늘 이런 식의 웃음꽃이 만발한다. 그런가 하면, 칠두령의 기구한 경력을 풀어야 하는 상황이 되면, 희비극을 넘나들면서 '인생극장' 뺨치는 열연을 마다 않는다. 일단 이 이야기의 향연 혹은 말잔치를 즐기고 나면 서로에게 없어서는 안 되는 깊은 관계가 되어 버린다. 이야기를 들으면서 그 친구의 삶을 통째로 긍정해 버리는 것이다. 친구의 스토리 자체가 우주요 인생이며 훌륭한 텍스트임을 실감하는 순간, 정분이 나지 않을 도리가 없다.

그에 반하면, 우리 시대는 대화의 소중함을 강조하면서도 실상 주고받는 이야기들은 참 빈곤하기 짝이 없다. 지인들끼리 모여 나누는 이야기란 게 주로 두 가지다. 남에 대한 험담 아니면 자기 자랑. 그나마도 솔직하게 자신을 드러내는 경우는 거의 없다. 영화나 인터넷, 개그 프로에서 본 것들이 대부분이다. 자신에 대한 깊은 이야기는 심리상담소나 정신과에나 가야 겨우 꺼내놓는다. 또 실상 들어 보면 별게 없다. 그런데 다들 자신을 '상처받은 영혼'이라 생각한다. 좀 이상하지 않나? 칠두령의 내력을 보면 하나같이 '트라우마'의 결정판이라 할 수 있다. 출생의 비극, 가난과 질병, 멸시와 천대, 원한과 복수 등으로 점철되어 있다. 그럼에도 아무런 거리낌없이 다 드러낸다. 상처니 콤플렉스니 하는 식으로 분식하지 않는다. 허물이든 수난이든 고스란히 보여 준다. 앞에서도 말했듯이, 이들은 절대 착하고 좋은 '놈'들이 아니다. 그렇지만 서로에겐 더할 나위 없이 '좋은 친구들'이다. 왜? 아무것도 숨기지 않았기 때문이다. 즉, 좋은 사람들이라 서로 친구가 된 것이 아니라, 아무것도 감추지 않았기에 '좋은 친구들'이 되었다.

결국 핵심은 말이다. 말의 힘은 우리가 상상하는 이상으로 크다. 운명의 리듬에서도 결정적인 역할을 한다. 그래서 '쿵푸'가 필요하다. 투명하게, 진솔하게 자신을 드러낼 수 있는! 자의식과 원망의 장벽을 벗어나 자연스럽게 흐를 수 있는!

의형제, 피보다 '찐하고' 연인보다 더 '에로틱한'

✿
✿✿
✿

아무것도 숨기지 않는 관계. 이러면 우리는 바로 연인을 떠올린다. 하지만 실제로 연인 사이는 숨기는 게 엄청 많다. 고민거리가 있으면 연인이나 남편(혹은 아내)이 아니라, 친구나 직장동료한테 털어놓는 사람들이 많다고 한다. 이게 참 아이러니다. 실제로는 먼 친구 사이만도 못하면서 마치 그것이 인생의 유일한 가치인 양 간주하고 있으니 말이다.

상식적인 말이지만, 이 연애가 특별한 감정으로 공인(?)된 건 어디까지나 근대 이후다. 도시문명의 발전과 더불어 사람들이 '개인'(개별적 주체)으로 파편화되면서 이른바 '내면'이니 '자의식'이니 하는 기제들이 특화되었고, 그 과정에서 오직 연애만이 그 자리를 채워줄 수 있다는 식으로 '전도된 표상'이 생겨난 것이다. 그와 동시에 우정을 비롯한 다른 종류의 윤리적 관계들은 모두 이 연애의 주변물로 전락하고 말았다. 그런 시각에서 보면 칠두령의 우정이 아주 기이하게 느껴질지도 모르겠다.

그러나 이들의 시대에 있어서 우정은 절대 연애의 보완물이 아니었다. 자신을 알아주는 지기知己를 위해 생을 송두리째 바치는 숱

한 이야기들을 떠올려 보라. 사마천의 『사기』 「열전」이나 『삼국지』, 『수호지』 등이 잘 보여 주듯이, 나를 알아주는 벗이 있어야 비로소 뜻을 세울 수 있고, 삶을 충만하게 채울 수 있다. 일찍이 연암이 설파했듯이, 벗이란 '나의 분신'이자 '제2의 나'다! 고로, 이때 우정이란 형해화된 도덕이나 명분이 아니라 구체적으로 내 신체와 일상을 파고드는 정염의 산물이다. 그러니 한번 정분 나면 가족보다, 연인보다 더 강렬하게 삶을 지배하게 된다.

꺽정이가 불상 앞에서 결의할 것을 중에게 말하니 중이 내심에는 반갑게 여기지 아니하나 하릴없이 불전에 등불도 밝혀 주고 향롯불도 담아 주었다. 꺽정이가 봉학이와 의논하고 결의 절차를 정하여 꺽정이 이하 여섯 사람은 향탁 아래 엎드리고 봉학이는 향탁 옆에 꿇어앉아서 일곱 사람의 성명과 연령 적은 종이쪽을 손에 들고 축문 읽듯 읽었다.

"임꺽정이 신사생 삼십팔 세." "이봉학이 신사생 삼십팔 세." "박유복이 임오생 삼십칠 세." "배돌석이 임오생 삼십칠 세." "황천왕동이 을유생 삼십사 세." "곽오주 임진생 이십칠 세." "길막봉이 정유생 이십이 세." 봉학이가 종이에 적힌 것을 다 읽은 뒤 그대로 마치기 심심하여 "결의형제 사생동고" 두 마디를 구고口告로 보태었다.

(6권 343~344쪽)

청석골 칠두령이 의형제를 맺는 장면이다. 삼십팔 세에서 이십이 세. 무려 열여섯 살이나 차이가 난다. 하지만 그게 뭐, 대수겠는가. 얼마든지 형제가 되고 친구가 될 수 있다. 각자 배짱대로 살다 길 위에서 마주쳤고, 몸싸움과 이야기로 '정분'이 났다. 그러다 의기투합하여 생사를 함께 하는 의형제가 되었다. 얼마나 심플한가! 이들 일곱은 서로에게 깊이 '빠져 있다'. 칠두령 전체가 그런 정염에 휩싸여 있지만 그중에서도 특별한 감응을 주고받는 짝패들이 있었으니, 피보다 진하고 연인보다 더 애틋한 그들의 사연을 음미해 보자.

유복이랑 곽오주

유복이는 오주의 우직함과 똥에 반했다. "유복이와 오주가 서로 사귄 뒤에 유복이가 오주를 사랑할 뿐 아니라 오주도 유복이를 좋아하여 한 장 도막에 한두 번씩 자리를 맞추고 만나게 되었다." 조선시대에 있어 사랑이라는 말이 남녀 사이에 쓰이는 경우는 거의 없다. 정을 표현하는 다양한 표현들이 많았기 때문이다. 그런데 이처럼 남자들끼리의 정분에 대해선 사랑한다는 표현이 자연스럽게 등장한다. 둘은 마침내 의형제를 맺는다. 서로 떨어질 수 없을 만큼 정이 들었기 때문이다. 오주가 유복이에게 절을 하니 "우리가 인제부터는 각성바지 형제다." 성은 각각 다르지만 형제가 되었다는 뜻이다. 오주의 반응은? "각성바지할 것 없소. 내 성을 박가루 고치든지 형님 성을 곽가루 고치든지 맘대루 고치구서 참말 형제루 합시다그려."

허걱! 무식한 건지 용감한 건지. 떼어 버려도 아까울 것 없는 것이 성인데 다른 성으로 고치는 것쯤은 어떠냐며 개의치도 않는다. 가문이나 혈통에 대한 미련 따위는 눈곱만큼도 없다. 유복이가 성이 다른 게 핏줄이 달라서라고 설명해 주자,

"피가 다른 거야 누가 모른다우? 성이나 같이 하잔 말이지."
"피가 달라서 성이 다른 것을 억지루 어떻게 하나."
"성이 피에 붙은 것이오?"

"붙은 셈이지."

"그럼 우리가 아버지 어머니 피를 다 받았으니까 성을 둘씩 가져야 하지 않소? 하필 아버지 성만 가질 것 무어 있소."

"아버지 성 갖는 것은 옛날부터 내려오는 법이야."

"도둑질은 하라는 법 어디 있소? 하라는 법이 없어두 하면 되는 것 아니오. 아따 이렇구저렇구 그까짓 성은 박가 곽가루 내버려 둡시다."

(4권 242~243쪽)

어이상실 혹은 점입가경! 이보다 더 무식할 순 없다! 그런데 곰곰이 새겨 보면 다 맞는 말이다. 사실 그렇지 않은가? 성이 핏줄을 의미하는 거라면 부모의 성을 둘 다 써야 맞지 않나? 그렇다. 아닌 게 아니라, 요즘엔 부모의 양쪽 성을 다 쓰는 경우가 많다. 또 법이란 게 정해진 게 어디 있나, 하다 보면 법이 되는 거지, 라는 반문 역시 옳다. 진리든 법이든 본디 그렇게 존재한 게 아니라, 어느 날 문득 진리와 법으로 탄생했다는 '니체식 계보학'을 연상시키는 기막힌 논법이다. 이렇게 정리하고 보니 오주의 무식에는 통념을 전복하는 파워가 담겨 있다. 멋지다, 곽오주! 유복이도 이런 점에 반했나 보다. 둘이 의형제가 되었다는 말을 듣자, 오가가 말한다. "자네가 처음부터 그 총각을 사랑하더니 그예 아우를 만들었네그려." 오가는 알고 있었던 게다. 둘의 관계가 심상치 않다는 것을.^^ 이어지는 축하파티.

이후, 곽오주의 인생도 유복이 못지않은 산전수전을 겪게 된다. 앞서 언급한 대로 오주가 애 울음소리만 들으면 미쳐 날뛰는 희한한 병이 생겨 더 이상 마을에서 생활하기가 어려워지자 유복이는 오주를 청석골로 데리고 온다. 진짜로 '한가족'이 된 것이다. 둘의 사랑은 정말 '징'하다. 오주가 막봉이한테 흠씬 맞고 잡혀갔을 때에는 유복이가 소식을 듣고 밤새도록 "눈에서 불이 나도록" 달려와선 피투성이가 된 오주를 얼싸안고 엉엉 울음을 운다. 그뿐 아니다. 이후에도 오주의 광증은 계속 되었지만 그때마다 유복이는 마치 엄마처럼 오주를 달래 준다. "곽오주가 어린애 우는 소리에 광증이 발작될 때 꺽정이의 호령질로도 제지는 되지마는 박유복이는 곽오주의 뒤를 지성스럽게 쫓아다니며 발작 안 되도록 미리 단속하고 혹시 발작되더라도 앓는 아이 다루듯 하여 곱게 가라앉히고 꺽정이같이 큰 소리를 내지 아니 하였다."(10권 145쪽) 참, 지극정성이다. 오가 말마따나 전생에 오주에게 진 빚을 이생에서 갚는 건지는 몰라도, 전생부터 이어진 '운명적 파트너'가 아니고서야 어찌 이런 돌봄과 배려가 가능할 것인가.

천왕동이랑 배돌석이

천왕동이와 돌석이는 호랑이 사냥 때 만났다. 만나자마자 단박에 서로 끌린다. 호랑이 사냥을 성공적으로 마친 후, 둘은 틈만 나면 서로를 방문하여 정분을 쌓는다. 주로 하는 일은 밤새 술을 마시며 살아온 경력을 이야기하는 것. 천왕동이 색시가 빼어난 미인이란 소문을 듣고 돌석이가 한 번만 보여 달라고 하자 천왕동이가 집으로 데려왔다. 장인 백이방이 집안 범절이 어쩌구 남녀유별이 저쩌구 하면서 일장 훈계를 늘어놓자 돌석이가 배알이 틀려서 바로 돌아서 나와 버렸다. 천왕동이는 민망해서 어쩔 줄 모른다. 색시마저 천왕동이한테 역졸 나부랭이를 친구로 사귄다고 바가지를 긁어 대자, 천왕동이가 말한다.

"근본 가지구는 사람을 말하지 못하네. 내가 사람을 많이 보진 못했지만 당대에 영웅호걸이라구 할 만한 인물은 거지반 다 근본이 하치 않은 모양이데. 다른 사람은 고만두구 우선 보게. 우리 매부^{꺽정이} 만 한 인물이 지금 양반에 있을 듯한가. 지금 양반은커녕 그전 양반에두 없을 것일세. 전에 조재상^{조광조} 이란 양반이 잘났었다지 만 그 양반두 우리 매부의 선생님께 배웠다네. 우리 매부의 선생님 두 근본으로 말하면 고리백정이구 갓바치야. 갓바치에서 생불이 나구 쇠백정에서 영웅이 나는 걸 보세. 근본을 가지고 사람을 말할 건가. 아무리 소견 없는 여편네라구 하드래두 황천왕동이의 아내 노릇을 하려면 이만 일은 짐작해야 하네." (5권 324쪽)

오호~ 천왕동이가 이렇게 명쾌하게, 또 단호하게 자기 의견을 토로하는 대목은 정말로 보기 드물다. 그만큼 돌석이에 대한 애정과 신뢰가 대단했던 것.

돌석이는 처복이 지지리도 없는 인물이다. 여자를 엄청 밝히는데, 마누라를 얻었다 하면 인생이 확 꼬여 버린다. 이때도 호랑이 사냥 덕에 새로 마누라를 얻긴 했는데, 아, 이 마누라가 또 옆집 김서방과 눈이 맞아 바람이 나고 말았다. 옥신각신, 엎치락뒤치락하다 그예 살인을 저지르고 말았다. 옥에 갇혀 죽을 날만 기다리고 있던 차, 천왕동이가 유복이에게 돌석이를 도망시키자고 도움을 요청한다. 그러나 유복이는 고개를 가로 흔든다. 분개하는 천왕동이. "친구가 억울하게 죽는 것을 그대루 내버려두면 그게 사람이오?" 그럴 리가! 유복이는 자신이 천왕동이 대신 가서 돌석이를 빼낸 다음, 청석골로 데려가겠다는 것이다. 같이 가자는 천왕동이 말에는 파옥의 죄를 혼자 뒤집어써야 대신 가는 보람이 있다고 응수한다.

참 눈물겨운 장면이다. 천왕동이나 유복이 모두 친구를 위해서라면 일신의 안위 따위는 간단히 버릴 준비가 되어 있다. 이리하여 돌석이는 청석골로 들어가고, 천왕동이 역시 이 사건에 연루된 사실이 발각되어 제주도로 귀양을 가게 되었다. 유복이야 아비의 원수를 갚느라 살인자가 된 탓에 청석골 아니면 갈 데가 없는 처지라지만, 천왕동이 경우야 넉넉한 처가에 꽃 같은 색시, 그럴듯한 직장 등 갖출 건 다 갖췄는데 대체 뭐가 아쉬워 그따위 불량한 친구를 사귀고, 또 그 친구를 구하겠다고 그렇게 설친담? 별 미친 놈 다 보겠군! 모르긴 해도 이게 우리 시대의 통념일 것이다. 하지만 천왕동이라면 이렇게 말하지 않을까? 그래, 미쳤다! 하지만, 친구한테 미치지 않으면 대체 뭐에 미친단 말인가? 친구 없는 인생, 그건 정말 오아시스 없는 사막이나 다름 없는 걸.

꺽정이랑 길막봉이

꺽정이랑 막봉이는 둘 다 천하장사다. 꺽정이의 소문을 듣고 막봉이가 양주로 찾아갔다. 그런데 몸싸움이 아니라, 손가락 싸움으로 한판 붙었다. 이름하여 '호두까기'! 〈호두까기 인형〉이라는 발레가 연상될 테지만, 그런 고상한 예술과는 전혀 무관한, 호두와 잣 따위를 손가락 하나로 까는 내기란다. 막봉이의 힘도 대단한 축이지만, 꺽정이한테는 '쨉'이 안 된다. 막봉이는 간신히 하나씩 까는데, 꺽정이는 그냥 연달아 툭툭 까 댔으니 말이다. 막봉이가 바로 무릎을 꿇었다. 그 뒤, 막봉이가 데릴사위 노릇하다 장모의 등쌀에 못이겨 청석골로 들어갔다. 꺽정이가 청석골에 합류한 지 얼마 안 되었을 때, 막봉이가 장모님이 돌아가셨다는 '회소식'을 전해 듣고는 아내를 데리러 처가로 갔다가 포졸들한테 체포되고 만다. 꺽정이가 곧바로 두령들과 함께 달려가선 파옥을 하고, 막봉이의 아내와 장인까지 다 구해 냈다. 구하기는 했으나 막봉이는 다리가 부러지고 장독杖毒 매를 심하게 맞아 생긴 독이 올라 걸을 수가 없었다. 그러자 꺽정이는 일행들을 먼저 청석골로 보낸 다음, 자신은 막봉이가 나을 때까지 뒤에 남기로 한다. 포졸들의 눈을 피해 계속 도주를 해야 하는 아주 긴박한 상황. 꺽정이는 막봉이를 둘러

업고 뛰었다. 미안하기도 하고 안쓰럽기도 하여 막봉이가 꺽정이한테 말한다. 형님 먼저 떠나라고, 자기 혼자 남겠다고.

"그건 무슨 소리냐?"
"나는 지금 죽은 목숨이나 다름없으니까 죽어두 좋지만 형님은 살아가야 하우."
"그것두 네가 말이라구 하느냐? 나 살면 너두 살구, 너 죽으면 나두 죽는 게다. 그따위 되지 못한 말은 다시 입 밖에두 내지 마라."
(6권 364~365쪽)

'너는 내 운명' 혹은 '내 안에 너 있다'가 연상되는 장면이다. 꺽정이는 삼십대 후반, 막봉이는 이십대 초반이다. 나이차도 나이차지만, 피가 섞인 것도 아니고, 무슨 대단한 이념이나 명분에 사로잡힌 것도 아니다. 하지만, 대체 누가 말릴 수 있으랴. 피보다 '찐하고' 연인보다 더 '에로틱한' 이들의 뜨거운 우정을, 아니 사랑을.

4장

길 위의 에로스

청년백수와 사랑

이 '풋풋한' 사랑—청년 꺽정이

✿
✿
✿

"운총아. 너 나하고 같이 가서 살려냐?"

"엄마하고 천왕동이는 어떻게 하구?"

"다 같이 가지."

"장가들고 시집가는 것 너 아니? 모르니? 사내가 여인 얻는 것을 장가든다고 하고 여인이 사내 얻어가는 것을 시집간다고 한다. 너 내게로 시집오려냐?"

"시집가면 무엇하니?"

"아들도 낳고 딸도 낳지. 너의 엄마가 너의 아비에게 시집을 온 까닭에 너를 낳고 천왕동이도 난 것이다."

"천왕동이 같은 아들 하나 나볼까. 그래, 내가 시집갈 테다."

(2권 368쪽)

운총이는 꺽정이한테 시집가게 해달라고 졸랐다. 꺽정이가 운총이를 안아 무릎 위에 올려놓고 젖가슴에 손을 얹어 보니, 젖가슴이 봉긋할 뿐 아니라, 꼭지까지 제법 생겼다. 운총이가 묻는다. "이것이 시집가는 게냐?" 헉! 둘은 그 길로 천왕당에 가서 축원을 올린다. "오늘 꺽정

이에게 시집갔으니 천왕동이 같은 아들을 낳아지이다." "꺽정이는 운
총이를 아내로 정합니다."(2권 369쪽)

그 순간 꺽정이는 운총이의 얼굴을 들여다보며 이토록 사랑스
럽고도 거룩한 눈동자는 온세상을 다 뒤져도 다시 보기 어려우리라
고 생각한다. 꺽정이가 웃으면서 운총이를 번쩍 안고 숲속으로 들어
간다. 연인(혹은 부부)의 탄생! 운총이는 스물셋, 꺽정이는 갓 스물이
다(연상연하 커플이다).

둘의 사랑은 풋사과처럼 싱그럽고, 청포도처럼 달콤하다. 아니
달콤쌉싸름하기도 하고, 시금털털하기도 하다. 좌우지간 아주 낯설
고도 기이한 맛임에 틀림없다. 이때 꺽정이는 병해대사(갖바치)와 백
두산 유람 중이었다. 운총이는 백두산에서 자라난 야생의 처녀다. 이
둘은 만나서 함께 사냥을 하다가 바로 눈이 맞아 버렸다. 둘 다 생애
처음으로 해보는 사랑이다. 그래서 어설프기 짝이 없다. 하지만 남자
의 프러포즈도, 여자의 응낙도 선선하기만 하다. 혼인서약도 바로 한
다. 그 다음엔? 바로 몸을 합친다(와우!). 부모의 허락은 나중에 받아
도 된다. 부모들 역시 감지덕지할 테니까. 사랑과 성에 대한 어떤 미
사여구도 없지만, 에로틱한 기운으로 충만하다. 야생적인, 너무나 야
생적인!

눈치챘겠지만, 이들의 사랑에는 중간 단계가 없다. 머뭇거림이
나 잔머리, 확인 절차 따위가 없다. 그냥 몸으로 들이댄다. 몸과 몸이
직접 교통하는 것, 그것이 조선시대 민중들의 '사랑법'이다. 온갖 매

뉴얼을 다 동원해서 밀당을 하지만 정작 연애가 시작된 다음엔 서로 감시하고 견제하느라 기진맥진하는 우리 시대의 연애와는 얼마나 다른지. 쩝!

길 위의 사랑 — 충만한 신체, 충만한 대지

✿
✿
✿

사랑과 이별은 하나다. 사랑과 동시에 이별이 시작되고, 헤어짐의 슬픔이 있어야 만남의 기쁨도 가능한 법. 꺽정이와 운총이에게도 이별의 순간이 다가왔다. 꺽정이가 백두산을 떠나게 되자 운총이는 골이 나서 배웅도 하지 않는다. 꺽정이가 섭섭하여 숲속길을 돌아보니 사람의 그림자가 어른거린다. 운총이다. 꺽정이가 한달음에 달려간다. 꺽정이가 쫓아오는 것을 보고 운총이가 와락 달려들어 목에 매달리며 울먹인다.

"나하고 같이 가."
"나중에 엄마하고 천왕동이하고 같이 오너라. 내가 곧 고향으로 갈 것 같으면 데리고 가지만 선생님과 같이 여기저기 들러 갈 터이니까 여럿이 같이 갈 수야 있니? 이다음에 반갑게 만나자."
운총이가 머리를 꺽정이의 가슴에 대고 말을 듣고 있다가 "잘 가."
하고 목에 감겼던 손을 놓으며 돌아서더니 별안간 뛰어가는데 몇번이고 고꾸라질 뻔하는 것이 꺽정이의 눈에 보이었다.

(2권 376쪽)

안쓰럽게 돌아서는 꺽정이. 그렇다. 꺽정이는 지금 길 위에 있다. 병해대사를 따라 백두산을 유람하다 운총이를 만났고, 이제 다시 백두산을 떠나 어디론가 가야만 한다. 목적도, 방향도 없고, 언제 어디서 끝날지도 기약할 수 없는 길. 그래서 이 사랑도 사실 기약이 없다. 언제 만날지, 아니 만날 수 있을지 없을지조차 확신할 수 없다. 그런데, 그럼에도 불구하고 사랑을 하고 혼인을 한다는 사실이다. 놀랍지 않은가? 사랑은 반드시 미래가 보장되어야 하고, 결혼을 하기 위해선 만반의 준비 ——직업, 아파트 기타 등등—— 를 갖추어야 한다고 굳게 믿는 우리 시대 청춘들로선 가히 '혁명적인', 아니 '미친 짓(!)'이다. 하지만 꺽정이와 그의 친구들에겐 너무 자연스러운 일이었다. 사랑이란 본디 그런 통념과 기준을 훌쩍 뛰어넘는 것이 아니던가.

표창의 달인 유복이. 유복이는 우여곡절 끝에 마침내 아비의 원수를 갚는다. 원수의 목을 따서 부모의 무덤에 갖다 바친 다음 유복이는 산이 떠나가도록 통곡을 한다. 통곡소리에 놀란 초동樵童 땔나무 하는 아이들이 마을로 내려가 소문을 퍼뜨리는 바람에 유복이는 포교들한테 체포될 위기에 처한다. 잠시 주저하던 차, '내빼라'고 하는 엄마의 목소리를 듣고 (들었다고 믿고!) 포위망을 뚫고 도주한다. 도망자가 된 것이다. 포교들의 눈을 피하느라 산으로, 산으로 도주하다 덕물산이라는 곳엘 접어들게 되었다. 그 산은 최영 장군의 사당으로 유명한 곳이다. 웬 최영 장군? 최장군이 고려 말의 영웅이라고 그걸 기념하기 위한 것도 아니고, 그렇다고 최장군이 원통하게 죽었다고 그 넋을 기리기 위함도 아니다. 그럼? 그냥 어쩌다 장군당의 '영발'이 이름을 날리게 되어 그리 되었단다. 게다가 이름까지 최영에서 최일 장군으로 바뀌었다니, 참 귀신팔자, 아니 장군팔자도 알 수 없는 법이다. 그치만 뭐 영험하다니 어쩌겠는가. 한데, 이 장군귀신은 희한한 데가 있었다. 죽은 귀신이 산 사람처럼 마누라를 두고 사는 것. 근동의 숫색시를 뽑다 장군당 별채에 두고는 밤마다 동침을 한다고 했다. 유복이가 그 산으로 접어든 바로 그날, 그 동리에서 예쁘기로 이름난 최서방네 맏딸이 장군부인으로 점지되어 장군당에 들어앉아 있었다. 시끌벅적한 굿놀이도 끝나고 무당과 가족들마저 다 돌아가고 홀로 남겨진 처녀는 무서워서 벌벌 떨고 있는데, 갑자기 방문이 부스스 열리질 않는가. 장군이 들어왔다! 장군은 방 안을 둘러보더니 방구석에 놓인 상 앞으로 가서는 떡이며 과일이며 다른 음식들을 먹어치우기 시작한다.

엉? 아니 장군귀신이 무슨 먹성이 저리 좋담? 그러더니 이번엔 처녀의 몸을 끌어안고는 뉘어 주고 옷까지 차례로 벗긴다. 처녀는 그저 장군귀신이 산 사람과 다를 바 없는 귀신이라고만 생각하고 두 눈을 질끔 감았다. 물론 이 난데없는 침입자는 유복이다. 다음날 아침, 처녀는 자기를 끌어안고 잤던 이가 지나가던 도망자라는 사실을 알고 기겁을 한다. 장군귀신의 재앙이 내릴거라고 생각해서다. 그에 대한 유복이의 응답. "산 장군이 온대두 겁날 것이 없는데 그까짓 죽은 장군이 오면 우리를 어찌할 텐가. 조금두 근심 말게."

오, 이 배짱! 자신은 다만 배가 고팠을 뿐이고, 하룻밤 묵을 곳이 필요했을 뿐이고, 그래서 장군당에 들어가 먹고 마시고 잠을 잤을 뿐인 걸. 장군이고 귀신이고, 풍속이고 관습 따위가 끼어들 여지가 없다. 배짱이란 이처럼 사회적 통념이나 권위 따위에 아랑곳하지 않는 결단력이다. 길 위에 나서려면 이 정도의 배짱은 있어야 한다. 정착민들의 습속이나 복잡한 절차 따위를 완전 무시할 수 있는 배짱 말이다. 그때 비로소 도망은 추방이 아니라 탈주가 된다.

아무튼 이렇게 해서 둘은 인연을 맺고 사랑에 빠진다. 유복이는 밤새 촛불을 밝히고서 자신의 인생 내력을 처녀에게 들려준다. 그러고 나선 솔직하게 자신의 심정을 토로한다. 나이 차도 너무 나고(유복이 말대로 그가 장가를 일찍 들었더라면 처녀만 한 딸이 있을 법도 하다), 자기는 도망다니는 신세지……. 그래서 그냥 가 버릴까 하다가 사과나 하러 들렀다고 한다. 처녀는 말한다. 사과는 무슨! 차라리 죽이고 가란다.

그러면 한 일 년쯤 후에 돌아올 테니 기다리라고 하자, 하루도 여기엔 더 있을 수 없다는 처녀. 유복이는 마지막 카드를 던진다. 자기를 따라서 도망하면 고생이 심할 텐데 원망이 없겠냐고 묻는다. 돌아온 처녀의 대답. "원망은 무슨 원망. 모두가 팔자지요." 유복이도 화끈하지만, 처녀도 쌈박하기 그지없다. 뜨거운 사랑을 하려면 이렇게 군더더기가 없어야 한다. 군더더기가 붙고 폼을 잡는 순간, 사랑은 졸지에 '망상의 늪'으로 떨어진다. 우리 시대의 이른바 '낭만적 연애'가 대개 그런 코스를 밟는다. 아무튼 이리하여 둘은 부부가 되기로 약조한 뒤, 같이 도망길에 나선다. 아내가 남장을 하여 둘은 형제로 위장한다. 길이 멀고 험한 탓에 아내가 발이 부르트자 유복이는 짐을 지게 위에 얹은 뒤, 그 위에다 아내를 싣고 간다(와, 멋지다!). 이모부가 있는 맹산으로 가다가 청석골에서 원조 도적 오가랑 한바탕 싸움을 벌인 뒤 어찌어찌 하다 보니 가족이 되어 버렸다. 아내가 오가네 수양딸이 되는 바람에 유복이는 오가의 사위가 된 것이다. 청석골 원조 '패밀리'의 탄생! 도망가다 각시를 얻고 각시 덕분에 가족까지 생겼다. 집과 생계도 대강 해결되었다. 일석이조, 아니 삼조!

한편 천하장사 길막봉이의 사랑 역시 길 위에서 이루어진다. 막봉이는 열다섯 살부터 소금장사를 시작하여 안산, 시흥, 과천 등지를 떠돌아다녔다. 한번은 안성 근처의 적가리로 가는 길에 한 사내와 여편네를 만났다. 여편네가 막봉이한테 자기 딸이 혼자 있으니 어쩌니 하면서 수다를 떨어 댔다. 집과 딸에 대한 정보를 다 들통내고는 하는 말, "우리 집에 들르지 말고 바로 적가리로 가게." 참, 이거야 뭐 가라는 말보다 더하지 않나.

막봉이가 석양 붉은 빛을 가득 받고 있는 산 밑 외딴 집을 보고는 걸음을 멈추었다. 문득 여편네의 수다가 떠오르자 밉살스러운 마음이 왈칵 나서 바로 집으로 들어갔다. 처녀(귀련이)가 일어서서 내다보는데, 얼굴은 '밉지 않게' 생겼고 나이는 십팔구 세 되어 보였다. 밉지 않게? 이거 벌써 심상치 않다. 언급했다시피, 밉지 않다는 건

'마음이 동했다'는 뜻이다. 게다가 이 처녀, 다 늦은 시각에 낯선 청년이 들어섰는데도 도무지 겁내는 빛이 없다. 역시 간신$^{간담과 \ 신장}$의 기운이 충만하다. 그 담대함에 또 청년의 마음이 끌린다. 하여 막봉이의 수작이 시작되었다. 막봉이는 처녀의 삼단 같은 머리가 거의 얼굴에 닿을 만큼 바싹 등 뒤에 붙어앉아서는 도둑들 버릇 가르친 이야기, 안성 부자 박선달에게 절을 받은 이야기 등등 자랑을 늘어놓는데, "막봉이의 발명과 자랑이 처녀의 귓속에 들어가는 것보다 귀 밖으로 흐르는 것이 더 많았다."(읇!) "처녀는 총각의 뜨거운 입김이 귀 뒤에 끼칠 때마다 스멀스멀 벌레가 기어가는 것 같아서 간지러운 것을 억지로 참고" 듣는다.

이렇게 옥신각신 하다가 귀련이는 밥을 짓고 막봉이는 삽작문을 고치는 '괴상한 시추에이션'이 연출된다. 지나가던 초군들이 '이팔청춘 큰애기니 총각낭군이니' 하는 노래를 불러대며 온 마을에 소문을 퍼뜨렸다. 귀련이랑 혼삿말이 오가던 김풍헌네 손자가 이 말을 듣고는 당장에 패거리를 끌고 와서 난장판을 벌였다. 결과는? 막봉이의 힘에 눌려 초장에 완전 박살이 났다. 덕분에 연적까지 깨끗이 처리한 셈이다. 하룻밤 사이에 참 많은 일이 벌어진다. 이어지는 장면.

귀련이는 귀련이대로 걱정이 없고 막봉이는 막봉이대로 마음이 태평이라 둘이 윗방 좁은 자리에서 닭울녘까지 웃고 지껄이다가 단잠들이 들었다. 막봉이가 자면서 돌아누우려다가 돌아눕지 못하고 잠이 깨어서 눈을 떠보니 환한 빛이 방문에 비치어 방안이 희미하게 밝은데, 팔을 베고 자는 귀련이의 얼굴이 그림같아 보이었다. (5권 106쪽)

정말 태평하기 이를 데 없는 청춘남녀. 이리하여 또 하나의 커플이 탄생했다. 새벽녘에 돌아온 귀련이의 부모. 둘의 꼬라지를 보더니, 기절초풍할 지경이다. 하지만 이미 엎질러진 물. 돌이키기는 다 틀렸다. 옥신각신 끝에 결국 막봉이를 데릴사위로 맞이하기로 작정하고, 그 즉시 초간단 혼례식을 올린다. 길 위에서 마주치고 수작 부리고, 한바탕 난장을 벌이고, 그 사이에 사랑이 싹트고 무르익고 결실을 맺는다. 그야말로, 속전속결이다. 대체 누가 이 청춘남녀의 에로스를 막을 수 있으랴!

그런가 하면 까칠한 꽃미남 황천왕동이의 사랑은 한 편의 시트콤이다. 장기에 미쳐 국수를 찾아다니다 봉산 백이방을 찾아갔다. 마침 백이방이 사위 취재 중이었다. 수년 동안 벌써 수천 명의 총각들이 왔다가 모조리 다 뒤통수를 맞고 갔다. 그도 그럴 것이, 그 취재시험이란 게 벙어리놀음에 점쟁이 놀음이라 황당하기 짝이 없다. 하지만 시절인연이 맞으면 아무도 못말리는 법. 이방은 천왕동이의 '눈의 열기'만 보고도 이미 반했고, 게다가 장모가 더 이상 기다렸다가는 딸의 혼기를 놓칠까 겁나 몰래 천왕동이를 찾아와 정답을 다 가르쳐준다. 그러니 뭐, 시험에 떨어지려야 떨어질 도리가 없다. 사위로 낙점! 소식을 들은 꺽정이랑 운총이는 노총각을 처리했으니 근심을 덜었다며 환호성을 지른다. 백두산 화전민 출신에다 매형 집에 더부살이하는 빈털터리(백수건달) 노총각이 이렇게 해서 봉산 최고의 미녀를 아내로 맞이하게 되었다. 막봉이는 물 한 그릇 떠 놓고 혼례식을 했지만 천왕동이는 처가가 부자다 보니 아주 '뻑적지근하게' 혼례식을 치른다. 또 막봉이는 장모 등쌀에 결국 쫓겨나지만 천왕동이는 장인 장모의 사랑까지 듬뿍 받는다. 같은 데릴사위도 이렇게 팔자가 다르다. 장기에 미쳤다, 장기로 인생역전!^^

보다시피, 꺽정이와 그의 친구들은 사랑에 있어서도 달인들이다. 아무것도 가진 게 없지만, 심지어 자기 한몸 누일 방 한 칸도 없는 처지지만 다 사랑을 하고 혼인을 한다. 소개팅도, 중매도 없이, 순전히 자신의 힘으로 말이다. 그것도 길 위에서. 너무 신기하다고? 하지

만 이게 더 자연스러운 거 아닌가? 〈사랑은 아무나 하나〉라는 노래도 있지만. 그렇다, 아무나 한다! 소유나 출신, 학벌 따위와는 아무 상관이 없다. 다만 필요한 건 낯선 타자를 받아들일 수 있는 충만한 몸뿐이다. 아마 현대인들이 가장 무지한 영역이 이 몸일 것이다. 현대인들은 몸을 외모와 몸매, 사이즈 등으로만 판단하기 때문이다. 그것을 잘 갈고 닦으면 사랑의 기회가 올 거라고 생각한다. 하지만 그건 착각이요 오판이다. 사랑은 신체적 끌림이고, 이 끌림을 주도하는 건 그런 외형이 아니다. 좀더 근원적인, 다시 말해 무의식의 지층과 연동되어 있다. 이 무의식적 충동을 움직이려면 무엇보다 주류적 가치로부터 탈주해야 한다.

그런 점에서 길이야말로 에로스의 거처다. 집과 가문의 울타리에서라면 절대 불가능한 청춘남녀의 마주침이 길에서는 얼마든지 가능하다. 예기치 않은 만남과 열정이 폭발하는 장소, 그곳이 바로 길이다. '충만한 신체, 충만한 대지'가 교차하면, 그 순간 에로스는 범람한다!

"너는 내 운명"—일편단심 민들레들

✿
✿
✿

조선시대는 일부다처제 사회였다. '성진이와 팔 선녀'의 사랑을 다룬 『구운몽』은 모든 남성들의 낭만적 꿈이었다. 한 남자가 두 명의 아내와 여섯 명의 첩을 거느린다는 점도 기막힌 행운이지만, 더 기가 막힌 건 그 여덟 명의 여인들끼리 아주 사이좋게 지낸다는 사실이다. 물론 그건 한바탕 일장춘몽이었다. 실제 현실은 처첩 간에 '피 터지게' 싸우는 『사씨남정기』였다. 그렇다. 일부다처제 사회에선 남성들도 고달픈 법이다. 하지만, 일단 남성들에게 성적 권리가 더 많이 보장된 건 틀림 없다. 그렇다고 모든 남성이 다처多妻를 지향한 건 아니다. 동물 가운데 아주 드물게 일부일처제를 고수하는 '늑대'처럼 오직 한 명의 아내하고만 사랑을 나누는 경우도 얼마든지 있었다(그런 점에서 여자를 밝히는 남성을 '늑대 같은 놈'이라고 욕하는 건 정말 늑대에 대한 무지와 오해의 극치라 아니할 수 없다). 특히 꽃미남 천왕동이는 성에 관한 한 "도덕군자 볼 쥐어지를 만한" 인물이다. 어느 집에서 과객질하던 중 주인 여편네가 배가 아프다며 유혹을 하자 "네 병은 내가 말루 고쳐줄 테니 일어나서 말을 들어라" 하고선 한바탕 일장훈계를 늘어놓는다.(7권 412쪽) 어휘력도 '왕청뜨게' 딸리는 처지에 말이다. 천왕동이는 아내에 대한 사랑이 지극하기도 했지만, 그 이전에 외도 자체를 아주 터부시하는 자기 나름의 성적 규율이 있었다.

소설 『임꺽정』에는 이런 순정파, 아니 일편단심 민들레들이 꽤 있다. 먼저 1권 「봉단편」을 장식했던 교리 이장곤. 그는 게으름뱅이 데릴사위 김서방으로 살다가 기어이 사고를 치고 장모에게 쫓겨난다. 처삼촌 주팔의 집에서 봉단과 눈물의 재회를 한 김서방, 아니 이장곤은 봉단에게 자신의 내력을 털어놓는다. 이장곤이 "녹록한 사내"는 아니지만 양반일 줄은 꿈에도 생각지 못한 봉단. "좋은 세상이 되는 날에는 백정의 사위가 우세거리요, 망신거리"가 될 것쯤은 안다. 그래서 좋은 세상이 오면 자신을 버리지 않겠냐고 묻고, 이장곤은 그런 일은 없을 것임을 단언한다.

과연 세상이 바뀌어 연산군이 물러나자 이장곤은 중앙정계에 화려하게 컴백하고, 그는 자신의 말처럼 봉단이와의 사랑을 저버리지 않았다. 봉단이는 백정 출신으로 정경부인이 되어, 둘은 백년해로한다. 해피엔딩!

그런가 하면 아주 슬픈 비련의 주인공도 있다. 꺽정이의 양반친구 덕순이. 덕순이는 내외간 금슬이 끔찍이도 좋았다. 하루만 못 봐도 십 년은 떨어져 있었던 듯 서로 그리워한다. 갓바치의 도반인 김륜이 소격서 안에서 사주쟁이로 이름을 날릴 적에 덕순이의 아내, 이씨의 친정에서 덕순 내외의 사주를 보인 적이 있다. 사주풀이가 참으로 기묘하다.

봄날이 따뜻하니 복숭아꽃이 아리땁도다. 푸른 물이 고요하니 중경이 서로 부르도다. 도장 안에 눈썹을 그리어 주니 보는 이 웃음겨워 하도다. 모진 바람 일어나며 밝은 달이 바다에 잠기도다. 촛불이 희미한데 붉은 깃발 무삼 일고. 서리 찬 긴긴 밤에 외기러기 울고 가도다. (2권 43쪽)

표현이 참 근사하긴 한데, 뭔 말인지 모르겠다고? 그렇긴 하다. 그래도 뭔가 감이 오긴 한다. 앞의 두 구절은 길조인데, 뒤의 두 구절은 몹시 흉하구나 하는. 과연 그랬다. 얼마 뒤 기묘사화로 덕순이 집안은 풍비박산 나 버렸다. 아버지 김식이 귀양을 가다 지리산 속에서 목을 매고 어머니는 옥에 갇히는 등 참사가 이어졌다. 그 와중에 덕순이는 아버지가 죽은 것도 모르고 서울로 오다가 적굴에 갇혀 한 달을 지내다 돌아왔다. 그랬더니 촛불 아래 아내의 붉은 명정이 기다리고 있는 게 아닌가. 오, 세상에나! 아내가 덕순을 애타게 기다리다 죽어 버린 것이다. 사주풀이가 고스란히 적중한 셈이다.

훗날 정계의 판도가 바뀌면서 덕순이 가문은 복권되었다. 형제들이 다 혼인을 하자 어머니는 덕순에게 사나이도 수절하느냐며 재취를 권한다. 하지만 덕순은 이제 다시는 내외간 재미를 보고 살기는 어려울 것 같다며 말한다. "죽기 전에 한 번 다시 보기만 했어도 한이 덜 되었을 것이에요. 지금도 붉은 명정이 눈앞에 어른거리면 맘이 저린지 아픈지를 모릅니다." 결국 어머니도 마음을 접는다. 어릴 때 만난 아내가 생애 단 한 번의 사랑이었고, 덕순은 그 아내를 평생 가슴에 묻고 살아간다.

청석골 원조 오두령(오가)의 '아내 사랑' 역시 한편의 빼어난 희비극이다. 오두령의 본명은 '개도치', 좀 머시기한 이름이다. 개도치 오가는 수다와 구변, 주책바가지로 유명하다. 알다시피 몸싸움보다는 주로 말발로 '영업'을 하는, 좀 특이한 도적이다. 오주가 신뱃골 과부(나중에 산후더침으로 죽는 그 과부다)를 색시로 얻고 나서 청석골엘 들렀다. 구변도 없으면서, 과부를 차지하게 된 곡절에 첫날밤 이야기며 마누라가 '이쁘다'는 자랑까지 한다. 다 듣고 난 뒤, 오가가 인생선배로서 조언을 한다.

"여게, 오주, 자네는 지금 여편네 맛이 단 줄루 알테지만 그것이 본맛이 아닐세. 여편네는 오미 구존한 것일세. 내 말할게 들어보려나. 혼인 갓해서 여편네는 달기가 꿀이지. 그렇지만 차차 살림 재미가 나기 시작하면 여편네가 장아찌 무쪽같이 짭짤해지네. 그 대신 단맛은 가시지. 이 짭짤한 맛이 조금만 쇠면 여편네는 시금털털 개살구루 변하느니. 맛이 시어질 고비부터 가끔 매운맛이 나는데 고추 당초 맵다 하나 여편네 매운맛을 당하겠나. 그러나 이 매운맛이 없어지게 되면 쓰기만 하니." (4권, 315쪽)

역시 '말발'은 아무도 못 당한다. 부부 사이를 '달고, 짜고, 시고,

맵고, 쓴', 다섯 가지 맛으로 설명하는 솜씨가 일품이다. 그만큼, 아내와의 정이 두터웠다는 뜻이다. 처음 맺어지게 된 것부터 남다른 사연이 있었다. 후반부에 밝혀지는 스토리지만, 오가의 아내는 남소문안 패 한온이의 작은숙모였다. 한온이의 작은삼촌이 이십 안에 죽는 바람에 청춘과부가 되었다. 한데 그녀의 친정이 오가가 몸담고 있던 계양산 괴수였다. 잠시 친정에 가 있는 동안에 오가가 달고 달아난 것이다. 이른바 사랑의 도피행각을 벌인 것. 처음부터 둘의 사랑이 심상치 않았던 셈이다.

청석골에 칠두령이 모이면서 조직이 대폭 확장될 즈음, 오두령 부인이 특별한 병도 없이 갑자기 세상을 뜬다. 우째 이런 일이? 오두령은 이 느닷없는 죽음 앞에서 자기 존재가 붕괴되는 상실감을 느낀다. 물론 캐릭터가 그렇다 보니 표현하는 방식은 좀 웃긴다. 아내의 초상을 치를 적마저 그랬다. 하관하고 횡대橫帶 관을 묻은 뒤에 구덩이 위에 덮는 널조각를 덮으려는데 묘혈로 뛰어들어서는, 관 위에 드러누워 자기도 함께 묻어 달라고 울부짖는다. 졸개들이 간신히 끌어내 놓으면 또 뛰어들어가서 횡대 위에 누워서 디굴디굴 굴렀다. 보다 못한 꺽정이의 한마디. "오두령 소원대루 고려장을 지내 드려라." 졸개들은 주저주저했지만 빨리 끌어 묻지 않고 뭐하냐는 꺽정이의 호령을 누가 거역하겠는가.

흙이 관 위로 떨어지기 시작하자, 그제서야 오가는 못 이기는 체하고 유복이 손에 끌려나온다. 이후, 두령들이 '열남'烈男 정문을 세워

주자고 오가를 놀려 댔다. 표현방식은 이렇듯 해학적이지만, 오두령
의 마음은 진심이었다. 장례를 치른 후에도 아내에 대한 그리움을 이
기지 못해 하루에도 몇 번이고 무덤을 찾곤 하였다. 꺽정이가 첩을
얻어 설움을 잊어 보라고 하지만 오가는 도리머리를 흔든다. 마음속
에 살아 있는 마누라를 마저 죽일 수는 없다면서(허걱!), 몸은 홀애비
라도 마음은 핫애비란다. 핫애비? 유부남이란 뜻이다. 참, 재미있는
표현이다.

　　몸은 홀애비, 마음은 핫애비인 오가가 영 매가리 없이 지내다 한
번은 수다를 떤 적이 있었다. 이날 수다가 의외라 꺽정이도 신기하게
여겼다. "나는 오두령 수다가 다 없어진 줄 알았더니 그래두 좀 남았
구려" 하고 꺽정이 말하자 "오십여 년 동안 떨 대루 다 떨구 조금 남

은 수다는 속에 간직해 두었다가 저세상으루 가지구 가려구 생각했더니 저세상에 가선 그나마 떨지 못할 것 같아서 이 세상에서 마저 떨어 버리구 갈 작정이오." 오가가 또다시 청승을 부리자 꺽정이가 놀린다. "저세상에 가면 마누라님을 다시 만나 볼 줄루 아우?" 오가의 답변이 걸작이다. "마누라쟁이를 꼭 다시 만나 볼 줄만 알면이야 지금 당장이라두 이 세상을 하직하구 가지요. 가다 뿐이오."(10권 25~26쪽) 오, 이 지독한 사랑!

관군의 대토벌이 임박하자, 청석골을 비우고 요새를 자모산성으로 옮기기로 한다. 이때 오가는 자신은 끝까지 청석골에 남겠다고 선언한다. 청석골을 버리구 가느니 차라리 여기서 죽겠노라고, 청석골에서 죽는 게 고소원固所願 본디부터 바라던 바이라며 뜻을 굽히지 않는다. 결국 꺽정이도 설득을 포기하고 오두령만을 남겨 두고 떠난다.

오가는 사방 초막에서 떠들거나 말거나 내버려두고 방문을 닫아 걸고 혼자 누워서 억제할 수 없는 고적한 생각을 마음속으로 곱새기었다. 청석골은 나무 한 그루 풀 한 포기 다 정이 든 곳이요, 수하 사람은 어중이떠중이나마 수효가 자그마치 팔십여 명이건만 웬 셈인지 자기 신세가 게 발 물어던진 것 같았다. 처음에 마누라와 딸을 끌고 산속 깊이 들어왔을 때 딸은 말할 것 없고 마누라까지 호젓하여 못 살겠다고 사설이 많았으나 자기는 지금같이 외롭고 쓸쓸하지 아니하였다. 자식은 팔자에 없기에 딸자식 하나 있던 것까지 없어졌겠지만 마누라만 살아 있었으면 이 산속은 고만두고 온 세상에 사람의 새끼가 하나 없더라도 외롭고 쓸쓸할 리가 만무할 게다. 마누라가 죽을 나이도 아니고 죽을병도 아닌데 죽은 것이 생각할수록 불쌍하나 이렇게 외롭고 쓸쓸하게 사는 것은 차라리 죽는 것만도 같지 못하니 살아 있는 자기가 죽은 마누라보다 더 불쌍하였다. (10권 156~157쪽)

존재의 참을 수 없는 쓸쓸함과 그리움! 아내를 향한 것이지만, 그 고독과 비애는 온 우주를 휘감을 듯 깊고도 깊다. 대하소설『임꺽정』의 마지막 장면이기도 하다. 알다시피『임꺽정』은 미완성이다. 한데, 마지막 장면이 꺽정이도 아니고, 칠두령도 아닌, 왜 하필 개도치 오두령의 쓸쓸한 독백일까?

우연이라면 우연이지만, 그렇다고 아주 의미가 없는 것도 아니다. 오두령이야말로 청석골의 원조이자 유복이를 비롯하여 칠두령을 청석골로 불러들인 '총매니저'에 해당한다. 꺽정이를 대장으로 추대하여 청석골을 부락공동체로 재정비한 것도 그다. 폼나는 전투력도, 튀는 재주도 없지만, 칠두령을 비롯하여 청석골을 드나드는 이들의 배경이 되어 주었던 그는 진정 '빛나는 조연'이었다. 그에게 있어 아내는 이 모든 과정의 동반자였다. 달고 짜고 시고 맵고 쓰고, 인생의 '오미'를 맛보게 해준 연인이자 친구요, 인생 그 자체였던 것. 그가 그런 아내를 잃고 존재의 심연을 휩싸고 도는 적막감에 몸부림치고 있다. 이 정도면 청석골에서의 '한세상'이 저물어 가고 있음을 예고하기에 충분한 대단원이 아닐는지…….

사랑 따윈 필요 없어! — 곽오주

✿
✿
✿

'무식하고 어리숙하고 되퉁맞은' 쇠도리깨 도적 곽오주는 사랑에 관한 한 비련의 주인공이다. 비련의 주인공, 하면 아주 낭만적인 이미지를 떠올리지만 그건 진짜 오해다. 낭만이란 비극 자체의 속성이 아니라, 비극에 대한 특정한 해석이다. 어설픈 망상으로 가득찬. 진짜 비극에는 낭만이 들어설 자리가 없다. 오직 존재의 밑바닥이 적나라하게 드러날 뿐.

곽오주는 집을 나와 여기저기 떠돌다 개래동 정첨지 집에서 머슴을 산다. 일종의 비정규직인 셈인데, 워낙 힘이 좋고 일을 잘해서 꽤 괜찮은 대우를 받는 편이었다. 그런데 부잣집 외아들이 대개 그렇듯이 정첨지 아들도 순 날라리에 오입쟁이였다. 신뱃골 과부가 예쁘다는 소문을 듣고 오주를 시켜 보쌈을 해온다. 과부가 워낙 격렬하게 저항하는 데다 아버지와 마누라의 등쌀이 만만치 않자 정첨지 아들은 과부를 오주에게 줘 버리기로 결심한다. 가까이 두고라도 보겠다는 심산이었다. 이리하여 오주는 어부지리로 신뱃골 과부와 살림을 차리게 되었다.

첫날밤, 오주의 '모놀로그'가 참 볼 만하다. 숫기 좋은 사람이지만 평생 처음으로 젊은 여인과 단둘이 한 방에 들어앉게 된 오주는 어쩐지 겸연쩍기만 해서 꿀 먹은 벙어리처럼 앉아 있고, 과부는 숨만 쉴 뿐 돌처럼 꼼짝 않고 앉아 있었다. 오주가 우선 과부와 성명이나 통하려고 무거운 입을 열었다. 단순무식하다 보니 바로 반말이다. "나는 성은 곽가구 이름은 오주구 나이는 스물다섯이구 고향은 강령인데, 정첨지 집에서 머슴을 살아. 임자는 성은 무어구 이름은 무어구 나이는 얼마여?"(4권 309쪽) 순진무구함이 뚝뚝 떨어진다. 눈곱만큼의 과장도, 포즈도 없다. 그리고 나선 프로포즈 같지 않은 프로포즈를 한다. "우리 주인이 나더러 임자하구 같이 살라는데 내 맘엔 좋지만 임자 맘에 어떤지, 임자가 나하구 같이 살기 싫다면 나두 굳이 같이 살자지 않을 테니 싫거든 싫다구 말해." 상황을 설명하고 나름 각시의 뜻을 묻는 척 시늉을 하는 것이다. 과부가 계속 말이 없자, 스스로 결론을 내린다. "나는 아직두 총각이구 임자는 젊은 과부니까 같이 살기 싫을 것 없겠지. 또 같이 살다가두 언제든지 싫다기만 하면 내가 두말 않구 갈라설 테니 그때 임자가 신뱃골 가서 도루 과부 노릇하면 고만 아니여?" 자신이 총각이라는 걸 은근히 내세우고 있다. 워낙 내세울 게 없다 보니, 쩝! 그리고 나선? 고만 쓰러져 잠들어 버린다. 혼자 묻고 답하고 잠들고. 참, 〈전설의 고향〉에서도 보기 어려운 장면이다. 좌우지간 이리하여 둘은 부부의 연을 맺게 되었다.

총각과 과부의 결합, 요즘 같은 시대에도 흔한 일은 아니다. 허나 당시엔 그다지 특별난 일이 아니었다. 총각이건 과부건 중요한 건

'솔로'라는 사실이다. 게다가 오주처럼 스물다섯이나 된, 좀 '삭은' 총각은 처녀고 과부고 따질 겨를이 없다. 『목민심서』에 보면, 수령이 해야할 임무 가운데 이런 항목이 있다. '과년토록 결혼을 못한 자는 관에서 마땅히 이를 성혼시키도록 해야 한다.' 과년이라면? 그 항목에 달린 주해를 보면, 월왕 구천이 명을 내리기를 "여자 17세에 시집가지 않고, 남자 20세에 장가들지 않으면 그 부모에게 죄가 있다"는 예시로 시작한다. 여자 17세, 남자 20세면 혼기를 놓친 과년한 축에 낀 것이다. 만약 "사족의 딸로서 나이 삼십이 되도록 가난하여 시집을 못가는 사람이 있으면 예조에서 왕에게 아뢰어 자재를 지급하고 그의 가장은 중죄로 다스린다". 나이 삼십? 요즘에야 세상에 널린 게 삼십대 솔로들 아닌가. 하지만, 당시로선 몹시 중차대한 사회문제에 해당하였다. "천지간에 얽히고설켜서 펴지 못하는 일치고, 남녀 간에 혼기를 놓치는 일보다 더한 것은 없을 것이다."(정약용, 『역주 목민심서 2』, 다산연구회 역주, 창작과비평사, 1979, 35~39쪽) 왜냐하면, 남녀의 결연은 "천지의 화기를 인도하고 만물의 본성에 순응하"는 그런 일에 해당하기 때문이다. 그래서 사실 솔로들을 그냥 내버려두질 않았다. 처녀총각은 물론이려니와 과부와 총각, 홀아비와 처녀, 재혼, 삼혼, 사혼도 얼마든지 있었고, 나이 차이도 상당히 유연했다. 대개는 여자쪽이 예닐곱 살 연상인 경우가 많았고, 그 반대의 경우 동갑이거나 아니면 남자 쪽이 십 년 이상 연상인 경우도 적지 않았다. 요컨대 일생 동안 굉장히 많은 성적 선택권을 누린 셈이다. 삼사십대 솔로

(우리 공동체에선 '독거노인'이라 부른다^^)들의 고독과 외로움이 천지의 기운을 막히게 하여 생태계가 교란되는 이 시대에 즈음하여, 이런 혼인 풍속이야말로 전통 계승의 차원에서 적극 되살려야 마땅하지 아니한가.

다시 오주의 사랑이야기로. 이렇게 부부가 되어 알콩달콩 산 것까진 좋았는데, 이 과부가 너무 몸이 약한 게 문제였다. 결국 아이가 태어난 지 삼칠일이 겨우 지나고 오주와 살림을 차린 지는 일 년도 채우지 못한 채 과부는 생을 마쳤다. 미인박명이라고, 예나 지금이나 얼굴이 예쁘면 오래 살긴 힘든가 보다. 하긴 미인에다 힘도 좋고 장수까지 한다면, 세상에 그런 불공평한(!) 일이 또 있을까 싶다마는. 그때부터 오주가 젖동냥을 해서 아이를 키우는데, 이게 정말 고달프기 짝이 없는 노릇이었다. 하루는 아이가 불에 덴 것처럼 울기 시작했다. 아이를 안고 아무리 들까불어도 ^{위아래로 심하게 흔들어도} 소용이 없었다. 오주의 이마에 진땀이 솟고 얼굴이 험악해지더니 "제에기" 소리 한마디에 아이가 땅바닥에 떨어졌다. 울음소리도 딱 그쳤다. 바로 숨이 끊어진 것이다. 다음날 아침, 오주는 귀신 같은 형상을 하고선 죽은 아이를 안고 다니며 젖동냥을 하기 시작한다. 끔찍한, 너무나 끔찍한! 마을사람들이 간신히 오주의 품에서 아이를 빼앗았으나 오주는 그때부터 병이 났다. 물 한 모금 입에 넣지 않고 인사불성으로 앓는 중에 "우네." "아이구, 또 우네." "젖 얻어먹이러 가야겠다." 오, 정말 눈물 없인 보기 어려운 장면이다. 이 순간, 오주는 지옥을 넘나드는 고통을 감내했으리라.

그렇게 한 십여 일 앓고 일어난 뒤에 성한 사람이 되긴 했으나 전에 없던 성미가 한 가지 생겼다. 어린애를 싫어할뿐더러 애 울음소리만 들리면 광증이 나서 애를 우물에 빠뜨리거나 두들겨팼다. 말하자면, 아기들의 '천적'이 된 것이다. 우는 아이한테 "곽쥐 온다" 하면 울음을 뚝 그쳤다고 하는 그 곽쥐의 주인공이 되어 버린 것. 이후 오주는 어린애뿐 아니라, 여자와 관련된 모든 것에 만정이 다 떨어졌다. 청석골 두령이 된 뒤에도 혼자만 멀찌감치 따로 떨어져 지낸다. 아이나 여자의 꼴도 보기가 싫어서. 생애 단 한 번의 사랑으로 에로스적 정기가 모조리 탈진해 버린 것이다. 말하자면, 결혼의 비극으로 영혼이 병든 셈인데, 그럼에도 청석골 두령으로 '멀쩡히' 살아간다.

이게 참 신기한 대목이다. 우리 시대 같으면 광기가 발발하는 순간, 그 당사자를 무조건 격리시켜 버린다. 푸코에 따르면 이런 식의 배치는 근대 이후 임상의학의 탄생과 더불어 만들어졌다고 한다. 근대 이전에는 광인들도 저잣거리에 섞여 살았다(내가 어린 시절만 해도 시골에는 늘 미친년 혹은 바보라 불리는 사람들이 있었는데, 언제부턴가 시야에서 싹 사라지고 말았다). 광인이라고 해서 존재 전체가 붕괴된 건 아니기 때문이다. 곽오주만 해도 그렇다. 어린애 울음소리만 듣지 않으면 아주 '멀쩡한' 인간이다. 멀쩡하다뿐인가. 꺽정이에 대한 충성심, 유복이와의 형제애, 서림이에 대한 견제력 등은 실로 돋보인다. 그 사랑과 의리만으로도 오주의 삶은 충분히 빛난다.

그러므로, 곽오주에게 사랑이 무어냐고 물어본다면 이렇게 답하지 않을까. "사랑 따윈 필요없어! 친구와 언니들만 있으면 그걸로 충분해!" 사랑을 잃으면 존재가 온통 붕괴되고, 영혼 한구석이 병들면 세계 전체로부터 고립되어 버리는, 우리 시대 비련의 주인공들과는 참, 다르지 아니한가!

귀신도 못 말리는 열애 — 봉학이

☆
☆
☆

남녀의 결연은 "천지의 화기를 인도하고 만물의 본성에 순응하"는 일이라고 했다. 음양이 조화를 이루면 천지도 화평한 기운으로 가득차게 된다. 이건 절대 상징이나 은유가 아니다. 말 그대로다. 활의 달인 봉학이의 사랑이 증거다.

봉학이는 왜변에 참여했다 돌아온 뒤 전라감사 이윤경 밑에서 비장 노릇을 한다. 봉학이가 이윤경의 지극한 총애를 받자 다른 비장들이 골탕을 먹일 참으로 관아 뒤편에 있는 폐방을 봉학이의 처소로 할당한다. 목매달아 죽은 기생귀신이 있는 방이다. 간이 약한 사람은 가까이 가기만 해도 기겁을 할 정도로 음산한 곳이다. 하지만 봉학이가 누군가. 화살의 달인일뿐더러 이미 왜변에서 전장터를 주름 잡은 전사가 아니던가. 무서워하기는커녕, 이야기로만 들었던 귀신이나 도깨비가 궁금한 마음에 은근히 기생귀신이 나오기를 바라기까지 했다. 첫날 밤 잠이 들려 할 때, 웬 이쁜 기생 하나가 옆에 와서 앉는다. 보통사람 같으면 그 자리에서 바로 기절할 텐데, 봉학이는 태연하게 그 기생을 옆에 끼고 잔다. 다음날 비장들이 좀 미안한 맘이 들어 위로차 계향이라는 기생을 들여보낸다. 바람이 촛불을 후려서 밝

왔다 어두웠다 하는 중에 하얀 얼굴 하나가 나왔다 들어갔다 하는 것을 봉학이가 바라보고 "네 뒤에는 또 누구냐?" 하고 물었다. "내 뒤에요?" "네 뒤에 얼굴바닥이 하얀 년은 누구냔 말이냐. 네 동무냐?"(5권 399쪽)

허걱! 진짜 귀신이 나타난 것이다. 계향이가 기겁을 하고 봉학이 품에 안긴다. 봉학이를 놀려먹으려 했다가 도리어 자기가 당한 꼴이다. 그때부터 둘은 사랑에 빠진다. 귀신방에서 꽃핀 사랑의 하모니라고나 할까. 과연 사랑의 힘은 실로 막강하였다. 봉학이와 계향이는 아무 일도 없었을 뿐 아니라, 흔한 고뿔도 앓는 일 없이 달포를 지냈다.

봉학이와 계향이가 그동안에 서로 정든 품이 둘이 붙어 살면 아귀 틈에서라도 웃고 살고, 둘이 붙어 가면 칼산 위에라도 겁내지 않고

갈 만하게 되니 귀신방 같은 조용한 처소가 둘에게는 도리어 해롭
지 아니하였다. (5권 403쪽)

귀신방이 오히려 사랑놀음하기에 딱 좋은 최고의 '스위트룸'이
된 것이다. 통쾌한 반전!

물론 이 사랑에는 넘어야 할 장애가 있었으니, 봉학이는 형식적
이나마 본처가 있는 처지고, 계향이는 기생이라 관아에 매인 몸이다.
둘 다 제도와 습속에 묶인 처지인 것. 하지만 대체 누가 이들의 사랑
을 막을 수 있으랴. 둘의 관계는 나날이 뜨거워져 "사랑의 따뜻한 기
운이 귀신방의 쓸쓸한 바람을 몰아내서 밤에 오는 사람들까지 무서
운 생각 없이 입을 벌리고 웃게 되"었다. (5권 411쪽) 사랑을 하면 몸
이 따뜻해진다. 화기火氣, 곧 불의 기운을 쓰기 때문이다. 따라서 사랑
이 무르익으면 화기가 충만해진다. 화기밝고 따뜻한 기운가 충만해지면
주변의 음기를 다 날려 버린다. 귀신은 음기의 절정이다. 죽어서 혼
백이 흩어지지 못하고 한으로 꽁꽁 얼어붙은 존재인 것. 그래서 사
실 귀신은 무섭다기보다 불쌍한 존재다. 사랑의 양기와 귀신의 음기
가 맞붙으면? 당연히 귀신이 밀린다. 아니, 어쩌면 귀신도 그 덕에 한
을 풀고 편안하게 저승으로 떠날지도 모르겠다. 어찌됐건 봉학이와
계향이의 사랑은 귀신도 멀리 쫓아 버렸다. 귀신도 못말리는 사랑!
그런데 하물며 사회적 장벽쯤이야. 봉학이가 잠시 왜변에 나갔을 적
에 새로 갈린 전주부윤이 계향이에게 수청을 요구하였다. 저항하는

계향이. 죽도록 곤장세례를 받았다. 하지만 봉학이에 대한 사랑은 그럴수록 더더욱 불타올랐다. 봉학이가 돌아온 뒤, 둘은 자신들의 사랑을 만천하에 드러내면서 전주부윤과 한판 승부를 벌였다. 결과는? 커플의 승리! 지인들의 도움으로 반신불수가 되었다는 연극을 꾸며 계향이는 기적妓籍 기생 등록대장에서 놓여나고, 봉학이는 본처와의 관계를 정리한다. 그 다음엔 찰떡같이 붙어다니며 평생을 함께한다.

사실 이래야 맞다. 사랑을 하고 있다면 화기가 충만해야 한다. 주변에 있는 음습한 기운을 한꺼번에 날려 버릴 수 있을 정도로 말이다. 봉학이와 계향이의 열애는 귀신은 물론이려니와 관습의 음험한 기운까지도 제압해 버렸다. 물론 화기를 과도하게 쓰면 '음허화동'陰虛火動이라 해서 '정'精이 고갈되어 버린다. 태과太過 지나친 것는 불급不及 모자란 것만 못하다. 정기가 소모되면 기진맥진하여 사랑도 맥 없이 끝나 버린다. 아니면 성적 쾌락만 망동하여 변태성욕자가 될 수도 있다. 사랑과 성욕 사이의 긴장과 조화가 필요한 건 이 때문이다. 반대로 사랑을 하면서 몸이 비실비실하고 자주 체하고, 또 주변사람들 엄청 피곤하게 만들면 그건 음기가 화기를 눌러 버린 꼴이다. 음기가 화기를 잠식해 버리면 결국? 귀신이 될밖에(헉!).

'이 죽일 놈'의 사랑 — 배돌석이

✿
✿ ✿
✿

일편단심 민들레가 있다면, '다다익선'형 바람둥이도 있는 법이다. 배돌석이가 그런 경우다. 돌석이는 칠두령 가운데서도 특히 팔자가 험궂은 인물인데, 부부의 인연도 기구하기 짝이 없다. 남들처럼 일찌감치 결혼을 해서 의붓어미랑 살았는데, 마누라가 의붓어미를 구박하는 걸 보다 못해 쫓아내 버렸다. 그후, 의붓어미가 마흔여덟 살 먹은 중늙은이한테 미쳐서 후살이를 가 버리는 바람에 외톨이가 되었다. 알코올중독에 사고뭉치로 정처없이 떠돌다가 어느 양반댁의 비부쟁이로 들어간다. 비부쟁이란 계집종의 기둥서방으로, 돌석이 같은 떠돌이가 기식하기엔 딱 좋은 '정규직'이다.

그런데 이 계집종이 주인서방과 그렇고 그런 사이인지라 상황이 형편없이 꼬이게 된다. 계집종이 남편인 돌석이한테는 냉기가 돌도록 쌀쌀맞게 굴면서 툭하면 안방엘 드나드는 게 아닌가. 주인서방이 계속 불러들이는 탓이다. 결국 두 '연놈'이 한이불 속에서 뒹굴다 돌석이한테 딱 걸리고 말았다. 돌석이는 둘을 꽁꽁 묶어놓고는 주인서방한테 수표手標를 쓰도록 했다. "배돌석이 처 금순이는 몸값 없이 속량하여 주고 논밭 이십 두락을 허급할사 연월일 김도사댁."(5권

305쪽) 그래도 제딴엔 마누라를 속량하여 오순도순 살아 보고 싶었던 게다. 하지만, 문제는 돌석이가 '까막눈'이라는 것. 주인서방이 써 준 수표가 진짠지 아닌지 판별할 방도가 없다. 하여, 수표를 들고 '진서'眞書 한문을 높여 이르던 말 잘 보는 동네 일좌一座 동네 소임의 첫 자리 혹은 그 자리에 있던 사람를 찾아갔다. 혹시나는 과연 역시나였다. 속량은커녕 돌석이가 사랑에 들어와 도둑질을 했으니 귀양을 보낸다는 내용의 수표였던 것. 이런 죽일! 돌석이는 있는 대로 열을 받았다. 돌아와선 주인이 차고 있던 장도로 주인서방과 자기 마누라, 둘의 얼굴에다 흉측하기 이를 데 없는 문신을 새겨 버린다. 복수치고는 참 잔인하고 엽기적이다. 그러고 나선 길양식이나 훔쳐 가려고 집 안으로 들어갔다가 볼일 보러 뒷간으로 가던 주인아씨와 딱 마주쳤다. 그런데 그 긴박한 상황에도 주인아씨를 요리조리 놀려먹는다. 그러다가 아씨의 손을 잡아당겨서 입을 맞추고는 놀라서 땅바닥에 주저앉아 버린 아씨를 뒤로 하고 쌀자루를 집어들고 나온다. 참 대책없는 인간이다.

그날 밤으로 서울로 도주하여 갖은 고생을 다 하다가 금교찰방까지 흘러들어 왔다. 호랑이 사냥꾼으로 선발된 게 바로 이때다. 호랑이 사냥을 마친 뒤, 호환에 아들을 잃은 노파를 따라갔다가 그 며느리랑 살림을 차렸다. 한데, 이놈의 며느리가 또 색기가 넘치는 바람에 옆집 김서방과 눈이 맞아 버렸다. 우째 이런 여인네들만 줄줄이 꼬이는지. 이런 걸 전문용어로 '팔자'라고 한다. 훗날 청석골에 관상쟁이가 잡혀와서 돌석이를 보고는 처궁이 어지러워 혼인을 여러 번 하겠다고 하는 대목이 나온다. 제대로 맞힌 셈이다. 한데 팔자나 관상에 마누라를 여럿 들이겠다고 하면 남자들은 대개 부러워들 한다. 좋잖아, 하면서. 하지만 돌석이 같은 경우라면 아마 다들 사양할 것이다.

이번에는 비부쟁이 때보다 더 흉측하게 되었다. 김서방의 아내가 남편을 찾으러 왔다가 돌석이한테 사실을 고해 바쳤다. 돌석이가 김서방이 오면 넷이 담판을 짓자며 그 여편네를 볼모로 붙들어 둔다. 돌석이와 바람난 마누라, 김서방의 여편네, 그리고 수양어미. 넷이 저녁밥을 같이 먹으며(!) 김서방을 기다린다. 참, 기묘한 장면 아닌가. 보다 못한 수양어미가 김서방의 아내를 고만 보내 주라고 하자 돌석이가 말한다. "김가놈이 오거든 두 기집을 함께 내줄 작정이오." 김서방네 여편네는 물론이고 바람난 마누라까지 다 김서방에게 내주겠다는 것. 대체 왜? "나는 미워서 내줄라구 하우." 바람난 기집이 미워서 내주겠다고? 간통에 대한 해법치고는 참, 독특하다. 당최 그 심리 구조가 가늠이 안 되는 인간이다. 그렇다. 돌석이의 감정은 늘 이런 식으로 삐딱선을 탄다. 그런데 김서방이 계속 오지 않자, 김가에게 직접 가라며 자기 마누라를 보낸다. 옆에 있던 김가의 여편네가 자신이나 보내 달라고 하자, 못 보내 준다며 자기랑 같이 자자고 한다. 별 망측한 소릴 다 듣겠다는 김가의 여편네 말에 돌석 왈, "무에 망측하우. 기집 바꿈밖에 더 되우?"

기집 바꿈이라니? 스와핑을 하자는 건가? 맙소사! 기겁을 해서 뛰쳐나가려는 김가의 아내를 강제로 바닥에 눕히고 정사를 벌인다.

점입가경, 아니 설상가상이다. 이 즈음, 계속 집 안을 엿보고 있던 김 서방이 패거리 십여 명을 끌고 "내 기집" 내놓으라며 들이닥친다. 돌 석이의 쌈박한 대응. "오, 김가놈이냐? 네 기집은 고사하구 내 기집 까지 다 내주마." 하지만 사태는 걷잡을 수 없이 치달아 한바탕 난장 판이 벌어졌다. 그 와중에 돌석이가 독살이 올라 김서방과 계집을 다 "해골을 바수어" 죽여 버렸다. 김가의 아내는? "데리구 잔 값으로 살 려 줄까." 하고 봐주었다. 돌석이가 싱끗 웃으며 돌주머니를 챙겨 유 유히 집을 빠져나온다. 이번에도 또 한번 홀딱 '깬다'. 그 피비린내 나 는 와중에 저런 멘트와 미소는 또 뭐란 말인가.

아무튼 〈부부클리닉 사랑과 전쟁〉에서도 보기 어려운 장면이다. 파격적이고 엽기적이고 잔혹한, 이 죽일 놈의 사랑! 돌석이도 '죽일 놈'이지만, 그 웬수 같은 사랑도 '죽일 놈'이다. 대체 사랑, 아니 섹스 가 뭐길래 이런 끔찍한 살육을 몰고 다닌단 말인가. 돌석이의 애정행 각에는 이렇듯 늘 성욕과 죽음충동death drive이 함께 교차된다. 돌석 이 자체도 애욕에 대한 집착이 대단하지만, 돌석이가 만나는 여성들 역시 '색기'가 장난이 아니다. 에로스는 타나토스, 곧 죽음충동을 동 반한다. 성적 탐닉은 죽음을 대가로 할 때 가장 절정에 이르는 까닭 이다. 성욕뿐 아니라, 인간이 누리는 모든 쾌락에는 그만큼의 고통이 대가로 주어지는 법이다. 그래서 돌석이 같은 바람둥이들은 겉보기 엔 여성편력이 화려하지만, 실제로는 여자복이 지지리도 없는 경우 에 속한다. 그놈의 애욕 때문에 살인과 폭력을 수시로 저질러야 하니 말이다. 짧은 쾌락, 긴 고통!

　결국 청석골로 도주하여 거기서 아주 대찬 처녀애와 혼인을 하고 나서야 이 끔찍한 소용돌이가 잦아든다(다음 절을 기대하시라!). 공동체의 결속력이 오주의 광기를 진정시킬 수 있었듯이, 돌석이의 '그 죽일 놈'의 사랑 역시 청석골의 배치를 만난 후에야 비로소 죽음충동이 아닌, 삶의 궤도로 진입할 수 있었던 것이다.

'여인천하' 혹은 위풍당당 그녀들

✿
✿ ✿
✿

갖바치의 양반 친구 심의가 송도엘 갔다. 갖바치가 유람을 나선 지 서너 달이나 되도록 돌아오지 않자 홧김에 송도 친구 화담 서경덕을 찾아 간 것이다(친구 없이는 하루도 못 살아!ㅅㅅ). 마침 서경덕은 황진이와 함께 있었다. 그때 진이는 "얼굴에는 분을 바르지 아니하고 머리에는 기름을 바르지 아니"한 이른바 '쌩얼'이었다. 진이는 한창 '뜰' 적에도 의상을 물어멈처럼 차리고 다닌 걸로 유명하다. 그런데도 "천연하게 아리땁고 요사치 않게 어여쁜 것이" 이 세상 사람 같지가 않았다. 심의가 한눈에 반해 버렸다.

이윽고 밤이 되었다. 서경덕의 초당엔 방이 둘뿐이었다. 진이가 화담 초당에 와서 자는 건 이날이 처음이 아니었다. 처음, 진이가 당대 최고 도승이던 지족선사의 도를 무너뜨리고 같은 수단으로 서경덕을 놀리려고 어느 가을밤 초당에 와서 잠을 잤다. 무섭다며 방에서 나가질 않더니, 다음에는 춥다고 서경덕의 이불 속으로 들어간다. 마지막 단계는 험하게 자는 척하며 서경덕의 몸에 팔다리 걸치기! 이런 고약한 취미라니. 그러나 "처사(서경덕)의 마음은 반석 같아서 마침내 움직이지 아니하였다." 진이가 결국 무릎을 꿇고 제자로 입문하였다. "그 뒤에도 진이가 처사와 한방에서 잔 때가 없지 아니하였으나 항상 처사는 처사대로 자고 진이는 진이대로 잘 뿐이었다."(2권 147쪽) 맙소사! 다만 놀라울 따름이다.

근데 심의가 온 날 밤 더 황당한 장면이 연출된다. 진이가 혼자 자게 되어 다른 방으로 갔다가 혼자 자기 싫다며 다시 처사의 방으로 온다. 손님을 혼자 재울 수 없다며 자신이 혼자 자겠다는 서경덕. 그러자 심의는 이 방에서 셋이 자면 어떻겠냐고 한다. 그래도 좋겠다는 서경덕. 진이도 바로 오케이! 그리하여 두 선비와 한 여인이 한 방에서 잠을 자게 되었다. 이번에도 진이가 심의를 온갖 방식으로 시험해 댔다. 다리를 심의의 배에 턱 얹는다거나 팔로 목을 감는다거나. 생각만 해도 숨이 턱! 턱! 막힐 지경이다. 허나, 심의는 요지부동이었다. 그러자니 그 곡경이 오죽했으랴. 진이는 '역시 화담의 친구 값이 있구나.' 하고, 심의는 '역시 기녀란 할 수 없구나.' 하고 생각하였다.

이튿날 아침, 서경덕이 심의를 보고 "밤에 잘 잤나?" 하고 인사하니 심의는 고개를 가로 흔든다. 아마 눈밑에는 '다크 써클'이 가득했을지도 모르겠다. "겉으로 보기는 선녀 같으나 속은 종시 기녀"라며 낙심하는 심의.

진이와 서경덕, 그리고 심의에게 있어 '성性'이란 대체 무엇일까. 그 경지를 가늠하기란 결코 쉽지 않다. 분명한 건 우리 시대의 표상과는 아주 거리가 멀다는 것. 이 배짱! 이 파격! 시대의 관습과 도덕적 표상을 완전 거스르는, 그리하여 완벽하게 자유로운 이 여인을 보라! 또, 그녀의 곁에 있는 이 남성들을 보라. 황진이에 대한 어떤 드라마나 영화에서도 이런 장면을 만나기란 불가능하다. 우리 시대의 성과 사랑에 대한 상상력이 그만큼 협소하다는 뜻이다.

심의가 불평을 늘어놓자 서경덕은 이렇게 말한다. "진이가 저의 맘대로 장난을 치는 것이 눈에 세상이 비어 보이는 까닭이야. 불가의 말로 유희삼매遊戲三昧라고나 할지." 유희삼매라? 그렇다. 한 세상을 희롱하려면 이 정도의 내공은 있어야 할 터, 고로 황진이의 파격과 변신은 무죄다.

황진이의 이런 파격이 사실이냐구? 사실이기도 하고 아니기도 하다. 벽초 홍명희는 분명 어디선가 이런 유의 일화를 보거나 들었을 것이다. 그것들 가운데는 온전한 팩트도 있고 떠도는 루머도 있다. 하지만 중요한 건 황진이는 이런 짓(!)을 하고도 남을 여자라는 사실이다. 그녀를 둘러싼 일화들도 심상치 않지만, 무엇보다 황진이의 시조는 시조사의 절정이다. 빼어난 수사학과 철학적 비전을 동시에 아우르고 있는 아주 드문 케이스에 속한다. 그녀가 보여 준 파격적 행보가 고스란히 투영되어 있다. 서경덕과 황진이의 관계에서 가장 큰 벽은 성욕이었을 것이다. 그런데 둘은 그 한계를 정면으로 돌파함으로써 진정한 '사우'師友가 될 수 있었다. 사우란 스승이면서 친구고, 친구이면서 스승인 관계다. 거듭 말하거니와, 섹슈얼리티를 은밀한 쾌락과 도덕적 금지의 대상으로 삼은 건 근대 이후다. 진이와 서경덕은 성적 욕망을 에둘러가거나 내밀하게 숨기지 않고 '양생養生과 도道'의 차원으로 고양시켰다. 이들이 연출하는 파격은 바로 그 과정에서 누리는 '자유의 향연'이다. 아름다움과 비극의 화신으로 그려지곤 하는 우리 시대의 황진이와는 얼마나 다른 모습인가!

조선시대는 남존여비의 사회라고들 한다. 사회제도나 관습이 그랬던 건 틀림없다. 하지만 그건 어디까지나 아주 큰 렌즈로 포착했을 때의 얘기고, 구체적인 삶의 현장에선 상황이 그렇게 녹록지 않았다. 〈여인천하〉라는 사극이 있었다. 문정왕후, 정난정, 경빈, 희빈 등 중종·명종 시대를 주름잡은 여인들의 '난투극'을 다룬 드라마였다. 소설 『임꺽정』의 시대이기도 하다. 『임꺽정』에도 이 여인들이 다 등장한다. 이들의 캐릭터 또한 드라마 못지않게 생생하다. 예컨대, 조광조의 개혁을 무산시켜 버린 기묘사화의 배후에는 열여덟밖에 안된 중종의 셋째 왕비 윤씨가 있다. 임금에게 귀여움과 사랑을 받기보다 임금을 자기 손아귀에 넣으려 했던 여인, 이 여인이 문정왕후다. 어린 명종이 즉위하자 수렴청정을 하면서 조선의 권세를 한손에 쥐고 흔들었던 여인이다. 윤원형의 첩 정난정의 처세술 또한 가히 예술의 경지라 할 만하다. 하지만 아무리 그녀들의 미모와 총명이 하늘을 찌른다한들 황진이의 저 파격적 행보에는 '쨉'이 안된다. 그녀들은 결국 성을 발판 삼아 권세를 잡으려고 몸부림쳤던 권력의 노예에 지나지 않았다. 황진이는 그와 반대로 성을 통해 도를 추구한, 진정 '반시대적' 자유인이자 전위였다.

이 작품에서 황진이는 일종의 카메오다. 아주 잠깐 등장하여 무대를 빛내 준 카메오. 『임꺽정』에는 개성과 끼가 넘치는 조연급 여인들이 곳곳에서 등장한다. 그녀들의 행보 역시 황진이 못지않게 파격적이다. 여성에 대한, 특히 조선의 여성에 대한 우리의 통념을 여지없이 부숴 버린다는 점에서 그렇다. 먼저 봉단이. 백정의 딸로 이장곤과 연을 맺어 나중에 정경부인이 된다. 신분 상승 자체도 파격적이지만, 그것이 가능했던 건 봉단이의 지혜와 인품 덕택이다. 그녀의 사랑은 언제나 섬세하고도 당당했다. 남편이 어려울 땐 온몸을 던져 지켜주었고, 서울에 올라와선 하인들한테 갖은 눈총을 다 받으면서 바느질, 언문, 봉제사 접빈객의 품절 등을 모조리 다시 배워야 했다. 수모와 냉대가 오죽했을까. 하지만 그녀는 그것을 온몸으로 견뎌냈고, 결국 정경부인에 값하는 권위와 품위를 갖게 되었다. 여기서 꼭 암기해야 할 사항 하나——배울 수 있는 능력만 있으면, 언제 어디서건 당당하게 살아갈 수 있다!

또 하나, 처복이라곤 지지리도 없는 배돌석이의 아내(파수꾼 김억석이의 딸). 청석골 두령이 된 이후, 홀로 자는 게 너무 괴로웠던 돌석이는 졸개 김억석이가 순찰을 나간 사이, 그의 집으로 찾아가 어린 딸에게 무작정 들이댄다. 대충 처녀를 설득했다고 간주하고는 느긋하게 이불을 깔고 누웠다. 그런데 돌석이에게 목침까지 베어 주고 아랫간으로 내려간 처녀가 좀처럼 올라오질 않는다. 돌석이가 어서 오라고 몇 번 재촉한 뒤에야 처녀가 홑이불조각을 끌어안고 올라오더니 돌석이의 발치에 그린 듯이 서 있다. 돌석이가 그녀를 바라보며

두 팔을 벌리자 별안간 배 위에 와서 걸터앉으며 왼손으로 홑이불조
각을 젖혀 버리는데, 바른손에 시퍼런 칼날이 드러났다. 허걱! 돌석
이가 수족을 놀릴 사이도 없이 처녀는 세로로 잡은 칼로 돌석이의 젖
가슴을 내려지를 것같이 겨눈다. "꿈쩍만 하면 찌를 테니 그리 아시
우." 그러고 하는 말.

> "당신이 나더러 수청을 들라니, 나를 화냥년으로 여기셨소?"
> "내가 너더러 언제 화냥년이라구 하드냐."
> "두령만 사람이 아니오. 졸개도 사람이고 졸개의 딸도 사람이오.
> 오장육부가 다 같은 사람이오."
> "누가 사람이 아니랄세 말이지."
> "사람인 줄로 알면 어째 사람 대접을 안 하시오?"
> (6권 214쪽)

그러곤 단도직입으로 묻는다. "나를 첩을 삼으려고 생각했소, 아
내를 삼으려고 생각했소?" 돌석이 역시 거두절미로 답한다. "네가 도
둑놈 두령의 아내 재목으루 쩍말없다."(6권 215쪽) '쩍말없다'? 더할
나위 없이 딱! 맞는다는 뜻이렷다! 아주 멋진 표현이다. 둘은 옷고름
에 매듭을 지으며 하늘에 대고 맹세를 한다.

> "돌석이가 억석이의 딸을 아내로 데려다가 길래 살겠습니다. 만일

이 말을 저버리면 천지신명께 벌역을 받겠습니다."

"저는 당신의 아내가 되겠습니다. 만일 못 되면 칼로 자결해 죽겠습니다."

(6권 216쪽)

　　돌석이의 처지로 보자면, 그저 하룻밤 즐겨 볼까 하고 갔다가 졸지에 '코 꿴' 셈이다. 이 모든 상황은 시종일관 억석이의 딸 작품이다. 오두령 말마따나 이 어린 처녀아이가 천하의 싸움꾼 배돌석이를 "개떡같이 주"물러 댄 것이다. 이 배포! 이 치밀함! 그녀는 졸개의 딸인데다 소설에서 특별한 역할도 없다. 그런데도 이 순간 완벽한 주인공이 된다. 여자를 억수로 밝히지만 장가를 들었다 하면 외도에 살인이 꼬리를 물고 이어졌던 돌석이도 억석이 딸을 만난 이후 부질없는 편

력을 중단하게 된다. 한마디로 쩍말없이 딱! 걸린 셈이다.

　마지막으로 꺽정이랑 속궁합이 가장 잘 맞았던 세번째 아내 김씨. 그녀는 과부이자 열녀다. 열녀긴 한데 하루 온종일 욕을 입에 담고 살아서 욕쟁이 아줌마로 더 알려져 있다. 먼저 열녀가 된 내력부터 살펴보면, 열일곱에 열세 살 먹은 신랑과 혼인을 했다. 첫날밤, 색시 옷도 벗기지 못하고 혼자 쓰러져 잠들었던 꼬마신랑이 밤중에 뒷간에 가겠다고 징징 울어 대는 통에 데리고 나와 바래다 주었다. 그때 갑자기 울 밖에서 느껴지는 수상한 기척, 호랑이였다. 뒷간에서 나오는 순간 호랑이가 꼬마신랑을 잡아챘는데, 색시는 그 즉시 호랑이 꼬리를 붙잡고 소리를 질렀다. 호랑이가 아가리로는 한 사람을 물고 꼬리에는 한 사람을 달고 산으로 들로 뛰었다. 호랑이와 색시 사이에 '죽음의 레이스'가 시작된 것이다. 색시는 살이 찢어지거나 몸이 으스러지거나 죽자고 꼬리를 잡고 놓지 아니하였다. 날이 훤하게 밝기 시작하여 먼 산으로 나무꾼이 나가고 들의 여름 일꾼이 나오게 되었을 때 호랑이가 색시의 악지에 지쳐서 아가리에 다 들어온 밥을 토하여 놓았다. 색시의 완봉승! 〈전설의 고향〉에서도 보기 어려운 장면이다.

　하지만 신랑은 호랑이 아가리에 들어갔던 탓인지 일 년 동안 개신개신하다 결국 죽어 버렸고, 색시는 숫처녀나 다름없는 과부가 되고 말았다. 그런데 열일곱 살 먹은 신부가 호랑이에게 물린 신랑을 살려냈단 소문이 사방에 퍼지는 바람에 원근 각처에서 일부러 색시를 보러 오는 여편네가 장사진을 치기에 이르렀다. 요즘말로 하면 포탈 사이트 '검색어 1위'에 오른 것이다. 게다가 선비들이 이 과부를 표창하여 달라고 관가에 등장^{等狀} 여러 사람이 이름을 잇대어 써서 관청에 올려 하소연함을 내는 바람에 조정에서는 열녀 정문까지 내리었다. 열녀의 탄생! 호랑이를 물리친 열녀라? 통상적인 열녀와는 이미지가 영 딴판이다. 그래서인가. 이 열녀의 다음 행보는 더한층 가관이다. 시어머니가 살아 있을 적에는 그럭저럭 지내다가 시어머니가 돌아가시자 화병이 광증으로 변하여 입만 열면 욕지거리가 시작되었다. 딴은 그도 그럴 것이, 호랑이를 질리게 할 정도의 힘과 기운을 가진 여인이 독수공방을 하자니 화병이 걸리지 않을 도리가 있으랴. 부글부글 끓다가 욕으로 튀어나오는 수밖엔. 시아버지고 하인이고 걸렸다 하면 종일 온갖 욕을 퍼부어 댔다. ──열녀에서 욕녀로! 화병을 욕으로 승화(?)했다고나 할까. 특히 계집종이 자기 허락 없이 자기 서방과 자다가 걸리면 죽도록 두들겨패기까지 했다. 남녀가 알콩달콩 사는 꼴을 못 본 셈이니, 일종의 'B사감 증후군'을 앓았던 셈이다. 이 지독한 병을 꺽정이가 싸~악 낫게 해준 사연은 다음 장을 기대하시라.

봉단이, 억석이 딸, 그리고 욕녀 김씨. 정말 막강그룹이다. 〈여인천하〉의 무수리 버전이라고나 할까. 이 여인들은 남존여비의 사회에서, 가난과 습속, 갖은 억압 속에서도 자기 삶의 현장은 완벽하게 틀어쥐고 산다. 옳건 그르건, 좋건 나쁘건, 자신의 욕망과 의지를 드러냄에 있어 망설임도, 주저함도 없다. 청순가련 혹은 우아한 현모양처의 이미지랑은 눈을 씻고 찾아도 없다. 위풍당당 그녀들. 그녀들을 보노라면 궁궐에서 암투를 벌이는 여인네들이 오히려 안쓰러워 보일 정도다. 황진이만큼의 자유를 누리진 못했을지라도, 적어도 『임꺽정』의 이 여인들은 〈여인천하〉의 주인공들처럼 성과 권세의 노예로 살지는 않았기 때문이다.

에로스와 유머 — '젖의 보학'

✿
✿ ✿
✿

칠두령의 사랑법은 하나같이 특이하다. 누구도 흉내낼 수 없을 정도로 자기만의 독특한 빛깔을 지니고 있다. 하지만, 그 모든 빛깔을 관통하는 하나의 베이스가 있으니, 다름 아닌 유머가 그것이다. 유머는 단지 우스꽝스러움을 뜻하는 건 아니다. 거기에는 반드시 봉상스^{통념}를 뒤엎는 반전이 수반되어야 한다. 익숙한 질서를 자유자재로 교란하는 반어와 역설! 그 속에서 웃음보가 터지는 법이다. 꺽정이와 운총이의 풋풋한 사랑에서 장군당의 색시를 가로채는 유복이의 담대한 사랑, 귀신도 울고 간 봉학이의 열애, 곽오주의 비련과 돌석이의 삐딱선까지, 그 모든 사랑법에는 기본적으로 유머가 깔려 있다.

에로틱한데 웃긴다고? 이것 자체가 이미 역설이다. 흔히 에로스는 비장하거나 진지해야 한다고 여긴다. 비장과 진지는 무겁다. 무거운 것은 침강한다. 그 결정판이 '한'^恨이다. 무겁게 가라앉아 꽁꽁 얼어붙은 것, 한이란 바로 그런 것이다. 에로스와 비극, 이별과 한을 하나로 오버랩시키는 것이 우리 시대 사랑의 공식구다. 이 공식구를 해체할 수 있어야 사랑과 성이 생명과 자유의 여정이 될 수 있지 않을까. 에로스와 유머가 태연하게 공존하는 이들의 사랑법에 특히 주목

해야 하는 이유가 여기에 있다.

그런 맥락에서 청석골 혼인풍속을 하나 음미해 보자. 문제남 돌석이가 졸개의 딸인 어린 처녀를 꼬드겨 혼례를 올렸다. 첫날밤, 두령들의 방해공작이 없기에 무사히 넘어가나 보다 하고 신랑 신부가 옷을 벗고 누웠다. 아뿔사! 그게 바로 작전이었다. 신랑 신부가 옷을 다시 입을 사이도 없이 신방 문이 활짝 열리고, 등불빛이 환하게 비치며 막봉이와 천왕동이가 앞서서 들어오고 여러 두령들이 뒤따라 들어오는데 꺽정이와 곽오주, 오가까지 빠지지 않고 다 들어왔다. 막봉이가 고의 바람의 신랑을 일으켜 세우고 천왕동이가 속곳 바람의 신부를 일으켜 세운 뒤에 준비해 온 긴 노랑수건으로 둘을 맞붙여서 동여 놓았다. 그러더니 갖은 희롱을 다한다. 입을 한번 맞추우, 색시 뺨을 핥으우, 싹싹 핥아야 하우 등등. 그다음엔 막봉이가 신부 뒤에 쭈그리고 앉아서 "아이 잘 기를까 젖 좀 봐야지" 하고 신부의 젖을 만져본다. 허걱! 이건 또 뭔 짓이래? 그뿐 아니다. "자네가 무슨 젖을 알겠나? 내가 봐야지" 하고 천왕동이도 신부의 젖가슴에 손을 넣었다. 그러더니 젖에 대한 온갖 사설을 늘어놓는다. 이름하여, 젖의 보학譜學. 보학이란 계보쯤 되는 말이겠다.

"젖의 보학을 좀 들려줄까? 묵모 같은 대접젖이 제일 이쁜 젖이구그 외에 가지각색 젖이 다 있다네. 연적같이 넓적한 건 연적젖이요, 병같이 길쭉한 건 병젖이요, 쇠뿔같이 끝이 빠른 건 쇠뿔젖이

요, 쇠불알같이 축 늘어진 건 쇠불알젖이요, 그러구 젖꼭지가 들어
간 건 구융젖이라네."(6권 243쪽)

오가와 꺽정이도 말리기는커녕 도리어 부추기니 막봉이와 천왕
동이의 짓궂은 장난이 그칠 줄 모르고 이어졌다. 계집 싫어하는 오주
만 아이니 젖이니 하는 소리가 듣기 싫어서 밖에 나와 버린다(흑, 불
쌍한 오주!).

우리 시대의 눈으로 보면, 참 파격적인 풍속이다. 하지만, 성욕이
나 육체에 대한 말들이 금기시된 것은 근대 이후라는 점을 환기할 필
요가 있다. 전통사회에선 여성의 가슴뿐 아니라 성기에 대한 이야기
도 공공연하게 회자되었다. 「변강쇠타령」의 첫번째 아리아가 강쇠
와 옹녀의 '성기타령'임을 떠올려 보라. 에로스와 유머가 오버랩될 수

있었던 것도 이런 맥락하에 있다. 천왕동이가 '젖의 보학'을 거리낌 없이 늘어놓을 수 있는 건 여성의 가슴을 은밀한 쾌락의 대상이 아니라, 신체의 자연스런 일부로 보았기 때문이다. 성이 공적 담론장에서 활개를 칠 때, 그것은 언제나 왁자지껄한 웃음을 야기한다. 거듭 말하지만, 성과 육체에 내밀한 쾌락과 비극의 정조가 깔리게 된 건 어디까지나 근대 이후다.

덧붙이자면, 가장 널리 알려진 '신랑의 발바닥 때리기' 풍속만 해도 그렇다. 왜 하필 발바닥인가? 발바닥 한가운데 용천혈이 있기 때문이다. 용천혈은 신장의 기운을 살려 주는 혈자리다. 그리고 신장은 바로 정력의 근원이다. 성을 공공연하게 드러내 놓고 즐기는 풍속의 하나였던 셈이다. 지금은 잊혀진 옛추억이 되고 말았지만.

5장

길 위의 가족

청년백수와 결혼

데릴사위, 불안한 정규직

✿
✿
✿

소설 『임꺽정』은 연산조를 장식한 피비린내 나는 사화士禍로부터 시작한다. 문무 양면에서 한참 '뜨고 있던' 교리 이장곤은 연산군의 추적을 피해 무작정 북방으로 튀다가('북방 길'北方吉, 곧 북쪽이 길하다는 정희량의 메시지만 믿고서) 함흥에서 고리백정인 봉단이네로 숨어든다. 이교리는 봉단이네서 과객질로 하룻밤 묵었다가 심하게 앓는 바람에 그냥 주저앉아 버린다. 백정학자로 불리는 봉단이 삼촌 양주팔(뒷날 갖바치로 변신)의 중매로 봉단이와 혼인을 하고 그 집의 데릴사위가 된다. 북쪽을 향해 무작정 달려왔던 수난의 긴 여정을 이로써 마감하게 되었으니, 과연 정희량의 메시지는 적중한 셈이다. 이렇듯 데릴사위가 된다는 건 이장곤 같은 도망자 혹은 잠행자들에겐 최고의 은신책이다. 호구지책과 신분보장이 동시에 가능하기 때문이다. 어디 그뿐인가. 금상첨화로 성욕까지 해결된다.^^ 그런 점에서 도망자뿐 아니라 길 위를 떠도는 이주민들에게도 꽤 괜찮은 직종(?)이다. 그래서인가. 『임꺽정』에는 데릴사위들이 꽤나 많다.

　일단 꺽정이의 아비 돌이가 그렇다. 이쁜 색시가 아니면 총각으로 늙어 죽겠노라고 선언했던 돌이는 이교리의 객식구인 삭불이의 중매로 양주 소백정의 데릴사위가 된다. 이유는 단 하나. 색시가 너무 '이뻤기' 때문이다. 이름은 애기. 그녀가 바로 꺽정이의 엄마다. 꺽정이가 양주의 소백정 출신이 된 건 이런 연유에서다. 한편, 막봉이는 열다섯부터 소금장사를 시작하여 경기도 일대를 두루 다니다 한 외딴집에 있던 귀련이라는 처녀애를 밤새 꼬드겨서 그 집 데릴사위로 주저앉는다. 결혼은 물론이고 남의 집 데릴사위가 되는 것에도 부모의 허락 따윈 아랑곳 않는다. 장인될 사람은 '불패천'不悖天 하늘이 무섭지 않음이라며 마뜩지 않아 하지만 막봉이는 거침없다. "나이가 있지 않습니까! 내가 지금 스물한 살입니다."

　스물한 살? 요즘으로 치면 머리에 피도 안 마른 애송이다. 하지만 조선시대에 스물한 살은 과년한(혼기가 지난) 나이다. 결혼적령기가 이팔청춘, 즉 열대여섯 살이었으니까. 잠깐 옆으로 새자면『임꺽정』의 작가인 벽초 홍명희의 경우도 무려 열세 살에 혼례를 올리고 열여섯 살에 아들을 낳았다(와우~). 아무튼 이렇게 해서 막봉이는 데릴사위가 되기로 작정하여 귀련이와 혼례를 치른다. "초례청은 마당이요, 독좌상은 정화수 상이요, 멍석 위에 덧 깐 기직자리는 화문등메 맞잡이기직자리는 왕골 껍질이나 부들 잎으로 짚을 싸서 엮은 돗자리이고, 화문등메는 헝겊으로 가장자리 선을 두르고 뒤에 부들자리를 대서 꾸민 꽃무늬 돗자리였다. 기직자리 위에 신랑 색시가 마주 서서 큰절 한 번으로 인륜의 대례를 순성하였다."(5권 121쪽) 오, 이 심플 라이프! 정분은 뜨겁게 나누되 예식은 초간단 스피드로 해결한다. '연애는 쫀쫀하게, 결혼식은 럭셔리하게' 하는 걸

자랑으로 삼는 우리 시대와는 참, 얼마나 다른지.

천왕동이의 경우는 더 드라마틱하다. 알다시피, 천왕동이는 '장기폐인'이다. 봉산 백이방이 국수國手라는 소문을 듣고는 한판 겨뤄볼참으로 봉산까지 찾아갔다. 한데, 마침 공교롭게도 백이방이 사위를취재 중이었다. 취재란 공개모집, 요즘으로 치면 공개오디션을 말한다. 무남독녀 외동딸이 선녀처럼 예쁘다 보니 아무에게나 줄 수가 없어 좀 유별난 방법을 쓰게 된 것이다. 천왕동이는 얼떨결에 이 취재에 참여했다가 벙어리놀음, 장님놀음 등 고난도의 관문을 통과하여사위로 낙점이 되었다. 장기 두러 갔다가 색시를 얻은 격이다.

꺽정이 집에서는 안 그래도 천왕동이에게 소식이 없어 궁금하던 차에 혼인을 하게 됐다는 이야기를 들으니, 꺽정이는 근심 하나가덜어졌다며 웃고, 운총이 역시 "우리 천왕동이두 장가를 들 날"이 있다며 흐뭇해한다. 집안의 허락을 받고 어쩌고 하는 과정이 일체 생략되어 있다. 식구들도 혼인을 했다는 사실만으로도 다들 좋아라 한다. 데릴사위로 들어가는 것도 바로 오케이다. 밤에는 각시랑 놀고 낮에는 장인이랑 장기 두고 그렇게 신선놀음을 하다 몸이 근질근질하여장인의 주선으로 직업까지 얻었다. "천왕동이는 장인 장모에게 귀염을 받고 아내에게 사랑을 받으며 봉산서 장교를 다니었다."(5권 231쪽) 요컨대, 밥과 일과 성, 그리고 사랑을 한큐에 해결한 셈이다.

배돌석이는 황주에서 호랑이 사냥에 참여했다가 호랑이한테 남편을 잃은 젊은 과부와 눈이 맞는다. 과부의 시어머니는 이를 알고도 둘을 나무라기는커녕 돌석이에게 죽은 아들 대신 자신을 돌봐줄 거냐며 몰아붙인다. 실성한 어머니가 생긴 것은 별로지만 젊은 아내가 생긴 것이 좋아 선선히 그러마고 한 돌석. 그러니까 호환으로 아들을 잃은 노파의 양아들이 된 것인데, 한편으론 처가 살던 집에 들어가 살게 됐으니 이것도 일종의 데릴사위인 셈이다.

상식적인 말이지만, 『임꺽정』의 배경이 되는 조선 전기에는 재산상속에 있어 남녀차별이 없었다. 시집가는 딸에게도 똑같이 재산을 나누어 주었다. 거의 모든 재산을 맏아들에게 몰아주는 소위 장자상속제가 본격화된 건 17세기 이후부터다(해남의 '고산 윤선도' 가문이 대표적인 케이스에 속한다). 데릴사위가 자주 등장하는 것도 이런 사회적 맥락이 아닌가 싶다. 아들을 더 선호하긴 했지만, 설령 무남독녀라 해도 걱정할 건 없다. 데릴사위를 들이면 되니까. 처가 쪽에서는 아들이 하나 생기는 셈이고, 사위 측에서 보면 '식색'食色, 즉 밥과 섹스가 동시에 해결되니 양측 다 남는 장사였던 셈이다.

물론 이것도 절대 '안전빵'은 아니다. 장인 장모의 사랑을 한몸에 받은 천왕동이의 경우는 특별한 케이스고, 대개는 만만치 않은 대가를 치러야 했다. 데릴사위로 들어앉는 순간 장모의 '등쌀'이 시작되기 때문이다. 당시 집안의 경제적 실권은 거개가 장모가 쥐고 있었다. 정치·사회적으로야 남존여비 사상이 지배적이었지만, 가족이나 마을 단위에선 여성의 목소리가 단연 우세했다. 농사와 길쌈, 출산과 육아, 봉제사 접빈객 등 살림살이의 모든 과정을 여성이 주도했기 때문이다. 남성들이 한 가지 일에 집중하는 스타일이라면, 여성들은 기본적으로 '멀티 플레이어'다. 아이를 돌보면서 길쌈을 하고 또 수다를 떠는, 여러 가지 활동을 동시적으로 해낼 수 있다. 그러니 가사일에 관한 한 주도권은 전적으로 여성에게 있었다. 따라서 장모는 데릴사위들에게 밥벌이를 강력하게 요구한다(장인들은 대개가 장모의 비위 맞추기에 급급하다. 자기 앞가림하기도 벅찬 처지다 보니). 예컨대, 이장곤은 봉단이의 신랑이 되자마자 장모한테 '게으름뱅이 사위'로 찍혀 갖은 구박을 다 당하고 몇 번이나 쫓겨날 위기에 처했으나 예쁜데다 생각도 깊은 아내 봉단이의 자살쇼와 양주팔(훗날의 갓바치)의 후원으로 간신히 버틸 수 있었다. 이장곤은 양반 출신이라 막일에 서툴러서 그렇다 치고, 막봉이 같은 천하장사도 장모의 눈에는 게을러터진 망나니에 불과하다. 갖은 구박 끝에 결국 쫓겨나서 청석골로 향한다. 그

러니까 막봉이를 화적질로 내몬 건 사회적 차별이나 억압이 아니라 장모의 구박이었던 셈이다. 호랑이 사냥으로 노파의 양아들이 된 돌석이는 말직이나마 직장이 있었던 터라 양모의 구박은 면했으나 마누라가 옆집 김서방과 바람이 나는 바람에 한바탕 칼부림을 한 뒤 역시 청석골로 튄다. 결국, 데릴사위가 되어 정착하는 것도 만만한 일은 아니었던 것이다.

데릴사위나 양아들 및 비부쟁이^{대가집 계집종의 남편. 돌석이도 한때는 비부}
^{쟁이로 먹고 살았다} 등은 떠돌이 이주민들에겐 나름 괜찮은 정규직이다. 하지만 한군데 들러붙어서 착실하게 일하는 것과는 거리가 먼 이 '노는 남자들'의 경우엔 그 패턴에 적응하기가 쉽지 않다. 정착민에게 요구되는 공리나 습속이 전혀 몸에 배지 않은 탓이다. 일용할 음식만 축내는 데다 자존심은 억수로 세다. 그러니 아주 사소한 심부름만 시켜도 엉뚱한 사고가 터지곤 한다. 이장곤도 그랬고, 막봉이도 그랬다. 그럼 이들이 정말로 그렇게 무능한 인물들이었던가? 물론 아니다! 이장곤은 그야말로 '문무겸전'의 인재였고, 막봉이나 돌석이 역시 훗날 청석골 두령이 되어 전투력과 카리스마를 유감없이 발휘한다. 요컨대, 무능한 것과는 전혀 다른, 소위 '체질적' 문제였던 것. 한마디로 이들에겐 땅과 집에 붙어서 착실하게 살아가고자 하는 정착민적 욕망 자체가 희박했다고 할 수 있다. 그러니 집안의 경영자인 장모와 계속 부딪칠 수밖에.

요컨대, 모든 인간이 정착민으로 살아가기를 열망하는 건 결코

아니다. 오히려 그 반대다. 좋건 나쁘건 뭔가에 매여 사는 건 구속이요 억압이다. 다시 한번 강조하거니와 그런 점에서 백수는 인류의 미래다! 이 구속과 억압을 견뎌내기엔 이 데릴사위들의 체질이 너무 거칠었던 탓일까. 장모의 눈 밖에 난 사위들은 그렇다 치고, 장모의 사랑에 어엿한 직장까지 있었던 천왕동이마저 결국엔 청석골로 들어가고 말았으니 말이다. 결과적으로 보면 데릴사위란 이 '노는 남자들'이 잠시 경유했던 조금 특별한 정규직이었던 셈이다. 물론 아주 유동적이고 불안정한 정규직!

장모님은 아무도 못 말려!

✿
✿
✿

여성들이 이렇게 위풍당당할 수 있었던 이유는 무엇보다 생활을 틀어쥐고 있었기 때문이다. 의식주에서 봉제사 접빈객에 이르기까지 일상의 모든 영역에서 여성들은 주도적인 역할을 담당했다. 주로 쇼핑으로 가사노동을 대신하는 요즘의 주부들과는 존재방식 자체가 달랐다. 즉, 지금은 아무리 바쁘게 뛰어다닌다 해도 주부들의 직접노동이 투여되는 일은 거의 없다. 모든 것을 화폐로 교환할 뿐이다. 그러다 보니 칠정七情, 곧 '회로애락애오욕'喜怒哀樂愛惡欲이 모조리 남편의 연봉과 자식의 성적에 매일 수밖에 없다. 그래서 이반 일리히는 일찍이 현대의 주부노동을 임금노동에 가리워진 '그림자 노동'이라고 명명한 바 있다. 그림자 노동, 실로 적확한 표현이다. 게다가 현대의 주부들이 맺는 사회적 관계는 그야말로 '적막강산'에 '고립무원'이다. 친인척들과 소원한 것은 물론이고, 이웃사촌들과의 네트워크 역시 깨어진 지 오래라 가족이라고 해봤자 핵가족 3~4인에 머물러 있다. 이러니 아무리 열심히 내조를 한들 자기 존재에 대한 자긍심을 찾기란 어렵지 않겠는가. 주부우울증이 만연되지 않을 도리가 없다.

조선시대 여성들의 조건은 적어도 이렇지는 않았다. 간단히 따져보기만 해도 금방 알 수 있다. 상류층 마님들의 경우, 가족의 범위도 넓을 뿐 아니라, 하인, 노비들의 식구를 포함하여 기본적으로 100여 명 정도의 가솔을 거느렸고, 하층민들은 그 정도는 아니지만 사돈의 팔촌에서 이웃사촌까지를 포함하여 다양한 네트워크에 연결되어 있었다. 거기다 대부분의 노동이 협동체제가 아니고는 불가능했다. 두레나 품앗이 등이 자연스럽게 형성될 수밖에 없다. 요컨대, 집에 갇혀서 남편과 자식을 내조하는 현모양처 따위는 없었던 것이다. 따라서 사회적으로는 남존여비라는 위계적 질서 속에 있었지만, 집안에서는 그 누구도 넘볼 수 없는 권세를 누렸다. 농사 짓고 길쌈 매고, 아이 낳고 젖 먹이고, 제사 지내고 손님 접대하고, 전 과정을 다 통솔하는 그야말로 멀티플 CEO였던 셈이다. 그러니 당연 목소리가 클 수밖에.

특이하게도 『임꺽정』에는 고부갈등은 거의 나오질 않는다. 꺽정이 누이 섭섭이가 갖바치의 후처한테 시집살이를 호되게 겪는 대목이 잠깐 나오기는 하지만 그것도 그다지 심각하다고 할 정도는 아니다. 대신 장모와 사위 간의 갈등은 치열하다 못해 처절하기까지 하다. 대표선수가 1권 서두를 장식하는 봉단이의 엄마. 곧 도망자 이장곤의 장모다. 이장곤이 봉단이와 혼례를 올리고 나자, 장모가 곧바로 선언한다. "우리가 화초사위로 두고 볼 처지가 못되니까 인제는 일을 좀 해봐야지. 해가 한나절까지 자빠져 잠이나 자서야 쓰나!"(1권 88쪽) 이렇게 '돌직구'를 날린 다음, 당장 그날부터 일을 시키는데, 사위가 양반 출신이다 보니 당연히 실수투성이다. 가만둘 리가 없다. 이때부터 시작된 구박은 날이 갈수록 심해졌다. 김서방(이장곤은 자기 신분을 감추기 위해 김대건이라는 이름을 썼다)이 잠시라도 편히 앉았으면 장모는 그 꼬라지를 가만히 두고 보질 못했다. 뭐라도 시키고 잘해내지 못하면 거침없이 욕설을 퍼부었다. 둘 사이에 낀 봉단이는 아주 죽을 지경이다. 장모는 아예 사위를 '게으름뱅이'라고 부른다. 하도 불러대다 보니 아이디도 아니고 별명도 아닌 것이 숫제 이름이 되어 버렸다. 개나 소나 다 '게으름뱅이 사위'라고 부르게 된 것. 한번은 사촌인 돌이네 집에 초상이 나는 바람에 장인 장모가 집을 비웠다. 야호! 간만에 이장곤과 봉단이는 알콩달콩 깨가 쏟아졌다. 하지만 달콤한 시간도 잠시. 돌아오자마자 장모가 대뜸 하는 말, "연놈이 들어앉아서 밥만 해 처먹었니? 양식이 어째 이렇게 없어졌니?" 크윽! 봉단이가 약간 볼멘 소리로 대꾸하였다. "한 끼에 두 끼 밥 먹지 않았어요." 그러자 그 어머니가 하늘이 낮다고 뛰면서 "이년, 서방맛을 되우 안다. 그 게으름뱅이가 양식 도적놈이야! 감추려면 감추어지니?"(1권 93~94쪽) 맙소사! 이런 식이다.

그러다 이장곤이 다소 큰 '사고'를 치는 바람에 장인이 치도곤을 당하게 되자 장모는 사위를 내쫓기로 작정한다. 그럼 무남독녀 봉단이는 과부로 늙어 죽으라는 건가? 아니, 그건 아니다. 김서방은 깨져도 아까울 것 없는 질동이라며 놋동이 사위를 얻어 주겠다고 어른다. 서방과 그릇은 손때 먹이기 나름, 정 들이고 나면 첫서방이나 둘째서방이나 매일반이라면서. 세상에나, 무슨 엄마가 딸자식한테 새서방을 얻어 줄 테니 멀쩡한 서방을 쫓아내라고 한단 말인가. 딸이 그러겠다고 해도 뜯어 말려야 할 판에. 일편단심 봉단이가 남편을 구하기 위해 단식투쟁에 돌입하였다. 아버지인 주삼이는 걱정스러워 어쩔 줄 모르는데, 정작 그 엄마는 "몇 끼나 굶나 가만히 내버려 두고 보지. 제가 좋아 굶는 것을 누가 성가시게 먹어라 먹어라 한단 말이오." 하고 자기 먹을 밥만 먹는다. 결국 봉단이가 목을 매는 '자살쇼'를 한 뒤에야 간신히 엄마의 마음을 돌릴 수 있었다. 장모가 이렇게 날뛰는 동안 장인은? 복지부동! 장모의 심기를 건드릴까 전전긍긍하느라⋯ 쩝!

중종반정으로 연산군이 물러나자 이장곤도 복권이 되어 동부승지를 제수받고 봉단이는 숙부인이 되었다. 이쯤되면 장모의 기세가 수그러들 만도 하건만 천만에 말씀이다. 장인이 이제부턴 봉단이 이름을 함부로 불러선 안된다고 하자, 장모는 버럭 화를 내며

"숙부인이거나 무슨 부인이거나 내 밑구멍으로 나온 것을 이름도 못 부를까? 부르거나 말거나 내 맘이지. 누가 이래라저래라 한단 말이오?" 하고는 여러 사람의 얼굴을 점고하듯이 돌아보니 장인은 머쓱하여 아무 말이 없고 주팔은 빙그레 웃고 있고 숙부인 봉단이는 고개를 숙이고 있고, 이때껏 아무 말이 없던 돌이는 "아주머니 말이 옳소, 옳아." 하고 대답하였다. (1권 191쪽)

기가 죽기는커녕 되레 더 큰소리다. 부자 사위를 얻을 수만 있다면 어떤 비굴함도 감수하는 (드라마에 나오는) 요즘 장모님들과는 영 딴판이다. 권세 앞에서 더더욱 불타오르는 자존심, 장모님 멋져 부러!(^^) 아울러 나중에 꺽정이의 아비가 될 돌이의 자존심도 장난이 아니다. "돌이는 게으름뱅이 김서방이 이급제 나리로 변한 데 대하여 공연히 심정이 사나웠다. 엊그제까지 여보 저보 하던 사람에게 갑자기 나리 마님이니 나리 아씨니 말하기가 맘에 창피하였다." 해서 요리조리 피해다니며 끝까지 안면을 몰수한다. 권세 앞에 머리 숙이는 게 죽기보다 싫었던 게다. 꺽정이의 '대책없는 자존심'이 절대 우연이 아니었던 게다.

천하장사 막봉이도 장모 등쌀에 못 이겨 쫓겨난 경우다. 막무가내로 귀련이를 꼬드겨 혼례를 올렸고, 두 내외간의 금슬은 남부럽지 않았으나 장모와는 영 뜻이 맞지 않아 사사건건 말다툼이 일었다. "장모의 잔소리가 갈수록 점점 더 심하여 막봉이는 골머리를 앓는 중이었는데, 장인의 생일 전날 막봉이가 곡식말을 가지고 가서 반찬거리를 바꾸어오는데 장모가 떠먹이듯이 일러준 김 한 톳을 잊고 와서 장모는 화가 천둥같이 났다."(5권 132쪽) 당장 바꾸어 오라고 난리를 치고 그 때문에 부부싸움까지 하고 옥신각신하다가 결국은 내쫓기게 된다. 김 한 톳 때문에 쫓겨나다니. 정말 너무 하지 않나? 하긴, 얼마나 미운털이 박혔으면 그걸 핑계로 그 난리를 떨었겠는가? 그럼 이 상황에서 장인의 입장은? 아무 생각 없다! 뭐 도와줄 힘도 없고….

여성과 아줌마는 다르다, 고들 하지만, 『임꺽정』을 읽다 보면 여성과 장모 또한 전혀 다른 개념이라는 생각이 든다. 놀라운 건 단지 억척스럽다는 것뿐 아니라, 어떤 권위에도 절대 굴복하질 않는다는 것이다. 양반이고 귀족이고 생활에 도움이 안 되면 조금도 거리낌없이 퍼부어 댄다. 왕족이자 피리의 명인인 단천령이 기생 초향이네 집에 머무를 때다. 둘은 깨가 쏟아지건만 초향이의 어머니는 불만이 이만저만이 아니다. 단천령이 초향이와 가깝게 지내면서도 여태 "쌀 한 말 상목 한 자"도 주지 않은 탓이다. 한번은 초향이가 어머니한테 저녁상을 봐 달라고 하자 초향이의 어미는 단천령더러 귀 있거든 들으라는 듯이 "거리 없는 저녁을 나더러 어떻게 하란 말이냐?" 하고 소리를 버럭 질렀다. 결국 단천령이 운산군수한테 가서 빌려다가 쌀 열

섬과 상목 열 필을 초향이네로 보낸다. 그러자 초향이의 어미는 초향이보다 단천령을 더 반기며 넉살을 떨었다. 왕족이고 피리의 명인이고 생활에 도움이 안 되는 인간들은 사람취급을 하지 않는다. 이것이 세상 모든 장모들의 '철의 규율'이었던 것. '억척어멈', 아니 생활의 달인, 자존심의 화신들!

이 억척어멈의 계보 중에서 아주 특이한 케이스가 하나 있다. 바로 서림이의 장모다. 서림이가 한창 청석골에서 잘나가고 있을 때, 한 노파가 찾아온다. 겨울밤이었다. 나이와 추위에 눌려 이마가 땅에 닿을 듯 완전히 허리가 꼬부라진 이 노파는 서울서 떠난 지 한 달이나 되었단다. 사연인즉 자식(서림이의 처남)이 도둑질을 하다 좌포청에 잡혀 있는데 옥바라지를 할 만큼 하다가 사위인 서림이가 힘을 쓸 수 있다는 말을 듣고는 득달같이 달려온 것이다. 북풍한설을 헤치며 한 달이 넘게 풍찬노숙하면서 말이다. 오, 자식을 살리기 위한 저 지독한 집념! 그때부터 장모와 아내의 '조르기'가 시작되었다. 서림이가 결국 두 손을 들고 만다. 중대한 작전을 짜서 직접 지휘해야 하는 처지에 그 모든 걸 무릅쓰고 처남을 빼내러 서울로 가기로 한 것이다. 이게 사실 말이 안된다. 별로 친분도 없는 처남 때문에 '대업'을 방기하다니. 하지만 장모님은 청석골의 작전이고, 사위의 입장이고 뭐고 아무 개념이 없다. 무조건 가야 한다고 조르고 또 조른다. 그러면 결국 그 사람이 이기게 되어 있다. 무식해서 이기는 게 아니라, 언제 어디서건 가장 절박한 사람의 뜻이 관철되게 마련이니까. 어쨌든 이렇게 해서 서림이는 서울로 왔다가 포교들한테 걸려들고 만다. 이어지는 배신! 서림이의 배신은 청석골의 운명이 뒤바뀌는 반전 포인트다. 그런데 그 배후에 장모가 있었다니. 솔직히 대개의 반역자 조직은 내분이나 이념적 갈등, 혹은 권력 측과의 은밀한 거래 등으로 무너지는 법인데, 청석골은 그 어떤 것도 아닌, 장모님, 단지 장모님 때문에 와해의 길을 가게 된 것이다. 흑, 이럴 수가!

이렇듯 장모님들의 파워가 막강했던 이유는 아주 간단하다. 앞에서도 말했다시피, 생활의 전 영역을 주도하고 있었기 때문이다. 생활과 존재 사이에 간극이 없었다고 해야 하나. 그렇게 되면 일단 힘과 기운이 엄청 좋아진다. 요즘 주부들이 보기엔 거의 '초능력'에 가까운 일을 아무렇지도 않게 너끈히 해내는 것도 그 때문이다. 이장곤 같은 양반도, 왕족 단천령 같은 금지옥엽도, 막봉이 같은 천하장사도, 또 서림이 같은 천하의 모사꾼도 장모님들의 이 막강파워 앞에선 맥을 못 춘다. 대체 누가 이 '억척어멈'들의 행군을 막을 수 있으랴!

카사노바와 조르바 '사이'— 중년 꺽정이

✿
✿
✿

꺽정이도 돌석이 못지않은 카사노바다. 운총이와의 풋사랑이 보여 주듯 청년기엔 청순하기 이를 데 없었다. 중년에 들어서 본격적으로 끼를 발산하기 시작했는데, 그 기미를 미리 보여 주는 사건이 하나 있다. 감옥을 파옥하고 막봉이를 구한 뒤, 포교들의 감시망을 피하기 위해 한 이방의 첩이 사는 집 다락방에 숨어 있을 때다. 첩이 꺽정이를 유혹하자, 꺽정이는 이방이 없을 때 그 첩과 놀아나는 데 흠뻑 맛이 들었다. 그러다 보니 막봉이의 장독이 다 나았는데도 도무지 떠날 생각을 않는다. 보다 못한 막봉이가 이제 좀 떠나보자고 하는데도, 아직 말을 탈 수나 있겠냐며 이리저리 뺀다. 하지만 말은 그만두고 걸어서라도 갈 수 있다는 막봉이의 채근에 하는 수 없이 떠나기로 결정한다. 그냥 조용히 떠나면 좋았으련만, 떠나면서 이방의 첩과 있었던 일을 이방한테 사실대로 다 고해 버렸다. 궂은 고기 먹은 것처럼 속이 꺼림칙하다나 어쩐다나 하면서. 아이쿠, 이 솔직한 인간! 이방이 배신감에 부들부들 떨다 결국 첩을 죽이고 처자식도 다 내버린 채 어디론가 떠나 버린다. 한때의 애욕이 끔찍한 비극을 불러온 것이다.──에로스와 타나토스^{죽음충동}의 결합!

하지만 이 사건은 예고편에 불과했다. 언급했듯이, 청년 꺽정이는 여자에 별 관심이 없었다. 갓바치 밑에서 주유천하를 하는 중이라 '색계'에 뛰어들 틈이 없기도 했고. 명리학적으로 공부운과 성욕은 상극이다. 스승복이 넘칠 땐 연애운이 약해지고, 연애운이 강해지면 공부운은 사그라드는 법이다. 그래서인가. 스승도 죽고 청석골도 나름 부를 축적하게 되자 중년에 접어들면서 늦바람이 나기 시작했다. 바람이나 쐬러 한양에 왔다가 정말로 '바람'이 나고 말았다. 늦바람이 무섭다고 잠깐 동안에 세 명의 부인과 기생첩까지 얻는다. 『구운몽』의 양소유 정도는 아니지만, 그래도 이 정도면 권문세가의 남정네들도 부러워할 만한 경지다. 그 과정들도 하나같이 드라마 뺨 친다.

첫번째 아내 박씨. 박꽃처럼 아름다운 처자다. 가난한 집 처녀인데, 빚을 갚아 주고 데려온다. 박씨가 남의 첩으로는 죽어두 안 간다고 하자, 그럼, 아내로 삼겠다고 한다. 아내가 있는 양반이 또 아내로 데려오냐는 중매쟁이 노파의 말에 꺽정이가 하는 말. "시골 있는 건 시골 아내라구, 서울 있는 건 서울 아내라면 되지 않나."(7권 159쪽) 허, 이렇게 간단할 수가! 무식한 게 때론 아주 편리하다.

두번째 아내 원씨. 권세 있는 원판서 집의 딸이다. 사주에 과부 될 팔자가 있어서 꺽정이가 머물고 있는 집의 상노床奴 밥상을 나르거나 잔심부름을 하는 어린 아이 아이를 보쌈을 해서 액땜을 하려고 했으나, 그 사건이 빌미가 되어 꺽정이한테 몸을 의탁하게 되었다. 원래는 죽일 생각이었는데, 홀연 마음이 동하여 납치를 해온 것. 흥미롭게도 이 처녀는 '이야기책 마니아'다. 양갓집 규수가 근본도 잘 모르는 남정네한테 끌려와 욕스럽고 분하고 창피한 마음이 속에 가득하면서도 꺽정이가 검술도 잘하고 말도 잘 타고 하는 것이 이야기책 속의 영웅호걸과 맞먹는다고 여기며 스스로를 위로한다. 자신이 영웅호걸의 짝이라고 생각해야 그나마 버틸 수가 있어서다. 판타지 속에서 살고 있는 '공주병 환자'라고나 할까. 요리 솜씨와 이야기책 낭송하는 솜씨가 빼어나다.

세 번째 아내 김씨. 앞에서 이미 등장했던, 첫날밤 신랑을 구하려고 호랑이 꼬리를 잡고 죽도록 달렸다는 그 여인이다. 덕분에 열녀가 되었지만 화증으로 온종일 욕만 하면서 지낸다. 시어머니가 죽자 고향에서 살기가 난감하여 시아버지를 모시고 서울로 왔는데, 그게 하필 꺽정이네 둘째 부인의 옆집이었다. 원씨의 옆집에서 허구헌날 욕지거리에 고함을 지르다 꺽정이랑 맞붙게 된다. 꺽정이의 호령에도 기가 죽기는커녕 옥신각신하다 수염을 몇 개 뽑아 버렸다. 하긴 호랑이의 기세도 제압했는데 뭔들 못하겠는가. 꺽정이로선 처음 당하는 굴욕이다. 꺽정이가 혼뜨검을 내주려고 밤에 그 집 안방에 난입을 하였다. 보통 여인네 같으면 기겁을 할 터인데, 이 여편네는 놀라기는커녕, 이불을 홱 젖히고 뺄떡 일어앉아서 윗목을 내려다보며 "이놈!" 하고 소리를 질렀다. 허어, 이런! 꺽정이가 야코를 죽이려고 일장훈시를 했다.

"내가 죄목을 일러줄 테니 들어 봐라. 늙은 시아비를 구박하는 것이 하나, 어린 자식을 들볶는 것이 둘, 종년을 도망질하두룩 학대하는 것이 셋, 이웃 사람에게 함부루 욕설하는 것이 넷, 이웃집에 와서 야료하는 것이 다섯, 이만 해두 죄가 다섯 가지다. 그러구 방정맞게 내 수염을 끄둘러서 채 좋은 것이 대여섯 개나 뽑혔다. 내가 수염 아까운 생각을 하면 네년의 살점을 대여섯 점 포를 떠두 시원치가 않다."(7권 261쪽)

천하의 꺽정이가 이웃집 여인네하구 수염 대여섯 개 가지고 실랑이를 하다니. 한마디로, 망신살이 뻗쳤다. 가만히 듣고 있던 여편네가 되물었다. "밥 먹구 똥 누는 건 죄가 안 되느냐?" 우욱! 꺽정이의 완패! 이어지는 여편네의 반격.

"양반의 대 안방에 밤중에 뛰어들어온 놈은 죄가 어떠냐? 천참만
륙해도 싸지 않으냐, 네놈이 되려 나를 수죄를 해! 이놈아, 내가 너
하구 사생결단하려구 작정한 사람이다. 내 손으루 너를 못 죽이면
네 손에서 내가 죽을 작정이다. 나 죽은 뒤에 시아버지가 원수를
못 갚아 주구 친정 지친들이 원수를 못 갚아 주구 또 나라에서 원
수를 못 갚아 주드래두 내가 내 원수를 갚을 테다. 내가 죽어 아귀
가 되어서라두 너를 잡아가구 말 테다." (7권 262쪽)

헐~ 말로는 도저히 '쨉'이 안된다. 껙정이가 최후의 반격을 시도
한다. 힘으로 여편네의 기를 꺾어 볼 심산으로 "네년의 오장이 어떻
게 생겨 저 모양샌가? 배지지를 가르구 오장을 좀 봐야겠다"며 좀 세
게 나갔다. 이쯤 되면 기가 죽을 법도 하건만 천만에 말씀이다. "죽는
년이 앞을 가리랴. 배를 내놔 줄게 가만 있거라" 하면서 이불자락을
한옆으로 거두치고 끈 풀린 아래옷을 배꼽까지 내려밀고 앞으로 나
앉는다. 시쳇말로 '배 째라!'를 리얼하게 재현한 것. 한데, 놀라지 마
시라. 바로 이 순간 대반전이 일어난다. 껙정이가 여편네의 허연 속살
을 보자 뜨거운 정염에 휩싸이고 만 것. 오, 마이 갓! 사실은 처음부터
왠지 끌렸었는데, 그 마음이 순식간에 온 마음을 다 차지하도록 번져
나온 것이다. 그런 다음, 세상에서 가장 기이하고도 원색적인 '사랑싸
움'이 벌어진다.

꺽정이가 갑자기 칼날을 집에 꽂고 여편네에게 덮쳐서 달리 요정을 내려고 하는 중에 여편네는 어느 틈에 손을 놀려서 사내의 가장 중난한 곳을 움켜쥐었다. 여편네 손아귀에 잡힌 곳이 수염과도 달라서 꺽정이가 평생 처음 당하는 경계라 이약 꺽정이로도 마음에 적이 놀라웠다. "이년아, 놔라!" "얼른 놔라, 안 놓을 테냐!" 하고 연거푸 꾸짖으며 손으로 여편네의 팔을 눌러서 꼼짝 못하게 하였다.

"팔을 분질러 봐라, 내가 놓나."

…… "내가 조금 힘써 누르면 팔 하나 병신된다. 진작 놔라."

"배를 가르구 오장을 본다며 팔병신 될 것이 걱정이냐."

"죽일 테면 벌써 죽였지. 이때까지 있어? 장난으루 그래 봤지."

"누가 너하구 장난하자드냐?"

"지금 이게 장난이지 무어냐?"

여편네가 '장난' 하고 뇌고 한참 만에 "그래, 네 말대루 장난이라구 하구 장난한 뒤에는 어떻게 할 테냐?" 하고 말하는데 얼굴빛이 붉어지는 듯하였다. (7권 263쪽)

다음 장면은 상상에 맡긴다. 아니, 책을 직접 읽어 보시라. 정말 경이로운, 아니 그로테스크한 커플이다. 세상에, 이런 사랑법도 있다니! 어떤 멜로에서도 접하기 어려운, 한마디로 멜로적 이미지를 홀딱 깨는 장면이다. 하지만, 어떤 멜로나 포르노도 이보다 더 야릇할 순 없다. 두 남녀가 서로 주고받는 정염의 메세지들이 막 손에 잡힐 듯

생생하다. 역시 사랑의 현장은 몸이다.

다음날 아침! 김씨는 완전 '딴 사람'이 되었다. 맨날 욕지거리로 날을 새던 여인이 얼굴이 환해지면서 웃음을 되찾게 된 것이다. 하룻밤의 사랑으로 가슴 깊이 쌓였던 화병이 단번에 나아 버렸다나. 이거야말로 '사랑의 기적'이 아니고 무언가. 그날로 살림을 차리고 꺽정이의 세번째 아내가 되었다. 요리 솜씨도 없고, 책을 읽을 줄도 모르고, 할 줄 아는 거라곤 욕하고 쌈질밖에 없는 성질 '드러운' 과부 김씨. 그럼 얼굴과 몸매는? 몸집은 뚱뚱, 낯판은 둥글넓적, 성격은 심술스럽고 억척맞고 건방지다. 그런데도 세 아내 중에서 속궁합이 좋아 꺽정이랑 금슬이 제일 좋았단다. 이 살과 살의 열렬한 마주침! 청춘백수들은 특히 이 오묘한 원리를 터득해야 한다. 그럴 수만 있으면 부질없이 성형중독에 빠지지도, 스펙을 위해 청춘을 바치지도 않을 텐데 말이다.

이 대목만 보면, 꺽정이는 카사노바가 아니라 조르바다. 웬 조르바? '그리스인 조르바'는 명실상부한 사랑의 화신이다. 언제 어디서건 사랑을 나눌 준비가 되어 있다(그야말로 박애주의자다!^^). 더 중요한 건 그의 사랑은 언제나 자유와 생명력으로 이어진다는 것. 사랑을 죽음으로 몰고 가는 소유와 쾌락충동에서 벗어나 있기 때문이다. 외로움과 가난에 찌든 과부들을 젊고 아름답게 해주는 것, 생명의 환희로 불타게 해주는 것, 그것이 조르바의 사랑의 기술이다. 따지고 보면, 꺽정이의 내공도 조르바 못지않다. 첫번째 아내 박씨는 빚을 갚아

주었고, 원씨는 죽을 목숨을 살려 준 셈이고, 김씨는 화병에서 벗어나 청춘을 되찾게 해주었으니 말이다.

한편 기생 소홍이는 기생생활을 접고 꺽정이를 따라 청석골로 들어간다. 화류계에서 탈주하게 해준 셈이다. 이 정도면 꺽정이의 여성편력은 돌석이처럼 간통에 살인, 도주 같은 참혹한 경로를 밟지는 않았다. 하지만 꺽정이의 여성편력에는 결정적인 걸림돌이 하나 있었으니, 청석골에 엄연히 조강지처 운총이와 외아들 백손이가 있다는 것. 게다가 운총이가 누군가. 백두산의 정기를 받고 자란 야생마가 아니던가. 그 기세등등한 여인이 꺽정이의 이런 편력을 용납할 리 없다. 소식을 듣자마자 아들 백손이를 데리고 다른 두령들이 말릴 새도 없이 득달같이 달려와 한바탕 난투극을 벌인다. 스릴과 서스펜스, 화끈한 전투신(?)을 자랑하는 천하에 보기 드문 부부싸움의 현장, 다음 절을 기대하시라. 천하의 꺽정이도 결국 그 다음날, 서울의 아내들을 일제히 정리하고 청석골로 '철수'(!)한다. ──카사노바의 굴욕! 후일담이지만 서울에 남겨진 세 아내는 관가에 체포되어 혹독한 고난을 겪어야 했다. 단지 꺽정이의 여자라는 이유만으로. 꺽정이를 사랑한 대가는 참으로 가혹했다. 하늘이 내린 장사 꺽정이도 그녀들을 지켜주지는 못했던 것이다. 그렇다면, 그녀들에게 있어 꺽정이는 카사노바였을까? 아니면 조르바였을까?

돌석이나 꺽정이처럼 일생동안 많은 파트너들과 짝짓기를 하는 사람도 얼마든지 있을 수 있다. 그 자체가 도덕적 금기의 대상이 되는 건 아니다. 하지만 중요한 건 이런 관계를 감당하려면 상당한 에너지가 필요하다는 사실이다. 정신과 신체 모든 면에서. 그렇지 않으면 본인은 물론 파트너들 역시 '죽거나 나쁘거나'의 수렁에 빠지기 십상이다. 그래서 카사노바가 되기는 쉬워도 조르바가 되기는 참으로 어렵다. 사랑의 화신이면서 동시에 생명의 자유와 열정을 누리기 위해선 엄청난 '내공'이 수반되어야 한다. 고로 카사노바가 아니라 조르바가 되고 싶다면?──쿵푸를 해야 한다. 매 순간, 날마다, 평생 동안!(자세한 내용은 『사랑과 연애의 달인, 호모 에로스』를 참조하시라)

세상에서 제일 '자미난' 부부싸움

☆
☆
☆

『임꺽정』에는 크고 작은 부부싸움이 자주 등장한다. 윤원형과 정난정의 기 싸움, 봉산 백이방 부부의 말다툼 등이 특히 볼 만하지만, 그밖에도 각종 부부싸움이 심심치 않게 등장한다. 공통점은 어떤 경우건 부인이 한 마디도 지지 않는다는 것. 그래서 정말 흥미진진하다. 그 가운데 단연 돋보이는 '전투신'이 하나 있다. 꺽정이와 운총이의 부부싸움이 그것이다. 분명 부부싸움인데, 스릴과 서스펜스의 차원에서 영화〈장미의 전쟁〉을 연상시킨다.

백두산에서 더할 나위 없이 풋풋하게 맺어진 야생커플 꺽정이와 운총이. 그들도 중년이 되었다. 그리고 대부분의 부부들이 겪는 '중년의 위기'를 맞이하였다. 꺽정이의 바람기가 난동을 부리기 시작한 것이다. 꺽정이가 서울에서 세 아내와 기생 소홍이까지 무려 네 명의 여자들과 정욕을 불태우고 있을 즈음, 청석골에 있던 운총이한테 이 소식이 들어갔다. 득달같이 아들 백손이를 앞세우고 길을 나서니 얼떨결에 봉학이와 유복이도 따라나섰다. 꺽정이가 두 의형제를 보고 대뜸 "왜 왔냐"고 묻는다. 동생들도 지지 않고 형님과 '쌈질'하러 왔단다. 그것도 "대장 한 분"을 뫼시고. 그 쌈대장이란 다름 아닌 운총

이, 곧 백손 어머니다. 짜잔, 이렇게 해서 세상에서 제일 '자미난' 부부
싸움이 시작되었다.

1라운드. "꺽정이는 아랫목 벽에 비스듬히 기대어 앉았고 백손
어머니는 아랫간을 등지고 돌아앉아서 서로 보지 않고 백손이는 골
난 사람같이 뿌루퉁하고 앉았고 박유복이는 어리석은 사람같이 덤
덤히 앉아서 모두 말이 없"다. 운총이는 호흡을 고르는 중이다. "말시
초를 시빗가락으로 낼까 인사조로 낼까" 하면서. 이때 느닷없이 백손
이가 끼어든다. "나두 장가 좀 들여 주시우." 제법인걸. 바람난 아비
앞에 와서 장가를 보내 달라니 아비의 행태를 비꼬기엔 괜찮은 수법
이다. 꺽정이가 버럭 내지른다. "네가 뒈지고 싶으냐, 이놈!" 담 작은
사람은 기절초풍을 할 만큼 큰 소리를 질렀다. 하지만, 백손이가 누군
가. 꺽정이 아들 아닌가. 겁을 내기는커녕 "아버지더러 장가들여 달
라는 게 무슨 죽을죄요?" 옆에서 보고 있던 두 의형제가 백손이를 끌
고 건넌방으로 들어갔다. 백손이의 퇴장. 이때 운총이가 혼잣말처럼
시비를 걸기 시작한다. "자식에게라두 그렇게 당해 싸지" 그러자 꺽
정이가 대뜸 "무엇이 싸단 말이냐, 이년아!" '년' 자를 내붙였다.

"무얼 잘했다구 큰소리야!"
"이년아, 내가 네게 큰소리 못할 게 무어냐?"
"콧구멍 둘 마련 잘했다. 사람이 기가 막혀 죽겠네."
(7권 337쪽)

콧구멍 둘인 게 다행이라고? 그 와중에도 유머를 구사하다니. 역시 운총이답다. 하지만 덕분에 사태는 아주 살벌해졌다. 둘은 곧바로 육탄전에 돌입한다. 꺽정이가 벌떡 일어나서 한걸음에 뛰어오며 곧 운총이의 머리채를 움켜잡았다. 그러자 마치 '막혔던 물 터진' 것같이 운총이의 발악이 쏟아진다. "오냐, 어디 해보자. 네가 나를 죽이기밖에 더하겠느냐?" 치고, 차고, 물고, 뜯고. 이종, 아니 삼종격투기가 따로 없다. 건넌방에 있던 사람들이 우~ 하고 몰려와선 사태를 진정시킨다. 봉학이, 유복이, 한온이 세 사람이 꺽정이의 앞을 둘러막고 백손이가 저의 어머니 앞을 가로막아서 쌈을 떼어 놓았다.

"꺽정이도 몸에 몇 군데 생채기가 났지마는 백손 어머니는 그동안에 벌써 참혹하게 당하였다. 육중한 손에 이마가 터져서 면상이 피투성이가 되고 센 발길에 앞정강이가 부러져서 다리 한짝이 병신이 되었다. 부러진 뼈를 들이맞춘다, 산골을 갈아서 먹인다, 버드나무 조각을 앞뒤에 대고 버들껍질로 동여맨다, 찬찬한 이봉학이와 진중한 박유복이까지 황당스럽게 구는 백손이나 한온이만 못지 않게 수선들을 부리는 중에 바깥방에 나가 있는 상노 아이들이 들어온 것은 말할 것도 없고 대소가의 안팎 심부름꾼이 많이 몰려와서 마루에도 사람이요, 마당에도 사람이었다."(7권 339쪽)

관객들이 사방에 몰려든 것이다. 하기사 이 기막힌 싸움구경을 누군들 놓치고 싶을까.

2라운드. 운총이는 심각한 부상을 입었지만, 껵정이는 망신살이 뻗쳤다. 청석골 대장이자 풍류남아의 이미지가 완전 땅에 떨어지고 말았으니 말이다. 껵정이가 민망하여 건넌방으로 들어가 버린다. 그러자 운총이가 껵정이를 놓칠까 싶어 동인 다리를 디디고 일어서려고 한다. 봉학이가 잠깐 참으라고 말한 뒤에 백손이를 시켜서 물 축인 수건으로 면상의 피를 씻어 주게 하고 기름에 개어 온 밀타승密陀僧 일산화납. 이질이나 종기를 다스리는 살충 약으로 씀을 이마 상처에 발라 주게 한다. 마치 휴식시간에 코치들이 하는 행동과 비슷하다. 그 사이에 숨을 좀 고른 뒤, 운총이가 한 다리를 뻗은 채 앉은뱅이걸음을 쳐서 앞으로 나가다가 다리가 문지방에 다닥뜨렸다. 우욱! 이를 악물고 아픈 것을 참고 갑자기 문설주를 붙들고 혼자 일어섰다. 백손이가 부축하려고

하는 것을 매몰스럽게 뿌리치고 외짝다리로 깨금을 뛰어서 안방에서 건넌방으로 건너갔다. 와, 이 불굴의 깨금박질!

지켜보던 봉학이와 유복이는 쓴 입맛을 다시면서 바로 뒤를 따라간다. "자, 속시원하게 아주 죽여라" 하고 이를 갈며 몸을 옮겨서 꺽정이 앞으로 들어가니 꺽정이가 운총이의 성한 다리 무릎께를 한손으로 내밀었다. 그러자 이때껏 애써 들어간 것이 헛일이 되도록 주르륵 밀려 나왔다. 쌈의 승부가 여기 달린 것같이 내외가 서로 지지 않고 들어가면 내밀고 내밀면 들어가고 하는데 이봉학이와 박유복이는 백손이를 데리고 한옆에 가만히 서서 구경들만 하였다. 참, 희한한 시추에이션이다. 밀고 밀리는 부부도 그렇거니와 옆에서 멀뚱히 보고 있는 세 남자도 그렇고. 그런데 이때! 뜻밖의 반전이 일어난다. 한온이가 안팎 심부름꾼들을 다 내쫓은 뒤에 건넌방 문을 열고 들어오려다가 한 발을 먼저 들여놓고 남은 발을 마저 들여놓을 즈음에 꺽정이 손에 내밀린 운총이가 한온이 다리에 부닥쳤다. 다리가 삐끗, 몸이 휘뚝! 앞으로 고꾸라지면서 한온이가 설핏 몸을 가눈다는 것이 운총이 등 뒤에 가서 쓰러지고 말았다. 한온이는 나름 손님 접대 한답시고 의관을 정제하고 온 사람이라 활개가 벌어질 때 큰 소매가 너푼하고 머리가 방바닥에 닿자 넓은 갓양태가 꺾여서 깔려 버렸다. "아이쿠!" "새우 쌈에 고래등 터지네." 크윽, 좌우지간 어떤 상황에서도 유머를 잃지 않는다. 관객들이 속으로 키득거리는 바람에 분위기가 한결 누그러졌다.

마지막 3라운드. 그 틈에 꺽정이가 선수를 친다. "대들 생각 말구 거기 앉아서 말루 해." 살풍경의 드잡이가 옥신각신하는 말다툼으로 전환하게 된 것이다. 이때를 놓치지 않고 침착한 봉학이가 중재에 나선다.

"아주머니 속에 있는 말을 내가 짐작으루 말해 보리까? 형님이 서울서 얻은 기집들을 다 내버리구 우리와 같이 광복산으루 가잔 말 외에 다른 말이 없을 게요." (7권 347쪽)

상황을 간결하게 정리해 준 셈이다. 꺽정이도 결국은 승복한다. "내일 떠나겠네." 운총이의 판정승! 여기저기 터지긴 했지만 운총이로선 소정의 성과를 거둔 셈이다. 정작 쓰라린 건 꺽정이다. 망신도 망신이거니와 한창 깨가 쏟아지는 서울 아내들을 버리고 가야 하니 말이다. 하지만 꺽정이로서도 달리 방도가 없다. 운총이랑 백손이를 버릴 수도 없거니와 광복산에서 기다리고 있는 의형제들과 졸개들을 내팽개칠 수는 없는 노릇이니까. 그 다음날로 서울의 아내들을 정리하고 광복산으로 귀환한다. 이렇게 해서 세상에서 가장 희한하고 재미난 부부싸움은 대단원의 막을 내렸다.

보다시피 운총이와 꺽정이의 부부싸움은 둘만의 사적인 문제일 수가 없다. 둘을 둘러싸고 수많은 인연들이 얽히고설켜 있기 때문이다. 그래서 숨기고 자시고 할 일도 아니다. 봉학이와 유복이가 이 모든 광경에 참여하는 건 그래서 지극히 당연하다. 이 싸움에서 운총이가 당당하게 판정승을 거둘 수 있었던 것도 그 때문이다. 따지고 보면, 작품 속의 모든 여성들이 그토록 위풍당당할 수 있었던 것 역시이 같은 '다중적 네트워크' 덕분이다. 그러므로 사랑과 결혼의 과정에서 둘만의 사적인 관계를 고수하는 건 서로에게 아주 불리하다. 특히 여성에겐 치명적이기까지 하다. 둘이 주고 받던 성욕의 쾌감이 끝나는 순간, 모든 관계가 스톱되기 때문이다. 고로, 아주 역설적인 말이지만 둘이 '깊이, 오래' 사랑하기 위해선 반드시 배경이 있어야 한다. 사랑을 낯설고 드넓은 세계로 이어 주는 우정과 의리의 배경이.

6장

길 위의 복수

청년백수와 원한

복수의 두 가지 코스 : 〈괴물〉의 '박강두'와 〈밀양〉의 '신애'

☆
☆
☆

유복이는 이름대로 유복자다. 그의 아버지는 유복이가 뱃속에 있을 때, 이웃사람의 모함으로 감옥에서 맞아 죽었다. 양반들이야 옥사에 걸려 억울하게 죽더라도 환국이 되면 복권이 되어 명예가 회복되지만, 미천한 민중들이야 그저 이름없이 사라질 따름이다. 그래서 가슴 속에 남은 원한을 풀려면 직접(!) 원수를 갚는 수밖에 없다. 유복이의 어미는 죽으면서 유복이에게 당부한다. 아비의 원수를 꼭 갚아야 한다고. 우리 생각으론 '부디 너 하나라도 행복하게 살아라!' 할 것 같은데 말이다. 유복이는 어미의 유언을 가슴 깊이 새긴다. 앉은뱅이 시절을 표창을 던지며 견뎌 내고, 한 괴짜 노인을 만나 병을 고치고, 그 노인을 따라 각처를 돌아다니고. 그러다 삼십줄이 훌쩍 넘었다. 하지만 어미가 심어 준 원한의 씨앗은 그 사이에 싹이 트고 줄기를 뻗었다. 세월과 더불어 사라지기는커녕 오히려 더 사무쳤다. 하여 마침내 미션을 완수한다. 아비의 얼굴도, 원수의 얼굴도 모른 채 복수를 한 것이다. 오직 어미의 유언을 지키기 위해. 그렇다. 소설 『임꺽정』은 복수혈전이기도 하다. 복수가 운명이자 생의 동력인 존재들! 우리 시대는 과연 어떨까?

영화 〈괴물〉, 벌건 대낮에 한강 둔치에 괴물이 출현했다. 한바탕 대살육전을 펼치더니 매점집 장남 박강두의 외동딸 현서를 납치해 갔다. 울부짖는 아비 박강두. 현서한테는 엄마가 없다. 하여 강두가 아비이자 엄마인 것. 또 강두한테는 현서가 유일한 친구이자 삶의 축이다. 그런 존재를 괴물이 납치해 간 것이다. 강두의 '복수혈전'이 시작되었다. 강두의 지적 수준은 꺽정이네 패거리와 크게 다르지 않다. 특히 쇠도리깨 도적 곽오주랑 여러 모로 닮았다. 멧돼지처럼 야생적인 신체를 가지고 있어, 평소엔 시들시들 졸기 일쑤지만, 딸 현서를 구해야 한다는 일념에 사로잡히자 마취제도 듣지 않는다. 위생당국이 자신의 말을 계속 씹어 버리자, 마침내 탈출을 감행하여 맨몸으로 괴물과 맞장을 뜬다. 그가 쓰는 무기는 오직 콘크리트로 된 표지판 밑둥(그것도 쇠도리깨랑 닮은 듯^^)뿐이다. 『임꺽정』에 나오는 복수의 화신들과 가장 잘 '통하는' 현대적 캐릭터다. 돈도 없고, 빽도 없고, 지성은 더더욱 없다. 있는 거라곤 오직 몸, 그리고 자식에 대한 원초적 사랑. 어미냐 아비냐 하는 구별 같은 건 차라리 부차적이다. 중요한 건 정념이다. 새끼의 원수에 맞서 기꺼이 몸을 던질 수 있는 야생적인 정념.

그런가 하면 이런 엄마는 어떤가. 영화 〈밀양〉의 신애. 아들이 납치당해 잔인하게 살해되었다. 그런데도 그녀는 원수의 눈을 똑바로 쳐다보지 못한다. 씹어먹어도 시원치 않을 인간의 시선을 자신이 먼저 피해 버린다. 부흥회에서 한바탕 통곡을 한 뒤, 교인이 되어 구원을 받았다고 착각하고, 원수를 용서하겠다는 어이없는 선언을 한다. 하지만 막상 만나고 보니 자식의 원수는 이미 하느님께 용서를 받았단다. 게다가 신앙에 관한 한, 자기보다 오히려 진도가 더 빠르다. 오 마이 갓! 무너지는 신애. 대체 무엇이 잘못된 것일까? 대체 어디서부터 어긋난 것일까?

용서는 법과 도덕의 차원이 아니라, 지혜와 윤리의 영역이다. 즉, 원수를 용서하기 위해서는 납치와 죽음을 둘러싼 인과를 온전히 꿰뚫을 수 있어야 한다. 불교식으로 말하면, 인연법에 해당한다. 또 그러기 위해선 신체가 그걸 감당할 수 있을 만큼 강해야 한다. 전자가 지혜에 해당한다면, 후자는 윤리의 영역에 속한다. 윤리는 생사의 이치를 온전히 내적으로 체현할 수 있는 신체적 역능이다. 법과 도덕이 외부에서 주어지는 당위라면, 윤리는 철저히 내적 자율성에 근거한다. 하지만 신애는 더할 나위 없이 연약하다. 벌레를 보고도 기겁을 할 정도로. 실제로 신애는 교인이 된 뒤에도 사랑과 행복에 관한 판타지를 조금도 떨치지 못했다. 하느님의 품에 안긴 이후, 그 망상은 오히려 증폭되었다. 더 사랑받고 싶다는, 사랑받을 때만이 행복하다는.

이런 나약한 몸과 마음으론 절대 원수를 용서할 수 없다. 살인이란 한 생명의 과격한 중단이다. 거기에는 엄청난 물리적 파워가 발생한다. 슬픔이 뼈에 새겨지고 창자에 굽이굽이 맺힌다는 것이 조금도 과장이 아니다. 복수건 용서건 간에 그 벡터에 값하는 구체적 행위가 동반되지 않으면 절대 그 자장으로부터 벗어날 수 없다. 하지만 신애는 자기의 고통을 정면으로 관통하려 하지 않고, 끝까지 망상 속에서 에둘러 가려고 하였다. 그러다 원수를 용서하면 하느님의 사랑을 더 많이 받을 수 있을 거라는 환각에 사로잡힌 것이다. 그런 점에서 신애의 실존적 붕괴는 필연적이다.

하지만 강두는 그렇지 않다. 강두 같은 야생적 신체에겐 망상이 들어설 여지가 없다. 그에게는 '현서를 구하라!'는 내적 명령 이외에 어떤 목소리도 들리지 않는다. 괴물에 대한 두려움, 위생당국의 제재, 복잡한 절차 따위는 안중에도 없다. 강두는 결국 괴물에게 현서를 잃었다. 하지만 대신 현서와 함께 갇혀 있던 '떠돌이 고아'와 함께 새로운 가족이 되어 살아간다. 엔딩 장면에 나오는 그의 눈빛은 깊고 투명하다. 그 이전과는 전혀 다르게 살아갈 것이다. 존재의 참을 수 없는 '차이와 깊이', 이것이 바로 복수의 대단원이다. 유복이가 아비의 원수를 갚은 뒤 더할 나위 없이 성실한 인품으로 살아가고, 호환에 아들을 잃은 노파가 다시 그 사냥꾼 돌석이와 모자지간이 되어 멀쩡하게 살아가는 것 역시 비슷한 맥락이다. 신애는 어떤가? 복수도, 용서도 못한 채, 죽지도 살지도 못한 채 다만 허공을 맴돌 따름이다.

강두와 신애. 이 둘은 『임꺽정』의 복수혈전을 비춰 주는 아주 좋은 거울이다. 이 복수혈전의 주체는 주로 여인들이다. 그 여인들이 복수의 화신이 될 수 있었던 건 먼저 욕망과 신체 '사이', 나아가 욕망과 생존 '사이'에 간극이 없기 때문이다. 즉 허영이나 망상이 개입할 여지가 없다는 뜻이다. 이 점에선 강두와 잘 '통한다'. 생때같은 자식을 느닷없이 잃은 어미라는 점에선 신애와 같은 처지다. 자식을 잃은 어미의 슬픔은 인간이 겪는 고통 가운데 가장 크다고 한다. 게다가 그것이 누군가의 탐욕과 폭력성에 의한 것이라면? 그 한은 '하늘과 땅' 사이를 메우고도 남을 것이다. 그것을 감당하려면 그만큼의 물리적 힘과 능력이 필요하다. 그래야 용서고 뭐고가 가능하다.

중세에는 복수의 사적 집행을 법적으로 일정 정도 허용해 주었다. 이 여인들이 조금도 주저하지 않고, 가차없이 그것을 실행에 옮길 수 있었던 건 그 때문이다. 그리고 거기에는 우리 시대와는 아주 다른, 몸과 마음, 생과 사, 존재와 세계에 대한 인식론적 태도가 자리하고 있다. 이에 대해서는 깊은 탐구가 필요하지만, 일단 꼭 환기해야 할 사항은 한恨은 가슴에 쌓아 두는 것이 아니라, 어떤 식으로든 발산, 순환시켜야 한다는 것. 그래야 복수가 끝난 후, 전혀 다른 삶으로 진입할 수 있다는 것이다.

복수의 화신 1 – "개호령을 겁낼 내가 아니오"

✻
✻
✻

복수의 화신이라고 하면 무협지나 사극에 나오는 남성들을 떠올리겠지만 『임꺽정』에서는 그 반대다. 유복이 같은 청년백수도 있지만 단연 복수의 주인공은 여성들이다. 이 화신들은 한을 가슴에 품는 게 아니라, 복수라는 구체적인 행위를 통해 풀어낸다. 이들에게 있어 복수는 아주 구체적이고도 직접적인 행동이다. 죽이고 목을 따고 간을 꺼내 씹어먹는⋯⋯. 너무 끔찍한가? 하지만 당시엔 이게 가장 자연스런 행위였다. 당한 만큼 갚아 주어야 하니까. 더도 말고 덜도 말고, 당한 만큼 고스란히 갚아 줘야 한다고 믿었기 때문이다. 신체에 대한 표상과 고통에 대한 감응의 정도가 지금과는 전혀 달랐다는 점을 환기할 필요가 있다(궁금한 이들은 푸코의 『감시와 처벌』을 참조하시라). 그리고 이 점에 관한 한 여성이 남성보다 한수 위다. 남성이 양이라면 여성은 음이다. 양은 위로 올라가 흩어지는 기운이고, 음기는 내려가 쌓이는 기운이다. 양기는 따뜻하고, 음기는 차갑다. 그래서 여성이 한을 품으면 오뉴월에도 서리가 내리는 법이다. 서리뿐이랴? 한을 풀지 못하고 죽으면 그냥 얼어붙어 귀신이 된다. 봉학이의 폐방에 출몰했던 기생귀신 추월이처럼. 또는 <전설의 고향>에 나오는 숱한 혼령들처럼.

첫번째 복수의 화신은 명문 대갓집에 속하는 유인숙의 노비 갑이. 큰 옥사가 일어나 유인숙의 집안이 풍비박산났다. 그럴 경우, 소위 옥사를 일으킨 공신들이 역적으로 몰린 집안의 노비들을 나눠 갖는 게 통상적인 일이다. 하여, 갑이는 유인숙의 정적인 정순붕의 집안으로 할당이 되었다. 그때부터 갑이의 복수가 시작되었다.

갑이는 일단 정순붕의 몸종이 되었다. 어찌나 총명하고 살갑게 굴었던지 정순붕의 '입의 혀'처럼 놀았다. 그러니 이삼 년 지난 뒤론 순붕의 총애가 갑이 한몸에 쏟아지게 되었다. 갑이는 자기에게 연정을 품은 계놈이를 이용하여 송장의 엄지손가락을 구해 오게 한 다음, 정순붕의 베개에다 집어넣는다. 그때부터 정순붕의 꿈자리가 사나워진다. 하지만 악몽에 시달리는 것 정도로는 아직 멀었다. 다시 갑이는 계놈이를 시켜 '산도야지 등성마루 털'을 구해 오게 한다. 순붕에게 밤새 술을 권해 폭음하게 한 다음, 갑이는 산도야지털을 정순붕의 배꼽 속에 박았다. 겉으로 보면 전혀 티가 나지 않게 감쪽같이. 그

러자 순붕은 그날 밤 만취하여 자리에 거꾸러진 채 다시 일어나지 못했다. 배꼽, 즉 단전을 막아 버린 것이다. 왜 도야지 털인가? 뻣뻣하니까 배꼽을 완전히 틀어막을 수 있기 때문이다. 마침내 갑이의 복수가 끝났다. 하지만 사태는 거기서 끝나지 않았다. 정순붕의 자식들이 무당을 불러 넋두리를 시키는 바람에 베개 속의 손가락뼈가 발견되고 말았다. 정순붕의 아들이 갑이를 데려다 문초를 하는데, 와! 이 처녀를 보라. "내가 말을 할 테니 말하는 동안에는 되지 못한 호령을 마시오. 개호령을 겁낼 내가 아니오" 하더니, 숫제 정순붕을 "너의 집 늙은 것"이라 칭하며 유인숙, 즉 원래 상전의 원수를 갚으려고 별러 왔다고 말한다. 상전과 친구로 지냈을 뿐 아니라 사돈까지 맺은 사이에 그토록 흉악하게 모함을 하다니, 정순붕의 심장은 사람의 심장으로 칠 수도 없다면서.

한마디로 상전의 원수이자 배신자를 응징했다며 당당하게 외치고 있다. 모진 매질에도 아프단 소리 한마디 없다. 물볼기를 쳐도 아드득하며 이를 가는 소리만 낼 뿐이다. 갑이에게 유인숙은 평범한 상전이 아니었다. "우리 상전이 나를 친자녀같이 기른 은공을 말하면 상전이요, 부모이니까 우리 상전은 예사 상전과도 다르지요."(3권 160쪽) 그러니까 그녀는 부모의 원수를 갚은 것이자 자신을 알아준 스승 같은 존재에 대한 의리를 지킨 것이다. 복수의 정념이 없었더라면 아마 유인숙과 함께 자결을 했을 것이다. 살아남은 건 오직 복수를 위해서였다.

조선조에 있어 상전과 하인은 하나의 집합적 신체였다. 일종의 '운명공동체'였다고나 할까. 역모에 걸리면 한 집안 전체를 박살내 버리는 것도 이런 식의 운명적 연대를 해체하기 위해서다. 특히 혈육의 경우 언젠가 반드시 '복수혈전'을 펼칠 터이기 때문에 갓난아이라도 무참하게 죽여 버리곤 했다. 하인이나 노비의 경우 그 정도는 아닐지라도, 이처럼 특별한 자애를 받게 되면 친자식 이상의 원한을 품는 건 지극히 당연하다. 게다가 정신적으로 깊이 존경하게 되면 그 관계는 혈육보다 더 강렬하게 된다. 갑이와 유인숙도 그런 관계였던 것이다. 아무튼 이 불타는 정념의 소유자는 불과 열세 살 여자아이였다. 정순붕의 수발을 들면서 몇 년을 기다렸고, 치밀한 계획과 전략으로 마침내 복수를 했고, 복수가 끝난 다음에도 도망가지 않고 모진 악형과 작두를 고스란히 견뎌냈다. 그 사이 세월이 흘렀다고 해봤자 고작 열여섯 살이었다.

복수의 화신 2 – "호랭이들을 모조리 잡아 죽여주십시오"

☆
☆
☆

'호환'은 호랑이한테 먹힌다는 뜻이다. 조선시대에는 괴질이나 가렴주구만큼이나 백성들을 괴롭힌 사고였다. "호환·마마보다 더 무서운 음란 비디오!" 한때 유행했던 공익광고 덕분에 호환이라는 단어가 우리 시대에도 나름 익숙한 편이다. 그렇기는 해도 그다지 실감은 안 갈 것이다. 호랑이 자체가 거의 멸종된 탓이다. 현대인들은 호환에선 벗어났지만, 대신 그보다 더 무서운 교통사고에 늘 노출되어 있다. 깊은 산에나 있던 호랑이들이 이젠 버젓이 도로를 메우고 다니는 격이다. 요컨대, 호환은 조선시대의 교통사고라 생각하면 된다. 밤에 특히 위험하고 간혹 대낮에도 느닷없이 당할 수 있는 아주 치명적인 사고라는 점에서.

황주 읍내의 한 젊은이가 황주와 봉산 사이에 있는 지역에서 대낮에 호환을 당했다. 늙은 어미가 반쯤 미쳐서 황주 관가에 들어가 목사牧使에게 원수를 갚아 달라고 생떼를 쓴다. 황주 목사는 잔머리를 굴려 봉산 땅에서 물어 갔으니 봉산 호랑이 아니겠냐며 봉산 관가로 떠넘긴다. 늙은 어미는 그 길로 봉산으로 가는데 하룻밤은 산길에서 드새고 다음날 저녁때에야 봉산읍엘 들어왔다. 곧장 관아로 들어가 봉산 호랑이가 자식을 물어 갔으니 원수를 갚아 달라며 데굴데굴 구르기 시작한다. 난감한 원님, 기껏 둘러댄 말이 호랑이가 한둘이 아닌데 아들을 죽인 호랑이를 분간해 내야 원수를 갚아 줄 수 있지 않겠냐는 것. 이때를 놓치지 않고 자식 잃은 어미가 말한다. "봉산에 있는 호랑이들을 모조리 잡아 죽여 주십시오."

원님도 말문이 막혀 버렸다. 나름 논리적으로 대응했다고 여겼는데, 노파한테 한방 먹은 셈이다. 늙은 어미한텐 봉산 호랑이고 황주 호랑이고 간에 세상의 모든 호랑이는 죽여 없애고 싶을 뿐이다. 자식의 원한을 갚겠다는 이 불타는 정념! 이 정념 앞에선 어떤 설득도 불가능하다. 원님이 할 수 있는 일이라곤 법과 공권력을 내세워 으름장을 놓는 것뿐. 그러나 '관청에서 발악하면 당하는 죄'에 찔끔할 어미가 아니다. "죽기밖에 더하겠냐"는 것. 발악을 할 만큼 했는지 이제는 넋두리다. "그 자식을 유복자로 낳아가지고 아비 없이 기르느라고 죽을 고생 다했습니다."

유복자라는 말이 딱 귀에 걸려 버렸다. 원님도 유복자였기 때문이다. 결국 원수를 갚아 주겠노라 약속하고 만다. 그렇게 해서 호랑이 사냥단을 모집하고 그 덕에 천왕동이와 돌석이가 친구가 된 사연은 앞에서 살펴본 바와 같다. 먼저 백두산 일등 사냥꾼 천왕동이가 호랑이 새끼들을 잡아다 바치자 원님은 그걸 늙은 어미한테 넘겨준다. "네 맘대로 처치해라." 그러자 늙은 어미가 호랑이 새끼는 산 것 죽은 것의 간을 모조리 내어 씹고 '해골과 뼈마디'(호랑이가 먹어 버린 자신의 아들)는 원님이 노잣돈으로 준 무명 자투리에 싸서 가지고 황주로 돌아갔다. 그 뒤에 다시 돌석이가 돌팔매로 어미 호랑이를 때려 잡으면서 마침내 늙은 어미의 복수는 끝이 났다. 약간 미친 것 같았던 늙은 어미는 그때부터 멀쩡해졌다. 돌석이를 자기의 집으로 데려다 밥을 먹이고 그 와중에 돌석이와 며느리가 눈이 맞자 선뜻 둘을 맺어 준 뒤, 돌석이를 양자로 삼는다. 자신의 생계도 책임지라는 당부와 함께. 호랑이 덕에 아들을 잃었는데, 그 호랑이 덕에 다시 아들 하나가 생긴 셈이다. 참, 기막힌 생존법이다.

유복자로 아들 하나를 키웠고, 그러다 호랑이한테 그 아들마저 빼앗겼다. 삶의 의욕이 몽땅 꺾였을 법도 하건만 복수의 정념으로 다시 일어선다. 공권력을 동원해 복수를 하고 그로써 가슴속에 품은 한을 씻어 내고 다시 '처음처럼' 살아간다. 물론 노파의 산전수전은 거기서 끝나지 않았다. 며느리가 이웃집 김서방과 눈이 맞는 바람에 한바탕 피바람이 불어 며느리는 죽고 양자인 돌석이는 살인범으로 옥에 갇혔다가 청석골로 튀었다. 다시금 살림살이가 풍비박산이 난 것이다. 늙은 어미는 그 다음에 어떻게 되었을까? Nobody knows! 하지만 분명한 건 또 어떻게든 꿋꿋하게 살아 내고 있으리라는 것(혹 그 와중에 살아남은 김서방의 마누라를 다시 수양딸로 삼았으려나?). 지지리도 복도 없고 더 이상 기박할 수 없는 팔자를 타고 났지만, 그렇다고 기죽고 살지는 않는다. 세상의 모든 호랑이를 죽여 없애 달라고 할 만큼 배짱도 두둑하다. 꿈도 희망도 없지만 절망도 좌절도 없는, 생존이 곧 진리인 오직 생활이 있을 뿐인 그런 삶, 이게 진정 민중적 저력 아니 여성의 생명력이 아닐까.

우리 시대 청년백수에게 꼭 필요한 생존력이기도 하다. 길 위에서 살아가려면 무엇보다 이런 야생성을 터득해야 한다. 길이 선사하는 온갖 변수들에 능동적으로 맞설 수 있는! 2014년 4월 16일 '세월호 참사'가 적나라하게 보여 주었듯이, 제도와 시스템은 결단코 생명을 구하지 못한다. 오히려 복잡한 절차와 비대한 매뉴얼은 오히려 생명에 반反하기 십상이다. 왜 그런지 아는가? 제도와 시스템은 비대해질수록 자신을 보존하는 데 급급하기 때문이다. 다시 말해, 애초에 그것들이 토대했던 삶의 현장을 망각해 버린다. 더 중요한 사항 하나. 제도와 시스템은 원초적으로 파괴와 부정에는 뛰어나지만 창조와 살림에는 무능력하다. 디지털 문명이 발전할수록 신체적 자율성이 현저히 떨어지는 것이 그 증거다. 그래서 세상은 점점 '스마트'해지는데도 사람들은 끊임없이 정글로, 오지로, 아마존으로 떠나는 것이 아닐까? 무의식적으로 나를 지키기 위해선 내 안의 생명력, 곧 야생성을 복원해야 한다는 것을 느끼기 때문이리라.

복수의 화신 3 — "집안을 도륙내 주십시오"

✿
✿
✿

소박데기라느니 소박맞고 쫓겨왔다느니 하는 이야기는 많이들 들어 보았으리라. 시집을 갔는데, 남편이 잠자리를 거부하는 것이 소박이다. 요즘으로 치면 '섹스리스'가 그것이다. 한데 여성이 남성을 소박맞히는 경우도 더러 있었던가 보다. 이런 경우를 내소박, 앞의 것은 외소박이라고 한다. 임백령이라는 대신이 내소박을 당했는데, 이유인즉슨 첫 아이를 낳은 이후, 그 부인이 아이 낳는 일이 양반집 부인으로서 두 번은 당하지 못할 욕이라며 남편을 멀리했기 때문이란다. 꺽정이의 서울 아내 중 첫번째 아내 박씨도 냉증이 심해서 꺽정이가 자주 찾아오는 걸 꺼렸다고 하니 이것도 일종의 내소박에 해당하는 셈이다. 그래서 궁합을 볼 때 겉궁합, 속궁합을 보았던가 보다.^^

이렇듯 『임꺽정』에는 역사책이나 고전소설 책에서는 도통 보기 어려운 은밀한 (하지만 아주 유용한) 성풍속들이 다채롭게 담겨 있다. 그중 가장 충격적인 것이 남자를 보쌈하는 풍속이다. 보쌈이라면 으레 과부를 훔쳐 와서 데리고 사는 것인 줄 알았는데, 남자들도 보쌈을 당했다는 것이다. 소설 전반부에 꺽정이의 매부이자 갖바치의 아들인 금동이가 불놀이 갔다가 이런 곤욕을 치른 적이 있다. 그런데 후반부에 가면 이 비슷한 사건이 또 한번 등장한다. 꺽정이가 서울 남소문안 한온이네서 한량 노릇을 할 때였다. 데리고 있던 상노 아이가 실종되었다. 보쌈을 당한 것이다. 한온이가 조직의 레이더망을 총동원하여 수소문에 들어갔다. 매파, 수모手母남의 집에 살며 뒤치다꺼리를 하던 여자, 무당, 판수, 상쟁이, 사주쟁이들을 하나씩 불러다 놓고 물어본 결과, 북쪽 천변의 원판서 집이 용의자로 지목됐다. 원판서의 딸이 팔자가 험하여 스물이 되도록 시집을 못 갔다는 것이다. 첫 신랑감은 정혼 한 후에 죽어 버려서 까막과부정혼한 남자가 죽어 시집도 못 가고 과부가 되었거나, 혼례는 했으나 첫날밤을 치르지 못해 처녀로 있는 여자가 되었고, 지금 혼처가 정해진 집에는 상사가 나서 3년상 마칠 때를 기다리는 중이란다. 더 기가 막힌 건 두 번은 더 과부가 되어야 잘살 수 있다는 것.

보쌈은 이렇게 대갓집에서 딸자식의 '팔자때움'을 하려고 총각하나를 잡아다가 하룻밤 부귀영화를 누리게 한 뒤 쥐도 새도 모르게 죽여 버리는 것이다. 과부보쌈보다 더 잔혹한 풍속인 셈이다. 여기저기 수소문 끝에 한강 모래사장에서 상노 아이의 시체가 발견되었다.

소식을 듣고 모래사장으로 달려온 어미는 몸부림치며 울다가 자식의 얼굴이나 보겠다며 덮어 놓은 것을 들춰 보더니 바로 고개를 돌리고 뒷걸음질 쳤다. 시신이 너무 참혹했던 것이다. 어미는 참혹한 시체를 보고 한번 정이 떨어지자 입관하고 묻을 때조차 아예 근처에도 가려 하질 않았다. 그러나 슬픔은 창자 굽이굽이 맺히고 원통함은 뼈 마디마디에 박혀서 원수를 갚지 않고는 살아갈 수 없을 듯이 날뛰기 시작했다. 상대가 대갓집이다 보니 관아에 가서 애걸해 봤자 소용이 없다. 그러면 팔자려니 하고 대충 포기할 것 같은데, 절대 그렇지 않다! 먼저 상노 아이의 주인인 한온이한테 달려가 이렇게 절규한다. "원가의 집안을 도륙내 주세요!"

내로라하는 세도가를 완전 박살내 달란다. 대단한 뚝심이다. 이 대목에서 좀 놀랐다. 조선시대의 하층민들, 특히 여성들은 상대가 막강한 권세가라면 대충 포기할 것이라 생각했던 것이다. 신분적 차별을 토대로 한 여성의 수동성, 한의 미학, 수난받는 민중 따위의 이미지에 길들여진 탓이다. 하지만 그거야말로 20세기 이후 근대성이라는 거울에 투사된 날조된 이미지 아니던가. 사실 그렇다. 자식새끼가 죽었는데, 그것도 어떤 계집년의 '팔자때움'을 위해 어처구니없이 희생당했는데, 어떤 어미가 그걸 그냥 '팔자려니' 하고 참아 낸단 말인가. 집안을 완전 박살 내도 시원치 않을 판에.

한온이가 자신의 능력으로 그건 도저히 불가능하다고 하자, 어미가 한발 물러선다. "집안을 도륙낼 수 없으면 그 기집애년 하나만이라도 죽여 주세요." 한온이가 견디다 못해 꺽정이한테 떠넘겨 버린다. 그 와중에 '호모 치토스' 노밤이라는 놈이 또 갖은 비열한 짓을 일삼는다. 이 어미는 머리가 좀 아둔한 여편네였다. 그래서 노밤이의 잔꾀에 어처구니없이 당하곤 했는데, 예를 들면 노밤이가 자기 꿈에 상노 아이가 나타나 곧 환생해야 한다고 하면 거기에 깜박 속아서 몸을 허락해 버린다(헉, 어이상실!). 아무튼 이렇게 얽히고설키다 보니 꺽정이도 결국 원수를 갚아 주지 않을 수 없게 되었고, 그리하여 원판서 집 담을 넘어 그 딸내미를 납치해 오고 말았던 것. 그런데 그 대갓집에선 집안의 명예가 더럽혀질까 겁이 나서 그날로 딸이 죽은 것으로 처리하는 바람에 저절로 원수를 갚은 폭이 되었다. 꺽정이만 색시 하나를 거저 얻는 행운(!)을 누렸다.

상노 아이 어미의 원한이 아직도 남았던 것일까. 나중에 서림이의 배신으로 세 아내가 다 잡혔을 때, 원씨는 결국 감옥에서 자결하고 만다. 원판서는 그때까지 딸이 살아 있다는 걸 알고서도 출세에 흠이 될까 전전긍긍하다 결국 딸을 죽음으로 내몬다. 어리석고 비천한 상노 아이의 어미는 원수를 갚겠다고 날뛰고, 가문 좋고 문벌 좋은 원판서는 혹여 가문의 영광에 누를 끼칠까 딸자식을 헌신짝처럼 버린다. 참, 부귀공명의 더럽고 잔혹함이란! 상노 아이의 어미는 미천한 데다 미욱하기까지 하다. 하지만, 자식의 원한을 갚겠다며 온몸을 던진다. 그녀가 아무리 우매하다 할지언정 관직에 눈이 어두워 자식을 죽음으로 몰아넣는 원판서의 비열함에 비한다면 더할 나위 없이 고귀하지 아니한가!

소인배들의 초라한 말로— 자업자득!

✼
✼
✼

『임꺽정』의 미덕은 작가가 절대 이분법의 함정에 빠지지 않는다는 사실에 있다. 상층과 하층, 군자와 소인배, 선인과 악당 등을 폭넓게 아우르고 있지만, 작가는 어떠한 경우에도 이분법적 구획에 휘둘리지 않는다. 칠두령의 기구한 인생역정을 그릴 때나 구중궁궐의 암투를 그릴 때나 지식인들의 행적을 그릴 때나 작가의 어조는 한결같다. 그 누구의 편도 들지 않는다. 그렇다고 냉소적인 건 결코 아니다. 어떤 인물이나 사건도 자신의 감정으로 덧칠하지 않고 '있는 그대로'를 보여 준다.

조광조와 그의 친구들. 그들은 역사의 수레바퀴를 돌리기 위해 과감하게 몸을 던진 군자들이다. 그들은 좌절당했고, 그리고 억울하게 죽임을 당했다. 이들의 역사적 공과에 대해선 다양한 평가가 가능할 테지만, 분명한 건 이들은 죽음 앞에서 당당했다는 사실이다. 그래서 그들은 의인으로 기억된다. 죽음 앞에서 그토록 태평할 수 있다는 사실이야말로 그들의 정치적 행적에 사심이 없었음을 뜻하는 것이기 때문이다.

그렇다면, 이들을 사지로 몰아넣은 악인들은 어떠한가? 그들은 의로움을 포기하고 대신 부귀영화를 선택한 소인배들이다. 이들은 과연 죽음을 어떻게 맞이하였을까? 먼저, 기묘사화의 주역인 남곤. 그는 옥사 이후 자신이 원하는 걸 다 얻었음에도 후세에 자기가 소인으로 기억될 것이라는 콤플렉스에 사로잡혔다. 그나마 주제파악을 했다고나 할까. 해서, 자신의 시문詩文을 모조리 찢고 태워 버린다. "욕거리를 남겨둘 것 없지" 하면서. 그러다가 병이 들었다. 병이 나면서부터 정신을 잃고 헛소리를 하였다. "덕순이가 날 죽이러 왔다." "아이구, 칼이 무서워, 칼이 무서워." 헛소리를 해대더니 피를 토하며 죽었다.

남곤의 단짝 심정. 기묘사화 이후 김안로라는 인물이 정치무대에 컴백하였다. 김안로는 모략가 중의 모략가였다. 심정은 김안로가 조작한 옥사에 걸려 가문 전체가 풍비박산이 나 버렸다. 뛰는 놈 위에 나는 놈 있다고 해야 하나 아니면 자신이 쳐 놓은 덫에 스스로 걸려들었다고 해야 하나. 심정은 유배지에서 "김안로의 원수, 원수의 김안로"라고 이를 갈며 사약을 받았다. 심정의 동생 심의는 갖바치의 조언대로 미치광이 노릇을 한 탓에 무사히 살아남았다. 그럼 김안로는? 중전 윤씨(문정왕후)를 폐위하려다 중전 쪽에서 선수를 치는 바람에 아들이 혼례를 올리는 날 의금부에 잡혀가 사약을 받았다. 허참.

이 외에도 많은 죽음들이 등장한다. 그 가운데 임백령이라는 이가 있다. 옥사를 일으켜 연적 윤임을 물리친 뒤, 그의 첩 기생 옥매향이를 차지했다. 임백령과 옥매향이는 그전에 이미 내연의 관계였다. 옥매향이가 권세가 윤임과 풍류남아 임백령 사이에서 갈등하다 전자를 택했으나, 다정한 임백령을 잊지 못해 수시로 불러들여 야합을 했던 것이다. 사랑을 위한 옥사라고 해야 하나? 어떻든 더럽고도 추한 멜로다. 그들의 최후는? 임백령은 사신으로 갔다 객사했고, 옥매향이는 "기름등잔에 기름이 마르듯이" 시들시들하다 말라 죽었다.

하이라이트는 뭐니뭐니해도 윤원로·윤원형 형제다. 둘 다 문정왕후의 오라비들이다. 명종이 즉위하자, 원로는 대책없이 '깝죽대다' 귀양을 갔다. 돌아와선 이미 고위관직을 꿰차고 앉은 아우 원형을 찾아가 자기도 한 자리 달라며 떼를 쓴다. 원형이 귀찮아하자, 원로가 그 아우의 얼굴에 침을 뱉는가 하면, 급기야 꼬집고 할퀴는 '개싸움'을 벌인다. 이 장면은 정말 압권이다. 부귀를 탐할 때 인간이 얼마나 추악하고 비루해지는지를 리얼하게 보여 주는 까닭이다. 결국 문정왕후와 원형의 미움을 동시에 받아 사약을 받았다. 권세를 얻겠다고 그 난리를 떨었는데, 정작 때가 왔건만, 다른 사람도 아닌 자기 형제들한테 미움을 받아 죽임을 당했다. 세상에, 이렇게 '얼뜬' 죽음도 드물 것이다.

윤원로가 그렇게 죽고 나자 바야흐로 윤원형과 그의 첩 정난정의 시대가 되었다. 원형과 난정은 권세도 권세거니와 탐심도 엄청나 재물을 무지막지하게 긁어 모았다. 그래도 속이 찜찜하긴 했던지 내세를 위한 보험으로 방생도 하고 시주도 했다. 한마디로 눈 가리고 아옹하는 격이다. 그들의 최후는? 문정왕후가 죽자마자 '비류직하삼천척'飛流直下三千尺! 조카인 명종이 바로 등을 돌려 버렸다. 같은 편이자 혈육인 명종조차 그들의 꼬라지에 질려 버린 것이다. 사방에서 공격을 받자 둘은 함께 도주하다 의금부 군사들이 온다는 소식을 듣고 자결하고 말았다.

어떤가? 이렇게 한꺼번에 모아 놓고 음미해 보니 참으로 재미있지 아니한가. 이 대목에서 떠오르는 고사성어 하나──자업자득自業自得! 자작자수自作自受! 아무도 이들을 심판하지 않았다. 어린 갑이한테 죽임을 당한 정순봉의 경우를 제외하고는, 직접 복수를 당한 경우도 거의 없다. 그런데도 스스로 파멸했다. 혹은 자기의 동류인 소인배들과 개싸움을 하다 자멸하기도 했다. 이 경우는 일종의 부메랑 효과라할 수 있다. 자기가 저지른 짓을 똑같이 당했다는 점에서. 또 윤원형과 정난정처럼 끈이 떨어지자 졸지에 추락한 경우도 있다. 20년 권세를 누리는 동안 대체 어떻게 살았기에 저토록 허무하게 스러진단 말인가.

이들 소인배들 역시 사대부요, 성리학의 문도들이다. 하지만 이들에게 있어 학문이란 오직 부귀공명을 위한 발판일 뿐이다. 그러니그들에겐 "글자 배운 보람"이라고는 단 하나도 없는 셈이다. 그런 점에서 그들의 죽음이 저토록 초라한 것은 지극히 마땅하다. 또 죽음이 저렇게 초라할진대, 삶 또한 오죽했으랴. 부귀를 맘껏 누리지 않았느냐고? 맞다. 허나 부귀가 줄 수 있는 건 쾌락과 방탕 이외에 무엇이 있겠는가. 쾌락과 방탕의 끝은? 허무다! 그래서 더 큰 쾌락과 방탕을 갈구하게 된다. 그래서 탐욕의 레일을 벗어나지 못하는 것이다. 살아서는 탐욕의 노예로, 죽음 앞에선 비루먹은 개로. 이게 성공한 소인배들이 밟아 가는 보편적 코스다.

지금 같은 문명시대는 어떤가? 더한층 과격해졌다. 자본과 부의 규모가 어마어마해졌기 때문에 성공과 몰락, 쾌락과 허무 사이에서 현란한 롤러코스터를 타야 한다. 그래서 이런 회의가 든다. 인간은 과연 역사로부터 배우고 있는가? 역사를 조금만, 아주 조금만 배워도 탐욕과 추락에 대한 그 무수한 데이터를 발견하게 되는데, 왜 그 코스에서 벗어날 생각을 하지 않을까? 아직 데이터가 부족하다고 여겨서인가? 아니면 자신만은 그 전철을 되밟지 않을 거라고 확신해서인가? 인류학적 차원에서 깊이 탐구해 볼 일이다.

아무튼 이렇게 말할 수 있겠다. 군자와 소인의 차이란 부귀도 공명도 아니고, 성공도 실패도 아니고, 요절도 장수도 아닌, 삶과 죽음 사이에서 누가 더 많은 자유를 누릴 수 있는가에 있을 뿐이라고. 물론 이 자유의 공간은 통찰의 능력과 정확히 비례한다. 그래서인가. 우리 독자들은 아주 역설적이게도 조광조 같은 군자보다 이 한심한 소인배들한테서 더 큰 가르침을 얻게 된다. 부귀공명의 무상함에 대하여. 권세의 비루함에 대하여. 그리고 그 허망한 말로에 대하여. 작가가 이들의 말로를 어떤 식의 논평도 없이 그저 담담하게 그려 낸 건 이런 효과를 노린 것이 아닐지.

7장

길 위의 존재

청년백수와 독립

꺽정이, "극히 천하구 극히 귀한"

✿
✿
✿

꺽정이는 갖바치의 제자다. 어릴 적부터 갖바치의 손에서 자랐다. 청년 시절엔 갖바치와 함께 백두에서 한라까지 주유천하를 했다. 갖바치가 칠장사에 자리를 잡은 뒤에도 둘의 관계는 변함없이 돈독하였다. 아, 그 이전에 갖바치는 꺽정이네와 사돈지간이다. 집안의 어른이자 정신적 지주에 해당하는 셈이다. 갖바치가 칠장사에서 입적할 때 특별히 꺽정이한테만 유언을 남길 정도로 둘은 각별한 사이다(너무 어려워서 끝까지 해독을 못하긴 했지만서두, 쩝!). 그러므로, 꺽정이의 생애에서 갖바치가 차지하는 위상은 더할 나위 없이 높다. 아니, 갖바치 없는 꺽정이는 상상조차 하기 어렵다.

갖바치는 유·불·도를 넘나든 당대 최고의 사상가다. 그럼, 꺽정이는 그로부터 어떤 사상을 전수받았던가? Nothing! 그럴 리가? 적어도 사상적으론 그렇다. 유교 ── 꺽정이가 제일 미워하는 학문이다. 문자로 된 것인 데다 "죽일 놈의 양반들"의 사상이니까. 불교 ──인연도 없었고, 관심도 없었다. 무아의 연기법을 수행하기엔 꺽정이의 힘과 기질이 너무 강렬했다고 해야 하나. 도교 ──기문둔갑에 분신술 따위를 배웠을 법도 하건만 갖바치가 가르쳐 주질 않았다. 결국, 꺽정이가 갖바치에게 직접 배운 건 병법뿐이다. 그것도 문자가 아닌 이야기로. 검술과 말타기는 길 위를 떠돌다 다른 스승들한테서 배웠다.

그러니 갖바치와 꺽정이의 관계는 참으로 얄궂다. 보통 영웅소설이나 무협지에선 갖바치 같은 이인이 '짠' 하고 나타나 고난에 빠진 주인공한테 아주 특별한 능력을 전수해 준다. 아니면 비전이나 보검 따위를 전해 주거나. 그러면 주인공이 돌연 '수퍼맨'이 되어 세상을 한바탕 뒤집어 놓는다. 고대의 영웅담뿐 아니라, 할리우드 블록버스터도 대략 이런 식 아닌가. 한데 이 작품의 서사는 그런 식의 통속적 궤도를 밟지 않는다. 갖바치와 꺽정이, 둘은 서로를 깊이 아끼고 사랑하는 사이긴 하지만 인생역정은 극단적으로 갈라진다. 하나는 생불의 길이고, 다른 하나는 화적패 괴수의 길이다. 갖바치는 처음부터 간파하고 있었으리라. 꺽정이는 결코 자기와 같은 '구도자'의 길을 갈 수 없으리라는 것을. 입적하기 전, 꺽정이가 화적이 되었다는 소식을 듣자 갖바치가 말한다. "저 갈 길루 갔네." 요컨대 갖바치는 자기의 도를 전해 주기보다 꺽정이 자신의 생을 제대로 펼 수 있도록, 다만 '배경이 되어 주었을' 뿐이다.

그렇다면 꺽정이의 행동과 생을 이끌어가는 사상적 동력은 무엇일까? '꺽정이한테 뭔 사상?'이라고 생각할지도 모르겠다. 하지만 그것도 일종의 편견이다. 고담준론만이 사상은 아니다. 행위의 동력이 되는 '사유의 기반'은 다 사상이다. 고로, 세상에 사상이 없는 인간이란 없는 법이다.

껀정이가 서울 와서 한량 노릇할 때 소홍이라는 기생과 흠빡 정이 들었다. 소홍이가 껀정이한테 반하여 기생생활을 접고 평생 좇겠다는 마음을 전하자 껀정이가 소홍이한테 이렇게 고백한다.

"나는 함흥 고리백정의 손자구 양주 쇠백정의 아들일세. 사십 평생에 멸시두 많이 받구 천대두 많이 받았네. 만일 나를 불학무식하다구 멸시한다든지 상인해물傷人害物 사람을 해치고 물건에 손해를 끼침한다구 천대한다면 글공부 안 한 것이 내 잘못이구 악한 일 한 것이 내 잘못이니까 이왕 받은 것보다 십배, 백배 더 받드래두 누굴 한가하겠나. 그 대신 내 잘못만 고치면 멸시 천대를 안 받게 되겠지만 백정의 자식이라구 멸시 천대하는 건 죽어 모르기 전 안 받을 수 없을 것인데, 이것이 자식 점지하는 삼신할머니의 잘못이거나 그렇지 않으면 가문 하적하는 세상 사람의 잘못이니까 내가 삼신할머니를 탓하구 세상 사람을 미워할밖에." (8권 179쪽)

껀정이도 알고 있다. 자기가 불학무식하고 지나치게 '터프한' 존재라는 것을. 그리고 그것이 잘못이라는 사실도. 그런 건 아주 명백한 시시비비의 영역이니까. 하지만 백정의 자식이라는 사실은 태생적인 것이니 그것만은 어찌할 수가 없다. 그런데 이걸로 멸시 천대를 받는다면 그것만은 절대 참을 수가 없다! 그건 시비나 도덕의 영역이 아니다. 뿐더러, 어떤 논리로도 납득할 수 있는 사항이 아니다. 그러니 그런 말도 안 되는 차별을 만들어 낸 세상을 미워할 수밖에 없지 않은가. 즉, 꺽정이는 자신이 태생적으로 짊어진 '세상과의 원초적 불화'에 대해 이야기하고 있는 것이다.

더구나 꺽정이가 보기엔 세상에 저보다 잘난 인간이 거의 없다. 그렇기는커녕 세상 사람이 모두 눈에 깔보이는데 그런 인간들한테 멸시천대를 받으니 그 억울함과 분함은 이루 말할 수가 없다. "내가 도둑놈이 되구 싶어 된 것은 아니지만, 도둑놈 된 것을 조금두 뉘우치지 않네. 세상 사람에게 만분의 일이라두 분풀이를 할 수 있구 또 세상 사람이 범접 못할 내 세상이 따루 있네."(8권 179쪽) 세상에 대한 분풀이, 그리고 자기의 힘과 역량을 맘껏 발휘할 수 있는 독자적 세계, 이게 꺽정이가 추구하는 욕망이자 삶의 목표다. 한데, 그런 비전을 성취하기 위해선 대적大賊 큰 도둑이 되는 것 말곤 달리 길이 없다. 다른 길은 원천적으로 봉쇄되어 있으니까. 도둑놈이 되는 건 물론 나쁜 짓이다. 하지만, 따지고 보면 세상이 온통 도둑놈천지 아닌가. 윤원형이나 이량 역시 따지고 보면 흉악한 날도둑놈이요, 사모 쓴 도둑놈들 틈에서 자신의 몫을 챙기는 '까까중' 보우도 마찬가지. 솔직히 그렇다. 조정관료들이 합법적 도둑이라면, 꺽정이네는 불법이라는 차이가 있을 뿐, 기본적으로 약탈과 착취에 근거한다는 점에선 조금도 다르지 않다. 오히려 전자가 더 교묘하고 전방위적이라는 점에서 훨씬 더 악랄하다. 이게 꺽정이가 자신을 정당화하는 논리적 틀이다. 대략 맞는 말이다. 하지만, 이 논리에는 결정적인 함정이 하나 있다. 이 것은 전적으로 타자 혹은 적에 의존해서만이 자신을 정당화할 수 있다는 것. 다시 말해, 세상이 부조리하다고 자신의 도적질이 합리화되는 건 결코 아니다.

이게 바로 갖바치와 꺽정이의 차이이기도 하다. 둘 다 백정으로 태어나 멸시천대 속에서 살았다. 그러나 갖바치는 수행과 구도를 통해 어디에도 의존하지 않는 자유의 길을 갔다면, 꺽정이는 평생 백정이라는 현실적 지평을 떠나지 않았다. 백정으로서 당하는 차별, 양반에 대한 사무치는 증오를 뼛속 깊이 새기고 또 새겼다. 그리고 결국도적이 되어 그것을 폭발시켰다. 요컨대, 갖바치의 길이 구도를 통한 사상적 배치의 전복이라면, 꺽정이가 택한 건 분노와 저항을 통한 반역의 길이다.

그래서인가. 꺽정이는 존재 자체가 역설이다. 한편 섬세하기 그지없고, 한편 거칠기 짝이 없다. 아직 갖바치 문하에 있을 적이다. 의붓어미가 팔삭둥이를 낳았다. 아기가 비실비실하니까 부모는 며칠 못 살고 죽을 거라며 아이를 내팽개쳤다. 그런데 아이가 울면 꺽정이가 나서서 젖을 먹이라고 재촉을 거듭하고, 우악스러운 손으로 기저귀를 갈아 주기도 했다. 그러고도 의붓어미에게만 맡겨 두는 게 안심이 되지 않아 아이가 제대로 사는 것을 보고 가려고 며칠이나 집을 떠나지 못하였다. 정성이 통했던지 아이가 사람꼴을 갖추게 되었다. 형이 애쓴 보람이 있었다. 부모가 내팽개친 아이를 이렇게 정성껏 돌보다니.

훗날 아버지 돌이가 반신불수가 되어 누워 있을 때도 그랬다. 돌이에 따르면 꺽정이가 몸에 손을 댈 때는 한 번도 아픈 적이 없었단다. 다른 사람은 약간만 잘못 건드려도 죽을 지경으로 아픈데 말이다. 그만큼 살갑게 돌보아 준 탓이다. 꺽정이는 이렇게 자상하고 곰살궂은가 하면, 살인방화를 하고도 '바로 잠들 수 있는' 인물이기도 하다. 작가의 설명에 따르면, 꺽정이는 갖바치와 같은 도덕이나 공부가 모자란 까닭에 남의 천대와 멸시를 웃어 버리지도 못하고 안심하고 받지도 못하여 성질만 부지중 괴상하여져서 "서로 뒤쪽되는"^{엇나가} _{거나 반대가 되는} 성질이 많았다. 예컨대, "사람의 머리 베기를 무 밑둥 도리듯 하면서 거미줄에 걸린 나비를 차마 그대로 보지 못하고, 논밭에선 곡식을 예사로 짓밟으면서 수채에 나가는 밥풀 한 낱을 아끼고 반죽이 눅을 때는 홍제원 인절미 같기도 하고 조급증이 날 때는 가랑잎에 불붙은 것 같기도 하였다."(7권 30쪽) 관상쟁이의 말을 빌리면, "극히 귀하구 극히 천한", 한마디로 존재 자체가 모순 덩어리인 것.

따라서 꺽정이의 사상과 길이 정당한가 아닌가, 역사적 의미가 있는가 없는가를 따지는 건 무의미하다. 중요한 건 이 분노와 저항감이 지닌 현실적 뿌리 및 엄청난 폭발력이다. 대체 누가 그의 진군을 가로막을 것인가? 갖바치조차 먼 발치에서 지켜볼 수밖에 없었던, '존재 자체가 역설'인 이 인간을. 그리고 그의 불타는 정염을.

반역과 객기 '사이'

✩
✩
✩

서림이가 탑고개에 나갔다가 봉산 선비 여덟 명을 청석골로 끌고 왔다. 대부분 애걸복걸하다 죽임을 당했는데, 그중 몇이 살아남았다. 한생원과 신진사가 그들이다. 한생원이 살아남은 이유는 무릎을 꿇지 않았기 때문. "양반이 죽으면 죽었지. 도둑놈들 앞에 무릎은 꿇지 않는다." "이놈, 네가 누구를 놀리느냐! 내가 너희 같은 도둑놈들에게 놀림받을 사람이냐! 너희가 나를 죽이기는 할지라두 놀리지는 못한다." (9권 36~37쪽) 그러자 꺽정이가 "여보 서종사, 그 사람은 사내요. 그 사내는 내가 살려 보내겠소. 이때까지 잘못했습니다, 살려줍시오 소리에 욕지기가 나서 못배기겠드니 인제 속이 좀 시원하우."(9권 38쪽) 한편, 신진사는 한바탕 훈계를 늘어놓았다.

"그대네가 어찌하여 대당 소리들만 듣고 의적 노릇들은 하지 않는가. 의적이 되려면 의로운 자를 돕기 위하여 불의한 자를 박해하고 약한 자를 붙들기 위하여 강한 자를 압제하고 또 부자에게서 탈취하면 반드시 빈자를 구제하여야 할 것인데 그대네의 소위는 빈부와 강약과 의, 불의를 가리지 않고 한결같이 박해하고 압제하고 탈취하되 인가에 불놓기가 일쑤요, 인명을 살해하는 게 능사라 하니 이것이 그대네의 수치가 아닐까. 그대네가 전일 소위를 다 고치고 의적 노릇을 해볼 생각이 없는가. 다 고쳐야 좋을 일이지만 그 중에도 지중한 인명을 무고히 살해하는 건 천벌을 받을 일이니 단연코 고치라고."(9권 39~40쪽)

의적의 길을 가라며 사상적으로 한수 지도해 준 것이다. 그래서? 살려 주었다. 참, 논리도 희한하다. 그렇다고 뭐, 훈계 내용을 귀담아 들은 건 절대 아니다. 중요한 건 배짱과 의기다. 죽음 앞에서 저런 담대함을 보일 수 있다면, 충분히 살아갈 가치가 있다고 보는 것이다.

이것이 바로 청석골을 움직이는 행동 메커니즘이다. 윤지숙이 봉산군수로 도임할 제 나루터에서 도임행차와 청석골 패거리 사이에 살벌한 시비가 벌어진다. 청석골패가 먼저 동을 뜬 것이다. 이유는? 윤지숙이 대신들 회의 중에 꺽정이를 백정놈의 자식이라고 욕했기 때문이다. 그 결과, 봉산군수가 윤지숙에서 이흠례로 갈렸다. 그 소식을 들은 꺽정이. 여러 두령을 모아놓고 이흠례를 처치할 의논을 시작하였다. 이흠례가 신계군수로 있을 때 꺽정이 무리가 피해를 많이 입었다. 오두령은 딱 잘라 죽이자고 말한다. 이흠례 손에 죽었던 여러 두목들의 원수도 갚고 자신들의 위엄이 서는 것은 물론 후환도 없애는 셈이라며.

여기서 잠깐. 뭔가 좀 이상하지 않은가? 우리가 예상하기론 청석골패거리가 화적질을 하니까 관군이 소탕하러 나서고, 그러면 청석골 패거리는 도주하고, 뭐 이런 식으로 전개될 것 같은데, 상황은 영 딴판이다. 거꾸로 관군은 가만히 있는데, 혹은 복지부동하고자 하는데, 청석골에서 계속 몰아붙이고 있는 형국이다. 게다가 그 이유란 게 참 머시기하다. 욕을 했다거나 묵은 원한을 갚아야 한다거나. 도적 주제에 좀 심한 거 아닌가, 싶을 정도다. 청석골이 평범한 화적패가 아닌, 반역자의 집단이 되는 건 바로 이 지점이다.

이렇게 해서 관군과의 한바탕 접전이 벌어진다. 봉산군수 이흠례와 평산부사 장효범은 무려 오백 명의 군사를 거느리고 대토벌에 나섰다. 연천령과 이의식 같은 검의 달인들을 선봉에 내세운 채로. 이 정도면 흠칫 겁을 먹고 삼십육계 줄행랑을 해야 마땅하거늘 그렇기는커녕 오히려 얼씨구나, 하고 맞짱을 뜬다. 꺽정이에 두령 네댓만 붙어도 군수 행차는 물론 감사의 행차도 얼마든지 습격할 수 있었기에 졸개는 아예 짐꾼으로 하나만 데리고 갈 뿐이다. 졸개들은 전투력이 없기 때문에 가능한 한 떼놓고 다니는 것. 그런데 그 와중에 전략책임자인 서림이가 체포된다. 장모님 등쌀에 서울에 잠입했다 밀고를 당한 것이다. 이쯤 되면 상당히 심각한 국면임에도 꺽정이네는 전혀 아랑곳하지 않고 그대로 밀고 나간다. 이들에게 있어 도주하는 것보다 더 괴로운 일은 없는 까닭이다. 그건 인간이라면 차마(!) 하기 어려운 짓이다.

접전지는 한때 운달산 패에 몸 담았다 평민으로 돌아와 대장장이로 살아가는 이춘동이네가 있는 마산리. 꺽정이는 마침 춘동이네 모친의 환갑잔치에 참석했다가 예전 운달산패의 두목이었던 박연중이와 해후한다. 운달산패는 청석골패가 평양봉물을 터는 쾌거를 이뤘을 때, 아닌 밤중에 홍두깨식으로 소탕이 되어 풍비박산이 난 조직이다. 조직이 해체되자, 박연중이는 작은 고개에다 새로 마을을 하나 만들어서는 농사를 지으며 촌장으로 늙어 가는 중이었다. 은퇴한 괴수의 만년치고는 꽤 평온한 편이다. 그런 박연중이가 보기에 청석골은 불구덩이처럼 보일 수밖에 없다. 그래서 이른바 노선투쟁이 벌어진다.

"나는 대체 자네네 청석골 사업이 너무 큰 것을 재미없게 아는 사람일세. 우리가 압제 안 받구 토심 안 받구 굶지 않구 벗지 않구 일생을 지내면 고만 아닌가. 그 외에 더 구할 게 무언가. 자네네 일하는 것이 나 보기엔 공연한 객기의 짓이 많데. 이번 일만 말하더라두 그게 객기 아닌가? 봉산군수를 죽이면 금이 쏟아지나 은이 쏟아지나, 설사 금은이 쏟아지더라두 뒤에 산더미 같은 화가 올 걸 어째 생각 아니하나? 아무리 무능한 조정이라두 지방관원을 죽이는데 가만히 보구 있겠나? 말게, 제발 말게."(9권 307쪽)

요컨대, 박연중의 노선은 가렴주구 없이 적당히 먹고 살 수 있으면 그걸로 충분하다는 것. 군이 관군을 자극해서 화를 자초할 필요가 없다는 것이다. 맞다. 솔직히 이게 화적들의 통상적 코스다. 하지만 꺽정이네한테는 이런 상식이 통하지 않는다. 그저 대충 먹고살기 위해서 청석골에 들어온 게 아니기 때문이다. 박연중이의 충고에 대한 꺽정이의 대답은 작정한 일이기에 그대로 할 수밖에 없다는 것. 잘못 뺀 칼은 그대로 꽂는 것이 장수라고 거듭 말려도 소용이 없다. 두령들을 모아놓고 작전 지시를 내리는 대목은 한술 더 뜬다. "우리가 도망을 하더라두 관군 온 뒤에 도망하는 것이 관군 오기 전에 도망하는 것과 다르다. 오륙백 명이 몰려와서 우리를 보구 못 잡으면 그놈들 낯바대기가 어떻게 될까 좀 생각해 봐라."(9권 314쪽) 한마디로 관군의 기를 '꽉' 꺾어 놓아야 직성이 풀린다는 심보다. 황당하긴 하지만, 이거야말로 꺽정이와 청석골의 이념적 원칙이다.

오백 명 대 일곱 명. 수적 열세를 만회하기 위해 동네사람들을 잡아다가 덩잇돌, 토막나무, 깨진 질그릇, 잿독과 항아리, 절구통 등을 산으로 올려 갔다. 관군의 선봉대가 십 리 밖에 왔다고 하자, 꺽정이가 동네 사람들을 모아놓고 이춘동의 땅과 집 등 재산을 내줄 테니 오늘 품삯으로 나누어 가져 가라고 말한다. 흠, 일당은 절대 떼어먹지 않는 센스! 그 다음엔 "일곱 사람이 다같이 주체궂은 갓을 벗고 수건으로 머리를 질끈질끈 동이고 행세건의 웃옷도 벗어 버리고 바짓가랑이를 추키고 오금이를 가뜬가뜬하게 동이고 미투리에 들메를 단단히 하고 산봉우리 위로 올라들 갔다."(9권 318쪽) 그런 뒤엔 지형지물의 적절한 활용과 일당백의 전투력으로 압승을 거둔다. 관군의 주전격인 연천령조차 꺽정이한테 목숨을 잃고 말았다. 관군의 기세를 간단히 제압한 다음, 꺽정이패는 눈 덮인 산을 타고 도주한다. 미투리를 거꾸로 신고 달아나는 '쌈박한' 전술까지 구사하면서.

청석골로 돌아오자 다들 승전축하 대잔치를 열자고 수선을 떨었다. 꺽정이의 반응은 시큰둥하다. 간신히 목숨만 부지하여 도망한 것이 창피스럽단다. 허걱! 단 일곱 명이 오백 명의 군사를 농락하고 왔는데도 창피하다니. 가히 자존심의 달인이라 할 만하다. 물론 잔치를 열긴 했다. 오가가 상처한 후에 맥없이 지내다 간만에 수다를 떠는 바람에 꺽정이가 겨우 허락을 해주어 소와 돼지를 잡고 떡도 치고 술도 걸러서 여느 때처럼 사흘 동안 연일 진탕 먹고 즐겁게 놀았다.

당연한 말이지만, 이 승리는 더 큰 전투를 불러온다. 관군을 그렇게 묵사발을 내놓았는데, 중앙정계에서 가만히 있을 턱이 없다. 이제 청석골은 단순한 화적패가 아니라 왕권의 기반을 뒤흔드는 반역자의 무리로 격상(!)되었다. 보통 의적들이 반역자가 되는 건 이념이나 명분 때문이다. 왕조 타도의 기치를 내건다거나 아니면 새로운 왕을 내세운다거나. 하지만, 앞에서 이미 확인했듯이 꺽정이네는 의적이 아니다. 의적이 될 생각도 없다. 그런데도 나라 전체를 뒤흔들었고, 국가권력과 전면적으로 맞붙었으며, 그 결과 3년 만에 토벌되었다. 3년은 결코 짧은 시간이 아니다. 춘하추동 사계절이 세 번이나 돌아오는 시간이다. 이 시간이면 세상을 뒤흔들어 놓고도 남는다. 수많은 실험과 도전, 승리와 패배가 가능하다. 주류적 코스를 밟아 가는 이들에겐 짧게 느껴지겠지만 그 외부에선 그렇지 않다. 시간을 가늠하는 척도가 전혀 다르기 때문이다. 여기에서 시간은 휘어진 듯 펼쳐지며 또 어디론가 이어진다. 뭔 말이냐고? 백문百聞이 불여일견不如一見이라고, 일단 그렇게 살아 보면 안다!

그럼, 대체 이들을 단순한 화적패에서 반역자의 무리로 도약하게 한 건 무엇일까? 계급의식? 창생구제의 이상? 『홍길동전』의 율도국 같은 유토피아에 대한 염원? 모두 아니다! 이들의 원초적 동력은 오직 자존심이다. 그 누구도, 그 어떤 것도 내 길을 막을 수 없어, 나를 무시하는 인간은 절대 용서할 수 없어, 라고 하는. 박연중의 말대로 그것은 한낱 객기일 수도 있다. 하지만, 이들은 적어도 어설프게 타협하진 않았다. 갈 데까지 간다. 그래서인가. 이들에겐 내적 불안이 없다. 아다시피, 이들은 국가 외부의 존재들이다. 보통 그런 경우, 추방당한 자들, 대지로부터 버림받은 자들을 감싸는 실존적 불안감이 있게 마련이다.

하지만, 꺽정이네는 그렇지 않다. 어떤 식의 주저함도, 망설임도 없고, 불안과 공포 역시 없다. 분노와 치기는 있을지언정 두려움일랑은 없다. 서울 장통교에서 한바탕 포졸들과 접전을 벌인 뒤 탈출할 때였다. 활을 가진 봉학이를 맨 앞에 세우고 아무것도 안 가진 천왕동이와 불출이, 곽능통이를 중간에 세우고 꺽정이 자신은 맨 뒤에 서서 수표교 천변으로 내려오는 중에 소홍이까지 보따리를 싸서 쫓아온다. 성 밖에 나와서 다시 천변길로 영도교 다리목에 왔을 때, 앞장선 봉학이가 걸음을 멈추고 돌아서서 꺽정이에게 물었다. "어디루 가실랍니까?" 꺽정이가 너털웃음을 웃으며 대답한다. "앞서서 가는 대루 따라가니까 난 몰라." 예기치 않은 큰 풍파를 겪고 야반도주하는 중인데도, 마냥 태평하기만 하다. 화를 면했고, 게다가 연인 소홍이까지 따라오지 않는가. 꺽정이는 지금 소홍이 집에서 술 먹을 때보다 되레 더 흥이 났다.

이렇듯 죽음이 목전에 닥쳐도, 사방에서 적들이 몰려와도, 당최 '떠는' 법이 없다. 오히려 그 스릴과 서스펜스를 충분히 즐긴다. 보통 객기를 부리는 이들은 강자한테는 약하고, 약자한테는 강한 법이다. 하지만, 꺽정이네는 상대가 강할수록, 위험이 닥칠수록 더 강해진다. 그래서, 그들의 객기는 탈주의 동력이자 반역의 파토스가 된다.

원초적 동력, '자존심'

❉
❉
❉

에피쿠로스, 스피노자, 이탁오, 연암 박지원 ──우정의 철학으로 유명
한 이들이다. 에피쿠로스는 '우정의 정원'으로 유명하고, 스피노자의
철학 역시 '우정의 정치학'으로 집약될 수 있다. 한편, 이탁오는 동아
시아 중세 철학사의 이단자다. 그의 사상을 한마디로 압축한다면 우
정과 배움의 일치다. ──"스승이면서 친구가 될 수 없다면 진정한 스
승이 아니다. 친구이면서 스승이 될 수 없다면, 그 또한 진정한 친구가
아니다." 또 연암 박지원에게 있어서도 우정론은 윤리학의 '알파요 오
메가'였다. 연암은 말한다. "벗이란 '제2의 나'다. 벗이 없다면, 대체 누
구와 더불어 보는 것을 함께하며, 누구와 더불어 듣는 것을 함께하며,
입이 있더라도 누구와 함께 맛보는 것을 같이하며, 누구와 더불어 냄
새 맡는 것을 함께하며, 장차 누구와 더불어 지혜와 깨달음을 나눌 수
있겠는가?" 함께 보고, 함께 듣고, 함께 맛보고, 냄새까지 함께 맡는다.
그리고 마침내 지혜와 깨달음까지 함께 나눈다. 그게 친구라는 거다.
요컨대, 친구란 초월적 가치의 대상이 아니라, '지금 여기'의 생을 함
께 구성해 가는 동반자를 의미한다. 이처럼 주류적 사상의 지형에서
탈주한 이들의 윤리적 무기는 언제나 우정이었다. 동서고금을 막론하

고 주류적 질서란 늘 수직적 위계를 중심으로 구축된다. 따라서 그로부터 탈주하기 위해서는 수평적 연대로 이동해야 한다. 수직적 위계에서 수평적 연대로! 탈주와 전복은 이 흐름 속에서만 가능하다. 우정의 윤리가 부각되는 지점이 바로 여기다. 우정보다 더 수평적이고 역동적인 가치는 없으므로. 우정만큼 차이와 생성이 가능한 관계란 없으므로.

청석골 칠두령 역시 마찬가지다. 이들이 우정에 살고 의리에 죽을 수 있는 건 달리 말하면 기존의 권위나 질서 따위를 아랑곳하지 않는 배짱이 있었기에 가능하다. 배짱? 내공 혹은 자존심이라 바꿔도 무방하다.

이쯤해서 한번 곰곰이 따져 보자. 청석골 칠두령, 그들은 의적일까, 아닐까? 가끔 의적노릇을 하기도 하지만 대개는 아니라고 봐야한다. 원조 도적 오가는 물론이려니와 유복이, 곽오주, 막봉이 등 초기멤버뿐 아니라, 후발주자들인 천왕동이와 꺽정이, 그리고 봉학이까지 의적이 되겠다는, 의적이 되어 도탄에 빠진 민중을 구하겠다는 명분 따월랑은 애시당초 없다. 칠두령의 행적은 그런 식의 독법 자체를 무화시켜 버린다. 하지만 그 점이 바로 이 작품의 거부할 수 없는 매력 포인트다. 특히 의적에 대한 계몽적 기획을 해체해 버린다는 점에서 그렇다. 리얼리즘이나 계몽주의가 작동하는 순간, 의적이라는 판타지가 삶의 실상을 압도해 버린다. 그런 식의 유혹에 빠지지 않았다는 것, 그것만으로도 벽초 홍명희의 저력은 충분히 빛난다. 그렇다.

꺽정이는 장길산이나 홍길동, 일지매 같은 의적도 아니고, 혁명가는 더더욱 아니다. 의적이나 혁명가가 되려면 무슨 이념이나 철학 따위가 있어야 하는데, 이미 확인했다시피 꺽정이는 그 방면에 관한 한, 완전 '꽝'이다. 당대 최고의 지성인인 갖바치의 제자였건만, 그는 지성이나 도덕 따위에는 일절 관심이 없었다. 하지만, 그에게는 결코 범접할 수 없는 정신적 영역이 하나 있었으니, 그게 바로 자존심이다. 누구한테도 머리 숙이고 살지 않겠다는, 나를 멸시하는 인간은 임금이고, 양반이고, 절대 용서하지 않겠다는, 원초적인, 너무나 원초적인 본능, 자존심! 이 자존심이 그의 몸과 마음을 부글부글 끓게 만들었고, 마침내 청석골로 향하게 했으며, 세상을 뒤흔드는 대도적이 되게 하였다.

비단 꺽정이만 그런 게 아니라, 칠두령 모두 자존심 하나는 끝내준다. 제일 점잖은 봉학이는 출신으로 보면 왕족에 속한다. 피리의 명인이자 왕족인 단천령이 청석골에 잡혀왔을 때, 촌수를 이리저리 따져보니 봉학이가 단천령과 친족 사이였다. 꺽정이가 단천령과 인사를 나누게 했다.

"이 양반하구 인사하게. 자네의 일가 양반일세."
······ "나는 이봉학이란 사람이오."
"나는 단천령이야. 선장 휘자가 학자 녀자시라지. 우리가 촌수를 따지면 사종숙질간인데 내가 숙항^{아저씨뻘이 되는 항렬}이니 처음 봐두

하게 하겠네."

"일가루 하게 할 생각은 마시우. 나는 일가가 없는 사람이오."

(9권 109~110쪽)

완전 까칠하다. 단천령이 다시 말을 붙여본다. "나 자신두 서자 일세." 봉학이네 가문이 서자 출신이란 걸 의식해서 일종의 연대를 표명해 본 것이다. 그에 대한 봉학이의 응수. "그건 나를 양반의 서족으루 알구 하는 말씀이지만, 아니오 나는 상놈이오." 오, 등골이 오싹할 지경이다.

또 한 가지. 청석골 패거리가 송악산 굿놀이에 간 적이 있었다. 송악산 굿놀이는 궁중에서 대비전 상궁을 파견하여 굿을 주관하게 할 정도로 대단한 축제였다. 대왕당 그네뛰기를 하면서 발원을 하면 그대로 다 이루어진다는 소문 덕분이다. 그네뛰기가 시작되었다. 당연히 최고 상전인 상궁마마가 제일착으로 뛰는 게 순서다. 그런데, 천왕동이가 누이 운총이를 일등으로 뛰게 해야 한다고 우기기 시작했다. 운총이의 간절한 바람——격렬하기 이를 데 없는 '부부싸움' 이후 서먹해진 꺽정이와의 관계를 다시 회복하고 싶은——을 이루게 해주고 싶어서다. 상궁의 권위 따윌랑은 아랑곳하지 않는다.

    "마마구 별성이구 다 고만두라게. 순리로 말해서 안 들으면 집어
    치우구 우리 누님을 뛰게 할 텔세."

"그러면 큰일납니다. 대왕대비전 몸받아가지구 온 상궁마마를 조금이라두 건드리시기만 하면 뒤가 무사할 리 만무합니다."

"뒤가 무사하지 못하드래두 겁 안 나니 염려 말게."

"굿당은 결딴나고 저는 죽습니다. 제발 덕분에 고만둬 주십시오."

(8권 42쪽)

왕이고 상궁이고 아무 개념이 없다. 가슴이 조마조마해지는 장면이다. 다행히 먼저 뗐다고 더 영험한 게 아니라는 주변 사람들의 말을 듣고나서야 천왕동이가 고집을 꺾었다(휴~).

유복이나 곽오주, 배돌석이는 워낙 밑바닥 인생이라 쳐도 천왕동이와 봉학이는 남부럽지 않게 살던 인물들이다. 그런데도 이들이 청석골로 들어간 건 이들 또한 가슴 밑바닥에 길들여지지 않은 욕망이 들끓었던 탓이다. 이들 역시 꺽정이와 마찬가지로 어떤 권위에 굴복하는 것을 죽기보다 싫어한다. 관습은 물론 국가권력, 신분질서, 예의범절 따위는 헌신짝 버리듯 한다. 위에서 보듯이 궁궐이나 왕권에 대한 개념도 없는 인물이다. 하지만, 그런 배짱과 자존심이 있었기에 우정과 의리를 위해 기꺼이 다 버릴 수 있었던 것이다.

청석골로 모여들 때도 그랬지만, 청석골이 부락공동체의 규모를 갖춘 다음에도 역시 마찬가지였다. 청석골에선 서열 다툼이라든가 재산 다툼, 시기와 질투 같은 건 일어난 적이 없다. 대신 자존심을 건드리면 용서하지 않는다. 한번은 서림이의 계책으로 관군을 피해

도피하기로 한 적이 있다. 오주와 막봉이, 천왕동이는 도저히 참을 수가 없었다. 어떻게 도망을 간단 말인가? 자존심 상하게스리! 대장의 군령은 어길 수 없다 쳐도 그런 아이디어를 낸 서림이는 가만둘 수가 없다. 해서 서림이를 흠씬 패 주는 사건을 저지르고 만다. 이 일을 빌미로 서림이가 군령으로 오주를 혼내 주려고 하자 유복이가 발끈한다. "나는 오주를 도둑놈으루 끌어들인 죄가 있어서 오주가 만일 죽게 되면 같이 죽어야 할 사람이오. 내가 죽게 되는 때는 손때 먹인 쇠뺨창을 서종사께 주리다."(7권 40쪽) 유복이의 의리 앞에 서림이가 바로 꼬리를 내린다.

그 대상이 꺽정이라 해도 마찬가지다. 꺽정이가 한양에서 오입질을 하다 청석골로 돌아온 때였다. 천왕동이가 꺽정이한테 단단히 삐쳐서는 목을 자르든 사지를 찢든 마음대로 하라며 대든다. 이에 꺽

정이 얼굴에 핏대가 서고 눈초리가 찢어지게 되었다. 있는 대로 열을 받았다. "숫제 나더러 대장 노릇을 고만두라지 천왕동이를 용서하란 말은 마라." 천왕동이가 꼼짝없이 죽게 되었다. 그러자 다른 두령들이 대장 꺽정이한테 용서를 구한다. "천왕동이의 죄를 우리가 다 나눠서 당할 테니 천왕동이의 목숨을 붙여 주십시오." 그렇다고 물러설 꺽정이가 아니다. "쓸데없는 소리 마라!" 꺽정이가 불호령을 내리눌렀다. 이제 방법은 하나. 천왕동이랑 같이 죽는 일뿐. 사생을 함께하자고 맹세한 천왕동이와 함께 죽으면 죽었지 더럽게 살지 않겠다는 배돌석이를 필두로 너도 나도 같이 죽겠단다. 다들 '의리'로 죽으러 가니 혼자 떨어질 수 없다며 저승에서 보자며 꺽정이에게 하직인사까지 한다. 맙소사! 꺽정이가 펄썩 주저앉으며 중얼거린다. "저희들이 다 죽으면 나두 죽지." 결국 꺽정이만 머쓱하게 되고 사건은 종결된다.

청석골에서 꺽정이의 권위는 대단하다. 하지만 그렇다고 맹목적으로 복종하고 충성을 바치지는 않는다. 자존심을 건드리면, 절대 물러서지 않는다. 그거야말로 이들의 원초적 본능이기 때문이다. 우정의 화신이 될 수 있었던 원동력도 거기에 있다. 거듭 강조하거니와, 우정은 철두철미 수평적 윤리다. 그 윤리를 떠받치는 건 정염의 불꽃이다. 이 연대와 정염이 와해되면 또 다른 권위가 생겨나고 그러면 또다시 주인과 노예라는 서열이 형성되고 만다. 청석골이 기존권력의 복제판이 되지 않았던 건 이들이 우정과 의리를 끝까지 견지했기 때문이다. 그리고 그 원천엔 '야생적인, 너무나 야생적인' 자존심이 있다. 그런 점에서 청석골의 이념은 자존심이라고 해도 좋다. 한데, 이런 것도 이념이 될 수 있나?(없어도 상관없지만, 쩝!)

'홀로서기'— '가출'하거나 '출가'하거나!

✿
✿
✿

청춘은 길 위의 존재다. 길 위에서 길을 찾는 존재, 그것이 곧 청춘이다. 아직 길 위에 있지 않다면 청춘을 누리고 있지 못한 것이다. 길 위에 있어야 홀로서기가 가능하고 홀로설 수 있어야 비로소 배움이 시작되기 때문이다. 배움이란 무엇인가? 존재와 세계에 대한 비전탐구다. 그것은 어떻게 가능한가? 무엇보다 자기 자신으로부터 떠나야 한다. 아주 낯선 세계 속으로 진입하는 것, 이전과는 아주 다른 존재가되는 것, 그것이 바로 배움이요 자립이다. 그러기 위해선 가장 먼저 고향으로부터 떠날 수 있어야 한다. 부모와 가족, 고향과 집이라는 품에머무르는 한 존재와 세계에 대한 탐구는 불가능하다. 물론 그것은 단지 '장소성'의 문제만은 아니다. 중요한 건 발원이다. 지금의 나로부터떠나고자 하는 간절한 열망! 지금과는 전혀 다른 존재로 변이하고자하는 치열한 열정! 그것이 내 몸과 일상을 꽉 채우게 될 때, 그때 비로소 떠날 수 있다. 더 정확히 말하면, 떠날 수 있는 인연이 찾아온다. 어느 날 문득 느닷없이.

유복이를 보라. 앉은뱅이가 되어 긴긴 해를 표창을 던지는 '쿵푸'를 했다! 어디에 쓸지, 왜 하는지도 모른 채. 목표도 이유도 없이, 다만 표창을 던졌을 뿐이다. 이거야말로 배움의 지극한 경지다. 그 결과, 이인異人 스승을 만나게 되었다. 임자년 봄, 뜰 앞에서 나무 꼬챙이를 던지는데 낯모르는 이인 한 분이 들어오더니 나무 끄트럭에 앉은 잠자리 한 마리를 잡아 보라고 했다. 유복이는 누워서도 잡을 수 있다며 곧 드러누워서 꼬챙이 하나를 던졌다. 이것이 연분이 되어 처음에는 유복이에게 자신이 가지고 있던 약 두어 줌을 먹어 보라며 주고 가더니, 뒤에 와서 유복이의 다리가 좀 나아진 것을 보고는, 이제 이것 한 제만 먹으면 성한 사람이 될 것이라며 환약 한 봉을 주고 간다. 그걸 먹고 유복이는 걸음을 걷게 되었다. 어디 그뿐인가. 차력약까지 얻어먹고 장정 사오십 명을 감당할 정도로 힘이 세졌다.

유복이는 은혜를 갚기 위해 노인을 따라다니며 그를 위한 수고를 아끼지 않았다. 노인이 노환으로 죽자 장사까지 지내 주고 다시 세상 속으로 나온다. 배우고, 만나고, 깊은 인연을 맺었다. 이전과는 전혀 다른 존재가 된 것이다. 이제는 자신의 인생을 스스로 꾸려갈 수 있다. 이것이 홀로서기다. 그 힘으로 아비의 원수를 갚는다. 아비를 고변한 뒤, 그 포상으로 부자가 된 노가를 찾아내 목을 따서 부모의 산소에 갖다 바친다. 참으로 기구한 팔자다. 산전수전이라는 말로도 부족할 지경이다. 그런데도 유복이는 청석골 칠두령 중에 가장 품성이 온후하다. 쇠도리깨 도적 곽오주가 미쳐 날뛸 때 그를 달랠 수 있는 건 오직 유복이뿐이다. 청석골 두령이 되어선 두무산 요새를 새로 만드는 대역사를 거뜬히 해치운다. 일솜씨도 빼어날뿐더러 공물

하나를 허투루 쓰지 않을 정도로 청렴하기 그지없다. 그렇게 험한 일을 다 겪고도 마음에 맺힌 구석이 하나 없다. 정말 대단한 경지 아닌가. 말하자면, 초막 뜨락에 앉아 나무 꼬챙이를 던질 때, 유복이는 단지 표창의 기예를 익힌 것이 아니라, 인생의 한 경지를 통과했던 것이다. 하여, 원수를 갚는 순간, 원한과 복수심, 상처와 회한을 다 털어 버리고 자유로운 존재가 되었다.

꺽정이의 경우, 이 과정이 한층 더 극적이다. 그의 배움과 자립은 애초 집을 떠나 갖바치한테 맡겨지면서 시작되었다. 이후 잔뼈가 굵으면서 스스로 끊임없이 스승을 찾아나선다. 팔삭동이 의붓동생 때문에 한동안 양주에 머무르다 서울로 오기 직전, 아버지 심부름으로 어물도가에 갔다가 숲의 검객에 대한 이야기를 듣는다. 필이 꽂히자, 바로 그 검객을 찾아나선다. 허나 앞서 양주팔과 이천년의 이야기에서 확인했듯이, 스승들은 절대 호락호락하게 가르쳐 주지 않는다. 각종 문턱을 넘어야 한다. 그 과정에서 사실 공부의 반은 이루어지는 셈이다. 스승은 뭔가를 가르쳐 주는 이라기보다 뭔가를 배우고 싶다는 마음을 끌어낼 수 있는 존재일 뿐이다. '진리 자체'가 아니라 '진리에 대한 열정'을 불어넣는 존재인 것.

"너에게 검술을 가르치기 전에 몇 가지 다짐받을 일이 있다. 검술 하는 사람은 죄 없는 목숨을 해치는 법이 없다. 네가 할 수 있겠느냐?" "탐관오리 같은 것도 죄 없는 사람일까요?"

"죄 없는 탐관오리가 어디 있을꼬?"

"그럼, 할 수 있지요."

"여색을 탐하여 칼을 빼는 법이 없으니 네가 할 수 있겠느냐?"

"할 수 있지요."

"악한 재물을 빼앗아 착한 사람을 주는 외에는 재물 까닭으로 칼을 빼는 법이 없으니 네가 할 수 있겠느냐?"

"할 수 있지요."

"검술하는 사람은 까닭없는 미움과 쓸데없는 객기로 칼을 쓰지 않는 법이니 네가 할 수 있겠느냐?"

"이 세상에는 미운 것들이 많은걸요."

"악한 것을 미워함은 곧 착한 일이라. 그 미움은 금하는 것이 아니로되 까닭없는 미움으로 인명을 살해함은 천벌을 면치 못할 일이로다."

"아모쪼록 천벌을 받지 않도록 하지요."

"네가 지금 말한 것이 장래에 틀림없을 것을 다짐 둘 수 있겠느냐?" "다짐 둘 수 있지요."

이러한 문답이 있은 뒤에 늙은이는 꺽정이의 맹세를 받고 제자로 정할 것을 허락하였다.

(2권 233~234쪽)

숲의 검객은 꺽정이에게 '검의 도'를 설파하고 있는 것이다. 우리 시대 스포츠 선수들이 과연 이런 과정을 통과할까? 물론 꺽정이가 이 도를 다 실천한 것은 아니다. 하지만, 단지 검술이 아니라 삶의 척도를 배운다는 것, 이 점이 중요하다. 이 늙은 검객 역시 법을 어기고 도주하다가 또다시 법을 어기고 산으로 흘러온 아주 기구한 사연을 지닌 인물이다. 막장까지 몰려 화적질로 연명할지언정 검의 도를 포기하진 않았다. 그것이야말로 자신의 생애에서 가장 빛나고 가치 있는 행위이므로.

이렇게 하여 꺽정이는 일 년간 열과 성을 다해 스승의 도를 전수받는다. 하산하기 직전 스승은 자신이 보배처럼 아끼는 장광도를 하사한다. 그 칼은 이십칠팔 년 전 난리에서 얻은 것으로 스승이 목숨처럼 아끼던 칼이다. 그런데도 꺽정이에게 기꺼이 주는 이유는? 꺽정이가 오기 전에는 울적한 기분이 들 때 그 칼로 칼춤이라도 한 번씩 추어야 속이 시원해졌는데 꺽정이가 온 뒤로는 가르치는 재미에 칼춤 출 일이 없었다는 것. 스승한테 있어 열심히 배우는 제자보다 더 귀한 건 없다! 다 배운 다음엔? 미련없이 하산한다. 돌아온 꺽정이. 이제 꺽정이도 유복이, 봉학이처럼 달인이 되었다. 검의 달인.

사실 꺽정이만큼 스승복이 터진 인물도 드물다. 공부복으로만 친다면 꺽정이야말로 귀족 중의 귀족이다. 한데, 그게 다 스스로 짓는 복이라는 점이다. 배우고자 하는 열망이 스승을 부르는 것이지, 좋은 스승이 있어서 잘 배우게 되는 건 절대 아니다. 아무리 좋은 곳으로 유학을 가고 주변에 스승들이 수두룩해도 자기가 마음을 내지 않으면 터럭 하나도 배우지 못한다. 이것이 자연의 이치다. 껀정이만 해도 그렇다. 힘이 아니라, 문자를 좋아했더라면 갖바치의 음양오행론을 통으로 전수받았을 것이다. 하지만 워낙 문자를 싫어하다 보니 갖바치한테 배운 거라곤 병법 이야기뿐이다(이런!). 아무리 스승이 위대하다 해도 최종심급은 결국 제자 자신의 국량局量에 달린 것이다.

검의 도를 통달한 이후 껀정이는 다시 말타기를 배운다. 갖바치가 칠장사에서 중 노릇할 때 그곳에 갔다가 허담이란 중을 만난다. 이 사람이 말타기로 도를 터득한 인물이다. 허담이 말한다.

"말을 잘 타자면 힘과 재주 두 가지가 다 넉넉하여야 하는데 당신이 힘은 너무 넘치는 것 같고 재주는 좀 부족한 것 같소. …… 말타는 데는 일신一神, 이기二氣, 삼태三態, 사술四術 …… 술은 배울 수가 있고, 태는 지을 수가 있고, 기는 기를 수가 있고, 신은 배우거나 짓

거나 길러서 될 수 없는 만큼 천생이 있지마는 많이 배우고 오래 짓고 힘써 기르면 나중에 절로 생긴답니다."

(3권 353~355쪽)

신神이란 사람의 마음과 말의 힘이 조금의 빈틈도 없이 완벽하게 일치하는 득도의 경지를 말한다. 꺽정이는 그런 고난도의 기예에 단번에 끌린다. "내가 지금 늦깎이라도 좀 배워 봅시다." 그 뒤로는 매일 허담에게 말 타는 법을 배우는 데 재미를 들여서 날 가는 줄을 모른다. 말하고도 깊은 사랑을 주고받는다. 이렇게 해서 또 말타기를 마스터했다. 천하장사가 검의 달인이자 말타기의 명수가 되었으니 그야말로 천하무적이 된 셈이다. 꺽정이가 한 시대를 주름잡을 수 있었던 것은 엄청난 수련과정(쿵푸, 즉 공부)이 있었기에 가능했다. 그냥 타고난 힘만으로는 결코 무언가를 이룰 수 없다. 반드시 그 힘과 재주를 갈고 닦는 수행이 수반되어야 한다. 여기에는 어떤 예외도 없다!

꺽정이의 스승 갖바치의 생애는 그야말로 길 위의 여정이다. 그에게는 길과 배움이 하나다. 길 위에서 배우고 그 배움은 또 다른 길로 이어진다. 백정으로 지낼 적에도 독학으로 깨우쳐 백정학자로 불리었고, 그 인연으로 이장곤을 따라 서울로 오게 된다. 이때는 양주팔로 불리었다. 이장곤의 뒷방에서 "겨울벌레처럼 지내다 산천구경을 떠"난다. 그가 찾아 들어선 곳은 묘향산. 이 암자 저 암자에서 먹고 자다가 마침내 삼성대 근처의 작은 암자에서 기인을 만난다. 그가 바로 이천년. 유·불·도를 통달한 인물이다. 그의 밑에 들어가서 스승의 지식을 그대로 전수받는다. 그 드라마틱한 과정은 이미 살펴본 바와 같다. 그리고 돌아와서 갓바치가 된다. 양주팔에서 갓바치로! 이후 그의 집은 조광조를 비롯한 조정의 아웃사이더들과 꺽정이 같은 천민들이 공존하는 아주 특이한 코뮤니티가 되었다.

그 이후, 갓바치는 평생의 지기인 조광조가 비극적 최후를 맞이하자, 서울살림을 접고 묘향산으로 들어가 머리를 깎는다. 갓바치에서 병해대사로 또 다른 길로 나아간 것. 그렇다고 꺽정이와의 인연이 끝난 건 아니다. 편지를 보내 꺽정이를 묘향산으로 부른다. 이렇게 해서 꺽정이는 또 한번 집을 뛰쳐 나온다. '출가'한 병해대사를 따라 '가출'을 감행한 것이다.

병해대사와 꺽정이의 주유천하가 시작되었다. 첫번째 목적지는 백두산. 범이든 곰이든 혹은 오랑캐든, 그런 것 따위는 조금도 겁낼 꺽정이가 아니었으나 태어나 처음 보는 수림에는 놀라지 않을 수 없었다. 서 있는 것도 나무, 누워 있는 것도 나무, 가도 가도 전후좌우에 보이는 것이라고는 나무뿐!

앞에서 살펴보았듯이, 이 원시림 속에서 꺽정이는 운총이를 만나 백년가약을 맺는다. 아비의 허락도 없이 혼인을 해버린 것이다(병해대사에게로 떠나기 전 아버지 돌이가 장가나 들고 가라고 할 때는 한사코 싫다고 하더니!). 그렇게 2년 반을 돌아다니다 양주로 돌아온 뒤, 그러고는 다시 병해대사를 따라 한라산으로 가겠다고 하자, 돌이는 정말 '돌아 버릴' 지경이다. 망할 자식! 장성한 자식이 생업에는 관심이 없고 툭하면 가출을 해대니, 자식이 아니라 숫제 웬수가 따로 없다. 하지만 어쩌겠는가. 자식은 '떠나기 위해 태어난 존재'인 것을. 떠나야만 '홀로서기'가 가능한 것을. 남으로 가는 길에선 토정 이지함을 만나 함께 제주도로 가 한라산에 오른다. 백두에서 한라까지, 걷고 만나고 배우고 체험하고. 길은 그 자체로 훌륭한 배움터다. 껵정이는 거기다 장가까지 들었으니 그야말로 '길 위의 인생'인 셈이다.

　돌아오는 길에 병해대사는 죽산 칠장사로 들어가 중들을 한방에 제압하고 생불로 자리잡는다. 양주팔 – 갓바치 – 병해대사 – 칠장사 생불, 이게 백정학자 주팔이 겪은 인생역정이다. 백정에서 생불이 되는 이 기나긴 여정은 고향으로부터, 자기 자신으로부터 떠나는 과정에 다름아니다. 그 길 위에 늘 껵정이가 함께했다. 주팔이의 길이 '깨우침'의 여정이라면, 껵정이의 길은 '쿵푸'의 여로다. 같은 길을 걸었어도 전혀 다른 생이 펼쳐진다는 것, 이 또한 길이 연출하는 오묘한 이치가 아닐지. 출가하거나 가출하거나! 선택은 자유지만 분명한 건 하나, '떠나야 한다'는 것. 거듭 말하지만, 떠나야 비로소 길이 열리기 때문이다. 길이 있어서 가는 것이 아니라, 가는 곳이 곧 길이다.

8장

길 위의 공동체

청년백수와 조직

갓바치의 '코뮤니티'— 낯설고도 특이한

✿
✿ ✿
✿

『임꺽정』 2권은 「피장편」이다. 피장皮匠은 '갓바치'의 한자 표기다. 작품에선 양주팔의 또 다른 이름이다. 갓바치란 원래 가죽을 다듬어 신을 만드는 백정이란 뜻이다. 직업과 신분을 나타내는 보통명사인데, 이 작품에선 고유명사로 쓰이고 있다. 이장곤 댁의 객식구가 되어 겨울벌레처럼 한철을 지낸 양주팔은 산천유람차 묘향산으로 향한다. 그곳에서 이천년이란 스승을 만나 음양오행론, 곧 사주명리학의 이치를 마스터한 뒤 다시 서울로 돌아온다. 이장곤은 주팔이를 옆에 붙들어 두기 위해 성균관 근처에 살림을 차려 준다. 주팔이는 "남이 대어 주는 시량으로 놀고먹는 것이 맘에 미안하여" 가죽신을 만드는 일을 시작했다. 그때부터 갓바치로 불리게 되었다. 양주팔에서 갓바치로! 백정학자 양주팔의 두번째 인생이 시작된 것이다.

이장곤은 승지가 된 뒤에도 계속 갓바치를 찾아다녔다. 그 연으로 갓바치의 집에는 조정의 이름난 인물들이 수시로 드나들게 되었다. 대표적인 인물이 당시 조정과 백성의 인망을 한몸에 받았던 도학정치의 기수 정암 조광조다. 중종조를 다룬 사극에서 종종 등장하곤 하는 조광조와 갓바치의 우정과 의리, 그 서사적 원천이 바로 이 대목이다. 조정 대신이 백정 출신 재야인사와 우정을 나눈다는 건 대단한 파격이다. 이런 파격을 가능케 했던 원천은 무엇인가? 다름 아닌 '앎 혹은 공부'다. 조광조를 비롯하여 다들 유·불·도를 넘나드는 갖바치의 박학다식과 고매한 인품에 반해 버린 것이다. 새삼스런 말이지만, 사회적 장벽과 경계를 가로지를 수 있는 가치는 앎과 지혜, 오직 이것뿐이다. 이 지혜의 매트릭스에 접속하는 순간, 우정과 의리라는 정염이 불타오르게 된다.

갖바치의 양반 친구 가운데 가장 흥미로운 캐릭터가 심의다. 심의는 조광조의 정적이자 소인배로 이름난 심정의 아우다. 물론 인간성이 형과는 영 딴판인 인물이다. 그는 갖바치를 안 뒤로는 거의 매일 찾아다니게 되어서, 얼마 되지 않아 서로 "정분"이 생겼다고 작가는 썼다. 남자들끼리의 관계에도 '정분'이라는 말을 자연스럽게 쓰고 있는 것이다. 형인 심정이 나날이 간신배가 되어 가자 심의가 갖바치에게 자기의 처신할 도리를 물었다. 갖바치는 종이에다 '광야우야 무재무해'狂也愚也 無災無害라는 글자를 썼다. 해석해 보자면 '미치거나 바보가 돼라, 그래야 재앙도 없고 해도 없다', 대충 이런 뜻이다. 그때부터 심의가 웃기 시작해 나날이 웃음이 늘었다. 심정은 아우가 심하게 웃는 것도 병이라 생각해서 약을 지어다 주었지만 심의는 먹지 않았다. 이 미치광이짓 때문에 심의는 훗날 목숨을 부지할 수 있었다.

이런 양반친구들이 갖바치의 경제적 패트론patron 후원자 역할을 했음은 말할 나위도 없다. 기본적인 생계는 이장곤이 다 챙겨 주었고, 그밖에도 양반네들이 이런저런 살림들을 제공해 주었을 것이다. 화폐보다는 물품이 경제를 주도하던 시대라 사람이 드나들면 자연 여러 가지 물품들이 흘러들게 마련이다. 또 그 물품들에는 화폐로 환원되지 않는 '기운'이 담기게 된다. 인류학자들이 말하는 사물들의 '영靈'이라고 하는. 사물들은 이 '영'을 통해 서로 연결되어 있다. 그래서 끊임없이 순환해야 한다. 이것이 선물의 경제학을 떠받치는 우주적 원리다.

이장곤이 시골로 낙향하게 되자 갖바치도 그를 따라가려고 했다. 심의가 펄쩍 뛴다. "가기는 어디를 간단 말이오? 못하오. 못 가오." 하루라도 못 보면 화병이 날 지경인데, 생이별을 하다니 말도 안 된다. 고민 끝에 기막힌 아이디어가 떠올랐다. 갖바치네 식구들은 이장곤의 도움으로 입에 풀칠을 하고 있으니, 이장곤을 따라가지 못하게 하려면 먹거리와 땔감을 대주어야겠다는 생각이 든 것이다. 그러자니 우선 형에게 재산을 나누어 달래야겠다고 판단한다. 그러고는 집으로 돌아와 한바탕 미친 짓거리를 한 다음, 형인 심정 앞에서 울며불며 꿈에 아버지와 어머니가 나타나서 양주 고든골 땅 등과 천쇠 어미 등 하인 몇 명을 주라고 했다며 떼를 쓴다. 부귀영화에 대한 욕심을 다 내려놓은 인간이 친구를 위해 이런 말도 안 되는 짓거리를 하다니, 오늘날의 기준으로선 상상조차 하기 어려운 노릇이다. 심정은 간신배일망정 동생 심의에 대한 사랑은 지극한 인물이었다. 하여, 그 자리에서 바로 재산을 나누어 준다. 그로부터 십여 일이 지난 후, 심정이 심의를 떠보려고 엊그제 꿈에 부모님이 나오셔서 지난 날 심의에게 준 것은 봉제사하는 큰아들의 몫이니 도로 찾으라 했다며 울려는 시늉을 한다. 이에 심의는 '쏘 쿨'하게 답하며 껄껄 웃었다. "봄철 허튼 꿈을 믿을 수가 있습니까?"

참, 재미있는 형제들이다. 미치광이짓을 하는 아우도 그렇고, 공적으로는 온갖 비리와 술수를 다 저지르면서도 동생만은 끔찍하게 아끼는 형도 그렇고. 아무튼 심의는 꿈놀이로 한몫 단단히 챙긴 다음 갖바치를 계속 서울에 붙들어 둔다. 이장곤 대신 자신이 패트론 역할을 맡은 것이다. 이리하여 갖바치의 '코뮤니티'는 계속 유지될 수 있었다. 이것이 바로 선물의 경제학이다. 즉, 공부와 우정이 있는 곳엔 반드시 밥과 재물이 흘러온다는!

다른 한편, 밥과 재물은 다시 사람을 부른다. 꺽정이와 그의 친구들이 그들이다. 심의의 집 행랑에 홀어미 모자가 살고 있었는데, 유복이와 엄마가 바로 그들이다. 유복이의 아버지는 농민이었는데, 모내기를 하면서 조광조를 칭송하고 간신배들을 비난하는 말을 했다가 고변을 당하는 바람에 한양으로 잡혀 와서 맞아 죽었다. 갖바치의 도움으로 심의네서 행랑살이를 한 지 두어 달 만에 유복이를 낳았다. 대여섯 살 되면서부터 유복이는 갖바치에게 다니며 글을 배우게 되었는데, 그에게는 마침 글동무가 하나 있었으니, 갖바치의 이웃에 사는 이봉학이라는 아이였다. 봉학이의 아버지는 이학년이라는 인물인데 소위 왕족 출신이다. 그 아버지가 옥사에 연루되어 비명에 죽게 되면서 그 어머니 또한 시름시름 앓다가 남편의 뒤를 따르는 바람에 돌도 못 지낸 봉학이가 외조모 손에서 암죽으로 길러지게 되었다. 유복이와 봉학이, 신분적으로야 하늘만큼 땅만큼 다르지만 부모들이 모두 정쟁에 희생되었다는 점, 그 때문에 불우한 유년기를 보내야 했다는 점에선 깊이 상통한다. 그 수난과 비극으로 인해 둘은 평생의 동무가 될 수 있었다.

꺽정이가 합류하게 된 건 그 다음이다. 갖바치의 아들(?) 금동이 (사실은 갖바치의 후처가 외간남자와 사통하여 낳은 자식이다)가 양주 백정 임돌이의 딸(꺽정이의 누이)과 혼인을 맺게 되었다. 갖바치와 꺽정이네가 사돈이 된 것. 꺽정이한테 갖바치는 누이의 시아버지, 곧 사돈어른에 해당한다. 하지만 이런 식의 가계도가 이들 관계를 규정한 적은 한 번도 없다. 둘 다 가족의 틀 안에서 살아간 적이 없기 때문이다. 그때 갖바치가 양주에 갔다가 꺽정이를 만난다. 꺽정이네는 소백정이지만, 사는 건 나름 넉넉한 편이다. 하지만, 꺽정이는 존재 자체가 '걱정스러운' 인물이다. 다음은 꺽정이가 어릴 때 엄마랑 나눈 대화의 몇토막이다.

"네가 커서 무엇이 될래?"
"아버지처럼 소잡지."
하고 선뜻 대답하더니 다시 그 어머니의 얼굴을 치어다보며 장래될 것을 의논하듯이 말하여 그 어머니도 웃으며 말대꾸하였다.
"목사牧使가 소 잡는 것보담 나을까?"
"나으면 어떻게 할래?"
"그러면 목사하지. 목사보담도 나은 것이 있소?"
"그럼 있고 말고. 참판 영감도 있고 판서 대감도 있고 대장도 있고 정승도 있고, 많지."
"그중 제일 꼭대기가 무어요?"
"정승이란다."
"정승 위에는 아무것도 없소?"
"그 위에 상감이 계실 뿐이다."
"그러면 상감이란 게 꼭대기이구료. 내가 크거든 상감 할라오."
(2권 185쪽)

허걱! 왕이 지배하는 시대에 감히 백정 출신이 왕이 되겠다니, 스스로 반역자가 되겠노라고 선포하는 거나 다를 바 없다. 꼭 상감이 되겠다기보다 누구 밑에 있기는 죽기보다 싫다는 뜻이다. 천상천하 유아독존! 좌우지간 엄마로선 간이 떨어질 지경이다. 남편에게 큰 걱정을 늘어놓자 아비인 돌이가 꺽정이에게 조상 대대로 내려온 활을 보여 준다. 나름 꺽정이의 기를 꺾어 볼 심산이었던 게다. 허나 웬걸! 꺽정이가 손을 내밀어서 활을 받아들더니, "이까짓 게 보배야?" 하고 두 손으로 양끝을 잡아 휘니 고만 활이 딱 하고 분질러졌다. 활이 좀 삭기도 했지만 꺽정이가 워낙 힘이 세찼던 까닭이다. 한 성질 하는 돌이조차 어이가 없어 말문이 막혔는데 꺽정이는 으쓱해서 씨익 웃고 있다. 그야말로 '언터처블'이다. 출신만 그런 게 아니라 기질은 더 못 말리는 '더블 언터처블'!

돌이는 가정교육을 포기하고 꺽정이를 갖바치에게 맡겨 버린다. 이게 상책이다. 원래 부모가 자식을 직접 가르치는 건 불가능하다. 정서적으로 너무 밀착된 관계라 객관적인 거리두기가 어려운 탓이다. 게다가 명리학적으로 아버지와 아들은 상극에 속한다. 특히 아들은 아버지를 '이겨먹는' 관계다. '자식 이기는 부모 없다'는 말이 바로 그 뜻이다. 이 갈등과 모순을 극복하려면 부모와 자식 모두 '홀로서기'를 해야 한다. 종교개혁의 선구자 마틴 루터Martin Luther가 이런 말을 한 적이 있다. "아버지에게 할 수 있는 일은 한정되어 있다. 아이가 되고 싶어 하는 것을 위해 가장 적합하다고 생각되는 교사를 찾아내 땅바닥에 무릎을 꿇고 자기 아이를 부탁하는 일이다."(사사키 아타루, 『잘라라, 기도하는 그 손을』, 송태욱 옮김, 자음과모음, 2012, 97쪽) 지금 우리 시대 교육이 길을 잃은 건 어쩌면 이런 이치를 외면한 채 부모가 자식에게 모든 것을 제공하고, 그렇게 하면 부모의 뜻대로 자랄 거라고 생각하는 무모함에서 기인하는 건지도 모른다.

하지만 꺽정이의 아비 돌이를 보라. 자신의 능력으로 아들을 컨트롤할 수 없음을 알게 되자, 그 즉시 마음을 내려놓는다. 그리고 루터의 말대로, 스승을 찾아 무조건 맡겨 버린다. 꺽정이는 갖바치가 자신을 어린애 취급하지 않고 점잖게 대해 주었기에 그를 어려워하면서도 따르게 되었다. 매형 금동이와 그 모친 되는 안사돈, 그리고 또 다른 스승인 심의는 조금 마음에 들지 않는 구석도 있었지만, 봉학이 ·유복이와 마음이 맞아 좋아하였다. 의식주가 해결되고, 맘에 맞는 동무들이 있고, 인생의 비전과 지혜를 전해 주는 스승이 둘(갖바치와 심의)이나 있다. 와우~ 대박이다. 꺽정이와 유복이, 봉학이는 모두 억수로 '팔자 사나운' 족속들이다. 하지만, 이들은 그 '사나운' 팔자 덕분에 최고의 스승과 벗을 만나게 되었다. 이보다 더 행복한 유년기가 또 있을까. 인생도처유반전人生到處有反轉!

이렇게 해서 갖바치의 집은 신분과 계층, 세대를 두루 관통하는, 아주 특이한 장소가 되었다. 조정 대신들 가운데 주류적 척도에서 벗어난 인물들과 기구한 팔자를 타고난 하층민의 어린 세대가 두루 어우러지는 일종의 '마이너리그'가 형성된 셈이다. 이런 특이한 코뮤니티가 가능하려면 물적 토대가 받쳐 줘야 한다. 이미 확인한 바와 같이, 갖바치는 이장곤과 심의, 김덕순 등 양반친구들의 전폭적인 후원을 받는 대신, 그걸 밑천으로 꺽정이와 그의 친구들을 데려다 키운다. 양반층과 꺽정이들과는 아무런 인연이 없다. 갖바치와 이들 사이에도 특별한 연줄이 없다(사돈지간이니 혈연이고 자시고 할 것도 없다!). 그런데도 같은 공간에서 먹고 놀고 자고, 공부하고 생활하고, 얼마든지 함께 공존할 수 있다. 핵심은 역시 순환이다. 우주의 모든 것이 그렇지만, 돈과 재물이야말로 돌고 돌아야 한다. 아니 물처럼 흘러야 한다. 흐르면서 막힌 데를 시원스레 뚫어 주어야 한다. 순환의 방식은 무궁무진하다. 상상력과 개성이 활짝 피어나야 하는 지점은 바로 여기다.

갖바치는 인생과 우주의 이치를 통달한 인물이다. 세상사 돌아가는 바를 한눈에 다 꿰뚫고 있다. 그의 비전과 지혜가 이런 순환적 네트워크를 가능케 하였고, 그 안에서 꺽정이와 그의 친구들은 '이팔청춘'을 맘껏 향유할 수 있었다. 학교에 가지 않아도 되고, 주유소나 편의점에서 알바를 뛰지 않아도 된다. 의식주 걱정없이 맘껏 뛰어 놀면서 당대 최고의 지성인들로부터 배움을 얻을 수 있다니. 이거야말로 공부와 밥과 우정의 대향연이 아닐까. 꺽정이와 그의 친구들이 '노는 남자들'이 될 수 있었던 최고의 비결이기도 하고. 하여, 갖바치의 이 낯설고도 특이한 코뮤니티 속에서 마르크스가 저 『독일 이데올로기』에서 꿈꾸었던 코뮌적 이상을 엿보게 된다면 지나친 공상일까?

아무도 하나의 배타적인 활동의 영역을 갖지 않으며 모든 사람이 그가 원하는 분야에서 자신을 도야할 수 있는 코뮌주의 사회에서는 사회가 전반적 생산을 규제하게 되고, 바로 이를 통하여, 내가 하고 싶은 그대로 오늘은 이 일, 내일은 저 일을 하는 것, 아침에는 사냥하고 오후에는 낚시하고 저녁에는 소를 치며 저녁 식사 후에는 비평하면서도 사냥꾼으로도 어부로도 목동으로도 비평가로도 되지 않는 일이 가능하게 된다.

그렇다. 인간은 결코 '같은 직장에서, 동일한 노동을, 평생 하기' (한마디로 안정된 정규직)를 원하지 않는다. 스스로 활동을 조직하고 그 활동에는 노동과 휴식, 그리고 지성도 포함된다. 말하자면, 일상의 모든 것을 스스로 조율할 수 있는 윤리적 주체, 곧 백수가 여기에 해당한다. 경제와 욕망, 그리고 윤리의 황홀한 일치! 이것이 맑스가 꿈꾼 이상사회다. 하지만 이것이 어찌 맑스주의에만 귀속될 것인가. 인간이라면 누구든 이런 삶을 지향할 터이다. 왜냐하면 그것이야말로 본성의 자연스런 발로이기 때문이다. 고로, 백수는 미래다!

청석골, 난민촌 혹은 '인디언 공동체'

✪
✪ ✪
✪

오가는 청석골 화적패의 원조다. 훗날 오두령이 되어 꺽정이를 대장으로 추대하는 역할을 맡는다. 하지만 처음엔 솔로로 움직이는 좀도둑이었을 뿐이다. '취즉도 산즉민'聚則盜 散則民 모이면 도적, 흩어지면 백성이란 말이 있다. 도적과 백성은 한끝 차이라는 뜻이다. 흉년, 가렴주구, 전쟁과 전염병, 수자리국경을 지키는 일 등으로 생존이 위태로워지면 최후의 수단으로 화적패가 되었다. 말하자면 화적질 역시 생존의 한 방식이었을 뿐이다.

유복이가 원수를 갚으러 가다가 도적 두 놈을 만났다. 장난삼아 내기를 걸고 힘겨루기를 했다. 유복이의 압승! 두 놈을 짐꾼으로 끌고 오는데 한 놈이 중간에 약속을 어기고 튄다. 튀면서 하는 말이 아주 가관이다. "나는 시행 못하겠어. 내일이 우리 처삼촌 소상날인데 내일 내가 집에 없다가는 나중 애어머니 잔소리에 머리가 빠지라구?"(4권 81쪽) 도적 주제에 처삼촌 제삿날 챙기고, 게다가 마누라한테 바가지 긁힐까 봐 걱정하고, 참나. 말하자면 이들은 '생계형 도적'으로, 이들에게 화적질이란 여러 '알바'(혹은 일당일) 중의 하나일 뿐이다. 오가의 말마따나, "양반에게 먹히지 않구 아전에게 떼이지 않는 벌이"로는 최고다. 또 교리 이장곤이 봉단이네 집에 얹혀살면서 뼈저리게 실감했듯이, 인물 난 천출이 할 수 있는 것이라곤 대적뿐이다. 신분차별과 각종 장벽으로 꽉 막힌 체제 안에선 도무지 그 '주체할 수 없는 힘'을 쏟아낼 데가 없다는 의미다. 그리고 보면 꺽정이는 태생적으로 '민과 도적의 경계'에 있는 인물이다. 타고난 힘에다 자존심마저 하늘을 찌르니, 이런 파워와 카리스마를 발휘할 자리가 있을 리 만무하다. 예나 이제나 국가장치란 야생적 에너지를 박탈하고 가능한 한 인간을 왜소하게 만들어 버리기 때문이다. 하지만 그런 꺽정이도 청석골의 후발주자다. 먼저 터를 잡은 건 유복이다.

유복이는 아비의 원수를 갚고 도주하다가 장군당에서 얼떨결에 아내를 얻어 맹산땅으로 가던 중 청석골로 들어가 오가와 살림을 합치게 된다. 이후 청석골은 차츰 밴드 형태를 갖추기 시작한다. 유복이를 좇아 곽오주와 막봉이, 돌석이 같은 막강한 신예들이 합류했기 때문이다. 곽오주는 범죄자는 아니지만, 아내가 죽고, 갓난아이마저 잃으면서 그 충격으로 우는 아이만 보면 '완전 돌아 버리는' 이상한 병에 걸려 정상적인 생활이 불가능한 처지였다. 막봉이는 이미 언급했듯이 데릴사위로 살다가 장모한테 쫓겨나 청석골로 들어간다. 배돌석이는 바람난 아내를 죽이고 살인범으로 압송되던 중 유복이가 빼내어 청석골로 데리고 간다. 이들 네 명이 오가와 함께 청석골의 '초창기 밴드'라 할 수 있다. 이들은 한편으론 체제 바깥으로 밀려난 범법자들이고, 다른 한편으론 정착민들 속에서 살아가기가 난감한 '비정상인'들이다. 그러니까 이중적으로 추방된 존재들인 셈.

여기에 권모술수의 달인 서림이가 합류한다. 역시 죄를 짓고 쫓기는 중이었다. 하지만 서림이는 출신성분이 좀 다르다. 칠두령이 생계형 화적 혹은 이중적으로 추방된 존재들이라면, 서림이는 여색과 재물에 눈이 어두워 온갖 잔머리를 굴리다 도망자 신세가 되었다. 그의 머릿속에는 온갖 정보가 넘친다. 그 정보를 적극 활용하는 것이 그의 생존법이다. 그가 제시한 첫번째 제안이 평양에서 한양으로 보내는 진상봉물을 터는 것. 이 사건으로 청석골 밴드는 전국적인 지명도를 확보하게 된다. 아울러 이 사건이 빌미가 되어 꺽정이네 식구가 모조리 옥에 갇히고 그 와중에 아비인 돌이와 배다른 동생 팔삭동이가 죽어 버린다. 마침내 꺽정이의 분노가 폭발한다. 결국 파옥에 살인, 방화를 저지른 뒤 천왕동이와 함께 청석골로 향한다. 마지막으로 모범적인 정규직 봉학이는 꺽정이패의 도주를 도와준 일이 발각나는 바람에 한양으로 압송되던 중 청석골에 합류한다.

보다시피 천왕동이와 꺽정이, 봉학이. 이 세 명의 후발주자들은 앞의 경우와 좀 다르다. 천왕동이는 든든한 처가가 있고, 봉학이는 나름 괜찮은 녹봉을 받고 있으며 꺽정이도 그럭저럭 살 만했다. 하지만, 일단 '봉물사건'이 터지자, 천왕동이는 일 초도 지체하지 않고 공권력과 맞짱을 뜬다. 꺽정이는 잠깐 실존적 고민을 하지만(꺽정이가 뭔가에 대하여 심각하게 고민하는 건 이때가 유일하다^^) 결국 돌아올 수 없는 길 ―화적 괴수가 되는―로 가 버리고 만다. 봉학이의 경로도 비슷하다. 녹봉과 관직보다는 친구들과의 우정을 선택했다. 우정이야말로 존재의 축이기 때문이다. 요컨대, 이 후발주자들이 저지른 행위에는 상당히 적극적인 면이 있다. 즉, 적당히 수를 쓰면 대충 체제 안에서도 살 길을 찾을 수도 있었건만 자신들이 오히려 그런 길을 막아 버렸다고나 할까. 한편으론 이 사건을 빌미로 그동안 억눌러 왔던 분노를 폭발시킨 감도 없지 않다. 이를테면, 이들은 추방당한 존재들이면서 또한 탈주하는 자들이기도 했다.──추방과 탈주! 하긴 추방과 탈주는 늘 함께 간다. 일방적인 추방도, 일방적인 탈주도 없다. 아니, 불가능하다. 탈주의 욕망이 추방을 부르고, 추방당하는 순간 탈주의 욕망이 꿈틀거린다. 그렇지 않다면, 설령 추방당했다 하더라도 주류의 변경을 맴도는 하위주체가 될 뿐이다. 마찬가지로 주류적 가치와 무관한 영역에서 일어나는, 다시 말해 주류적 경계에 아무런 영향도 미치지 못하는 탈주란 탈주라기보다 은둔이나 잠적에 가깝다.

이렇게 하여 청석골은 살인범, 절도범, 정신병자, 유랑민, 도망자 등 이른바 체제 바깥을 떠도는 이주민들의 난민촌이 되었다. 그럼, 이 난민촌의 경제구조는 어떠했던가? 기본적인 벌이는 당연히 약탈이다. 촌 장꾼들 짐 털기, 통행인들한테 십일조 뜯기, 진상봉물 가로채기 등등 약탈의 방식은 실로 다채롭다. 우선 의식주를 해결하는 일상적 방식을 살펴보자. 꺽정이네가 결합하면서 청석골은 규모가 폭발적으로 늘어난다. 두령들뿐 아니라 졸개들도 가족 단위로 이주를 해 왔기 때문이다. 그러다 보니 가장 시급한 일이 집 짓기였다. 먹거리와

의복이야 털어 오면 그만이지만 집을 털어 올 수야 없는 노릇이니까. 처음 청석골 곳곳에 초가를 세울 적엔 목수나 공장工匠들을 납치해서 부려먹었다. 한데, 식구가 늘어나자 졸개들 가운데 각 방면의 기술자들이 다 있어서 자체 조달이 충분하게 되었다. 그러고 보면 이들은 청석골로 들어온 다음에도 화적질보다는 마을에서 하던 일을 계속한 셈이다(팔자가 좋았다고 해야 하나? 아니면 청석골에서도 팔자를 못 고쳤다고 해야 하나? 쩝!). 거기다 봉학이의 처 계향이가 산후더침으로 몸져눕게 되자 허생원이라는 의원을 초빙해 온다. 약 몇 첩에 병의 대세를 돌려놓자 꺽정이가 허생원을 청석골에 눌러앉혀 버렸다. 이로써 마을 주치의까지 갖추게 되었다.

청석골 안에 집이 째이는 판이라 허생원을 반이搬移 세간을 운반하여 집을 옮김시키는데 집이 마땅한 것이 없어서 우선 졸개의 초막 하나를 치워 주었다. 허생원의 약국집은 고사하고 두령들의 살림집이 부족하여 집을 몇 채 더 짓기로 작정되어서 곧 역사를 시작하여 도회청 뒤 빈터에 새집 다섯 채를 이룩하였다. 새집 역사가 손 떨어진 뒤에 여러 두령들이 공론하고 집들을 나눠 드는데, 오가는 식구가 단출하여 큰집이 쓸데없다고 있던 집을 식구 많은 임꺽정이에게 내주고 새집 중에 제일 번듯한 채로 내려앉고, 박유복이는 오가의 새집과 격장한 집에 와서 딴살림을 시작하고, 이봉학이와 허생원과 서림이도 각각 새집을 한 채씩 들었다. 서림이는 그동안 양지

처가에 사람을 보내서 처자를 데려왔던 것이다. 황천왕동이는 꺽정이 집 근처에 있는 묵은 집 한 채에 들고 배돌석이과 길막봉이는 전과 같이 도회청 좌우 옆채에 있고, 곽오주 역시 전이나 다름없이 등 너머 외딴집에 따로 있었다. (6권 205쪽)

이렇게 해서 마을 하나가 뚝딱! 만들어졌다. 나중엔 관상쟁이도 납치해서 붙들어 둔다. 잔치 때 풍류가 필요하면 인근 마을에서 기생들까지 초빙(?)해 온다. 이 정도면 일상적으로 부족할 게 거의 없다. 개별적으로 흩어지면 유랑민들에 불과하지만, 이렇게 네트워크를 이루게 되면 예기치 못한 힘과 기량을 발휘하게 된다. 여기서 주목해야 할 경제적 원리는 '능력들 간의 순환'이다. 능력들은 서로 연결되고 움직일 때 가장 빛을 발한다. 하여, 그 순간, 이주민들의 난민촌은 인디언식 부락공동체로 재탄생된다.

청석골의 계급구조를 보면 졸개들 위에 두목이 있고 두목 위에 두령이, 두령들 위에 대장이 있다. 알다시피 '청석골 칠두령'은 꺽정이, 유복이, 봉학이, 막봉이, 천왕동이, 곽오주, 배돌석이(원래는 서림이도 끼어 보려 했으나, 오주의 강력한 견제로 빠지게 되었다). 여기에다 청석골 원조 오두령과 전략 담당 종사관 서림이까지가 상부를 구성한다. 이중에서 대장은 물론 꺽정이다. 대장은 모든 사안에 대한 결정권 및 생사여탈권을 한손에 쥐고 있다. 그렇기는 하지만, 그의 권력은 전적으로 추대에 의한 것이다. 추대의 근거는 말할 것도 없이 꺽정이의 카리스마와 전투력이다. 이 점 역시 인디언들과 흡사하다. 인디언들의 추장 역시 부락민들의 추대에 의해 결정되는데, 그 요건은 사냥 능력과 통치의 기술.

보다시피 계급적 위계가 뚜렷하긴 했지만, 그렇다고 그것이 경제적 불평등을 야기한 것 같지는 않다. 대장 이하 두령과 두목, 졸개들 사이에 월봉(월급)의 차이가 있긴 하지만 그것 때문에 계급적 위화감이 조성되었다거나 하는 장면은 거의 없다. 인디언 공동체가 그러하듯, 청석골 역시 축적과 소유의 공리가 희박했기 때문일 터이다. 여차하면 '떠야' 하는데 더 크고 화려한 집을 가져야 할 이유도 없

고, 또 여차하면 잔치가 열려 며칠씩 '때려먹는 게' 일이다 보니 먹거리를 특별히 저장해 둘 이유도 없다. 이렇듯, 순환이 지배하는 곳에선 축적이 무의미해진다. 아울러 칠두령의 권위는 철저히 현장 속에서 구성된 것이라는 점에 주목할 필요가 있다. 예컨대, 관군과의 접전이나 봉물약탈 같은 위험한 일은 거의 대부분 칠두령이 도맡아 한다. 졸개들은 전투력이 제로에 가깝다 보니 주로 살림살이나 정보수집 같은 보조적인 임무를 맡을 수밖에 없다. 요새를 옮기는 일, 요새를 새로 구축하는 일, 원거리 보급투쟁 같은 힘들고 어려운 일일수록 칠두령이 제일 앞장서서 해치운다. 싸울 땐 맨 앞에 서고, 도주할 땐 맨 뒤에 남는다! 이 점에서도 인디언식 리더십을 그대로 연상시킨다. 청석골이 특별한 비전을 표방하진 않았지만, 당시 민중들에게 폭넓은 지지를 얻을 수 있었던 건 바로 이런 배치 때문이 아니었을까. 국가권력은 정반대다. 힘든 일은 아랫사람에게 시키고, 여차하면 윗사람이 가장 먼저 튄다. 지금도 일상적으로 벌어지는 일이다.

동시에 이들은 복잡한 절차나 예의범절 따위에 구속되지 않았다. 국가체제 안에 있을 때, 다시 말해 정착민으로 살아갈 때 지켜야 할 여러 가지 의례와 습속을 간단히 벗어던졌다. 그리고 자기들만의 새로운 형식을 만들어 냈다(다음 절을 참조하시라). 그들의 삶이 야생적인 역동성으로 빛날 수 있었던 이유도 여기에 있다. 이를테면, 추방된 자들의 자유를 최대한 누린 셈이다.

이 점은 우리 시대의 백수들에게도 여러 모로 시사적이다. 백수가 정규직의 하위주체가 아니라 새로운 대안이 되려면 주류적 가치로부터 벗어날 수 있어야 한다. 다시 말해 낡은 습속에서 벗어나 삶의 새로운 형식을 창안할 수 있어야 한다. 인류학자 데이비드 그레이버David Graeber의 표현을 빌리면, '억압'받되 '소외'되지 않아야 한다. 억압은 외부로부터 오지만 소외는 내부에서 형성된다. 외부적 억압이 내적 소외를 양산하면 존재는 침몰한다. 가치의 생성이 불가능해지는 탓이다. 그런 점에서도 추방과 탈주는 동시적이다!

'도중회의' — 축제와 유머

☆
☆ ☆
☆

꺽정이가 청석골 대장으로 추대되었다. 꺽정이가 대장이 되면서 청석골은 나름 체계적인 권력구조를 갖추게 되었다. 높은 교의交椅 의자가 대장 임꺽정이의 자리고, 왼쪽에는 늙은 두령 오가, 오른쪽에는 종사관 서림이가 자리하고, 동편 자리에 이봉학이, 박유복이, 곽오주 세 두령이 앉고, 서편 자리에 배돌석이, 황천왕동이, 길막봉이 등이 앉게 되었다. 꺽정이를 비롯한 칠두령에 원조도둑 오가와 모사꾼 서림이, 이렇게 아홉 명이 청석골을 이끌어가는 '리더스 그룹'이다. 이름하여 '도중회의'.

그럼 '도중회의'의 의사 결정 방식은? 아주 간단하다. 대장이 두령이나 종사관과 하고 싶으면 하고 아니면 말고. 요컨대, 전권을 대장에게 일임한 것이다. 이렇게 파쇼적인 체제가! 라고 생각할지 모르지만, 그건 좀 순진한 발상이다. 이런 식의 묵계는 어디까지나 꺽정이에 대한 신망이 그만큼 대단했음을 의미하는 것이지 실제로 권력이 그렇게 작동한다는 의미는 결코 아니다. 사실 그건 무엇보다 꺽정이 당사자에게 못할 짓이다. 그렇게 모든 것을 혼자 결정해야 한다면 꺽정이는 울면서 청석골을 뛰쳐나갔을지도 모른다. 억압적인 체제는 지배자에게도 엄청난 구속을 야기한다. 그 스트레스를 흠빡 짊어질 바에야 차라리 솔로로 뛰는 게 훨씬 뱃속 편하지 않겠는가. 하여 그 속내를 좀 살펴볼 필요가 있다.

당연히 청석골의 모든 문제는 '도중회의'에서 논의된다. 먹을거리나 집짓기 등은 소임만 결정하면 되니 길게 논의하고 자시고가 없다. 유복이가 전체 회계를, 돌석이가 파수꾼 총찰을, 천왕동이가 연락통을, 오두령이 대장 부재시 대리를, 이런 식으로 각장의 소질과 스타일에 따라 분야를 나누었다. 제일 중요한 건 역시 전략전술이다. 한데 논의를 모아 봤자 아이디어의 대부분은 서림이한테서 나온다. 다른 두령들의 경우엔 '무조건 맞서 싸운다!' 이상의 생각이 거의 없는 형편이다. 그래서 서림이의 안을 놓고 두령들이 옥신각신하면 최종적으로 그걸 추인해 주는 이가 대장 꺽정이다. 그러고 나면 두령들이 실행에 옮긴다. 결국 각자의 능력대로 의사결정에 참여하는 것이다. 거기다 이들에겐 체계적인 강령이나 원칙 따위가 없다. 문자를 워낙 싫어하다 보니 그런 식의 제도와는 '원수지간'이 되어 버렸다. 결국 모든 것은 현장에서 '그때그때' 결정될 수밖에 없다. 그래서 꺽정이를 더할 나위 없이 존경하고 떠받들지만, 또 꺽정이 말 한마디면 목숨이 오락가락하기도 하지만, 꺽정이가 힘주어 발표한 군령일지라도 수틀리면 가차없이 개긴다. 예컨대 막봉이를 구하기 위해 살인방화에 파옥까지 한 엄청난 사건이 있었다. 그럼 막봉이는 왜 옥에 갇혔던가? 자기를 괴롭혔던 장모님이 돌아가셨다는 (희)소식을 듣고는 옛

아내 귀련이를 데려올 작정으로 마을로 내려간 탓이다. 분명 도중회의에서 좀더 기다리라고 했건만 막봉이가 제멋대로 무단외출을 해버린 것이다. 그런데도 막봉이를 죄 주기는커녕 다들 목숨을 걸고 구출해 낸다. 따라서 이들에게서 일사분란한 통일이나 충성, 단일한 행동방식 따위를 기대하기란 참으로 난감하다. 청석골 전체의 운명이 좌지우지되는 큰 사건들도 아주 사소한 일들이 꼬이고 꼬여 일어난다. 한마디로, 변수투성이 조직인 것. 그렇지만 일단 작전에 들어가면 놀라운 전투력과 조직력을 발휘한다. 형식적 체계는 느슨하기 이를 데 없지만, 활동의 강밀도는 아주 센 조직이라고 보면 된다.

그게 가능한 건 이들이 다 한가닥하는 달인들이기 때문이다. 즉, 이들은 명령의 전달자들이 아니라 실행자들이다. 전투가 시작되면 졸개들이 아니라, 가장 먼저 두령들이 움직인다. 싸울 땐 대열의 선두에 나서고, 도주할 땐 가장 뒤에 남는, 세련된 철학적 개념으로 말하면, 이른바 '전쟁기계'들인 것. 따라서 졸개들은 이들이 통치하는 하층계급이라기보다 이들이 돌보고 보호해야 하는 부락민들에 더 가깝다. 청석골을 비우고 자모산성으로 대이동했을 때다. 숫자가 너무 많아 일부만 먼저 떠나고 팔십여 명은 오가한테 맡기고 갔다. 그러자 꺽정이가 떠나기 전에는 술렁술렁하던 청석골이, 꺽정이가 떠나고 나서는 난장판이 되었다. 대장과 두령들을 태산같이 믿음으로써 겨우 안심하고 있었던 마음이 이제 흔들리고, 들뜨고, 뒤집히지 않을 수 없기 때문이었다.

결국 몇 놈은 대장을 좇아 파수꾼을 제치고 떠나 버린다. 그만큼 자신의 생존을 대장과 두령들한테 의탁하고 있는 것이다. 청석골은 무법천지다. '아싸리 난장판'이란 뜻이 아니라, 법 조항이 거의 없다는 뜻이다. 하지만 법 대신 생존권이 지배한다. 꺽정이와 도중회의는 이 생존권을 책임지고 있는 수뇌부라 할 수 있다. 그러므로 청석골은 국가권력이 아니라 추장체제에 가까운 셈이다.

인디언 추장은 사냥과 전투의 달인이다. 사냥을 잘해야 사람들을 먹일 수 있고, 전투에 능해야 외부의 침략에서 보호해 줄 수 있기 때문이다. 따라서 추장은 선거나 세습이 아닌, 오직 추대에 의해서만 선출될 수 있다. 그럼 추장이 누릴 수 있는 특권은? 사냥이나 전리품을 부족민들한테 베풀 수 있는 권리, 전투에 나서서 용맹을 과시할 수 있는 권리, 부락민들의 존경심과 명예! 그게 전부다. 말도 안 된다고? 그렇게 생각한다면 그건 정치적 상상력이 심각하게 고갈된 탓이다. 권력, 하면 곧바로 타인에 대한 지배권 그리고 소유와 축적 등을 떠올리는 것이 정치에 관한 우리 시대의 표상이다. 하지만 이게 과연 자연스러운 이치인가? 만약 그렇다면 전제군주와 민주주의 사이에 대체 무슨 차이가 있단 말인가? 법 조항만 번드르르해지고, 절차만 더 복잡해졌을 뿐이지 않은가. 청석골이 추장체제에 더 가깝다는 건 이런 맥락에서다.

축제의 일상화도 같은 맥락에서 이해할 수 있다. 청석골에선 특별한 기념일은 없지만, 그리고 제사나 의례적인 것들은 대충 넘어가지만, 건수만 있으면 잔치를 벌인다. 이것도 주류적 체제와는 상반되는 지점이다. 국가체제는 역사적 기념일만을 챙긴다. 하지만 기념일은 결코 축제가 될 수 없다. 3·1절, 광복절, 제헌절, 개천절 등이 어떻게 작동하는지 환기해 보라. 정치인들에겐 무미건조한 행사가 있는 날이고, 대중들에겐 직장을 쉴 수 있는 '빨간' 날일 뿐이다. 추석이나 설날 같은 명절 역시 축제의 활기 같은 건 사라진 지 오래다.

하지만 청석골에선 일상의 리듬이 어떤 변화의 흐름을 탈 때, 그때마다 잔치가 열린다. 일종의 '비트' 혹은 '엇박'이라고나 할까. 이를테면 꺽정이가 대장 되던 날, 꺽정이가 오입질하다 귀환했을 때, 평산쌈에서 오백 명의 관군과 싸워 이기고 돌아왔을 때, 배두령과 억석이 딸이 혼례를 올릴 때……. 청석골에선 잔치가 끊이질 않는다. 한번 했다 하면 사흘 밤낮을 먹고 마신다. 하긴 칠두령이 청석골에 모이게 된 핵심 포인트도 따지고 보면 잔치였다. 원조 오가가 인심이 후할뿐더러 다른 두령들도 먹고 떠드는 걸 워낙 좋아하다 보니 인연이 칡덩쿨처럼 얽힌 것이다. 예나 지금이나 밥과 술과 이야기가 있는 곳엔 사람이 꼬이게 마련이다. 이런 유수한 전통(?)은 청석골이 큰 부락이 된 뒤에도 계속 이어져, 여차하면 대규모 '잔치 한마당'이 열리곤 했다. 이때는 졸개들도 마음껏 먹을 뿐 아니라, 인근 마을의 주민들까지 초청해서 같이 논다. 광복산에서 청석골로 돌아와 폐허 위에다 다시 부락을 건설한 후, 낙성연을 할 제는 인근 마을의 이방과 유지들이 적지 않은 부조를 하기도 했다. 이때 부조란 당연히 화폐가 아니라

쌀이나 무명이다(오가는 현물 속에 싹트는 인정!^^). 한편 피리의 명인 단천령을 납치했을 적엔 먼 데서 기생까지 불러와선 '달밤의 콘서트'를 연 적도 있다. 송악산 굿놀이를 보겠다고 떼로 몰려간 적도 있고.

이렇게 축제가 일상화되면 부의 축적이 불가능할 뿐 아니라, 상하가 자연스럽게 섞이게 된다. 아울러 부락체제가 고정된 시스템 안에 갇히지 않는다. 안팎이 계속 넘나들게 되는 까닭이다. 도중회의가 유머로 넘칠 수 있는 것도 그 때문이다. 도중회의는 어떤 절박한 주제를 다루는 경우에도 엄숙하다기보다 웃긴다. 칠두령의 개성이 펄펄 살아 움직이기 때문이다. 꺽정이의 호령, 오가의 수다, 서림이의 청산유수, 곽오주의 엇박 등등. 이중에서 특히 오주의 개성이 두드러진다. 가장 무식하고 가장 천진한데 또 가장 말을 못한다. 맥락에 닿지 않는 건 물론이고, 툭하면 삐치고, 뻑하면 떼를 쓴다. 서림이와 천적관계라 무조건 엇나가다 보니 그렇게 되었다. 물론 가끔 애교도 떤다.

한 가지만 예를 들면, 광복산에 있다가 다시 청석골로 돌아가기로 결정했을 때다. 꺽정이가 오기 전, 오주는 죽어도 청석골로 가지 않겠다고 뻗댔다. 이유는? 서림이가 청석골로 가자고 했기 때문. '서림이가 하는 건 무조건 반대한다'가 오주의 강령이자 삶의 원칙이다. 그러다 꺽정이가 와서 청석골로 가기로 결정하고 엄포를 놓는다. 청석골 귀환을 두고 왈가왈부하는 자들에겐 '군법'을 쓰겠다는 것! 이때 오주의 반응은? "애개개!" '애개개'는 오주의 트레이드 마크다. 힘이 '달릴' 때나 좀 상황이 불리할 성싶으면 오주의 입에선 어김없이 '애개개'가 튀어나온다. 그 낯짝에 그 덩치에 '애개개'라니. 생각만 해도 배꼽이 빠질 지경이다. 하지만 상대를 쓰러뜨리기엔 딱이다. 처음 유복이도 오주의 이 한마디에 홀딱 넘어가고 말았다. 지금 이 상황에서도 그렇다. 사실 오주도 청석골로 가고 싶었지만, 서림이와 같은 의견을 내기가 싫어서 반대했을 뿐이다. 그래서 이런 식으로 눙치고 넘어가려는 수작인 게다. 애개개!^^

한편 서림이가 배신을 때리자 오주는 오히려 기고만장한다. 자기는 처음부터 알아봤다는 거다. 안 그래도 열받아 있는 꺽정이한테 "불여우한테 당한 게 분하지요?" 하면서 화를 있는 대로 돋운다.

권위나 위계는 엄숙함과 비장함을 수반한다. 화려한 예법이나 스펙터클이 필요한 것도 그 때문이다. 그에 반해, 웃음과 유머가 살아 있는 한, 조직은 그런 식의 형식적 권위에 갇히지 않는다. 느닷없이 옆으로 새거나 예측불가능한 사건들이 계속 생성되기 때문이다. '도중회의'에서 오가(오두령)가 특히 그런 역할을 담당한다. 그의 넉살과 수다, 눙치는 솜씨는 이제 충분히 짐작하고도 남을 것이다. 그의 화술은 거기에서 더 나아가 이런저런 갈등을 매끄럽게 조정해 줄뿐더러 더 나아가 꺽정이가 힘을 '뺄' 수 있도록, 또 그의 카리스마가 부드럽게 작동할 수 있도록 분위기를 잡아준다. 청석골에 칠두령이 모여들게 된 기반, 그리고 청석골 주변에 광범한 네트워크가 형성될 수 있었던 저력 또한 전적으로 오가의 역량이다. 진정 오가야말로 소설

『임꺽정』의 '빛나는 조연'이다. 그러고 보면 '도중회의'가 국가권력이 아닌 추장식 회의체가 될 수 있었던 건 상당 부분 그의 유머와 말발에 기인한다.

그렇다면 이렇게 말할 수 있으려나. 어떤 체제가 파쇼적이 되지 않으려면 강령이나 조직표가 아니라, 무엇보다 축제와 유머, 그리고 서사가 필요하다고. 물론 그러기 위해선 일단 정치에 관한 원초적 상상력부터 전복해야 할 테지만.

전략 1 — 잠행과 변신

✿
✿ ✿
✿

청석골이 신출귀몰의 전략을 구사할 수 있었던 이유도 거기에 있다. 도중회의가 워낙 유쾌발랄하다 보니 각종 기상천외한 아이디어가 쏟아지게 된 것이다. 불법조직이다 보니 작전의 관건은 언제나 관군의 포위망을 따돌리는 것. 하여 모든 작전엔 잠행과 변신이 수반된다. 아닌 게 아니라, 이들은 잠행과 변신의 귀재들이다. 양반행차, 관인행차에 가짜 상제 노릇을 하는 건 일도 아니고, 검문검색은 장패나 공문, 서간 등을 위조하여 간단히 통과한다. 심지어 가짜 도사로 분장하여 몇 개 고을을 휩쓸고 다니면서 원님들을 놀려 먹기도 한다. 더 중요한 건 도처에 이들의 짝패가 존재한다는 것.

초창기에 곽오주가 막봉이한테 흠씬 맞고 송도부사에게 잡혀갈 때의 일이다. 오가는 동네 사람들에게 꺽정이가 올 때까지 시간을 끌어 달라고 부탁한다. 동네 사람들이 도둑들을 도와주다니, 이건 또 무슨 일인가! 오가가 혼자 도둑질을 할 때만 해도 그는 식전에 나와서 저녁때 들어가기 위해 점심을 싸가지고 다녀야 했다. 도적에게도 기다림과 도시락과 점심시간이 있다는 사실! 하지만 유복이가 오고 곽오주가 와서 밴드가 된 이후엔 그럴 필요가 없었다. 배가 고프면 동네에 들어가서 술이나 밥을 달래서 먹는다. 동네 주민들이랑 안면을 튼 덕분이다. 동네 사람들은 여러모로 꺽정이패의 덕을 보는 까닭에 도적이 오는 것을 '조금도' 싫어하지 않을 뿐 아니라 대개 관원들 앞에서는 양민으로, 도적들 앞에서는 그들의 졸개 노릇을 하는 "두길보기"를 하는 사람들이었다. 두길보기? 양다리를 걸친다는 뜻이렷다. 그렇기에 동네 사람들은 오가를 도와 막봉이 일행을 마을에서 하룻밤 묵어가게 한다.

그러고는 합동으로 지연 작전을 쓰는데, 아주 가관이다. 애고 어른이고, 여편네고 사내고 할 것 없이 온 동네 사람들이 장사 막봉이 일행과 도적 오주를 구경하려고 마당에 가득히 둘러서는 도둑을 잡은 장사 얼굴을 보이라고 떠들어 댔다. 막봉이와 막봉이의 형, 그리고 매부 손가가 차례로 방문 앞에 나가서 얼굴을 비추고 방으로 들어왔다. 마치 유명한 연예인이 팬미팅하는 장면을 방불케한다. 이런 식으로 분위기를 띄운 다음 만신창이가 된 오주한테 가선 안심하라는 뜻으로 눈을 끔적거렸다. 아주 떼거리로 연극을 하고 있는 것이다. 이 연극의 제목을 정한다면, '쇠도리깨 도적 곽오주 일병 구하기'쯤이 되려나(연출자는 청석골 원조 오가다^^). 아무튼 이 단체 연극에 힘입어 오주는 구출되고, 막봉이와 손가는 모두 청석골 식구가 되어 버린다. 흥행 실적은? 완전 대박이다!

"모이면 도적이요, 흩어지면 민民"이라 했듯이 민초와 도적은 한 끝 차이다. 생계와 생존이 위태로우면 누구든, 언제든 도적이 될 수 있고, 적당히 살 궁리가 생기면 다시 민초로 돌아온다. 청석골이 광범한 영역에서 짝패들을 거느릴 수 있었던 이유가 여기에 있다. 서로의 처지를 너무 잘 알고 있었다고나 할까. 이렇게 사방팔방으로 연계되어 있으면 전략전술은 무궁무진해진다. 그것이 가장 멋들어지게 드러난 게 평양봉물을 털 때다.

늙은 오가는 작은 두목 네댓 명을 데리고 평산 가서 평양 일행을 장맞이하여 가지고 같이 오며 동정을 살피기로 되었는데 오조천에서 앞서오는 장교들과 동행한 행인들은 곧 늙은 오가의 일행이요, 김양달이 상주받이를 오래 구경하지 않을 줄 짐작하고 아주 멀찍이 끌어내리려고 예방비장을 미끼로 붙들어 갔는데 예방비장을

어린아이같이 다루던 사내는 길막봉이요, 봉물짐을 빼앗아 갈 때
바깥방 문을 지키던 두령은 곽오주요, 짐짝 들어내는 것을 지휘하
던 두령은 배돌석이요, 안팎으로 드나들며 총찰하던 두령은 박유
복이니, 모두 평소에 쓰는 병장기는 가지지 아니하였고, 또 숙소한
술집 주인은 청석골의 이목 노릇하는 사람이요, 술집 뒷집은 청석
골서 술집 주인에게 사준 집이요, 어물전 젊은 주인은 청석골과 기
맥을 통하는 사람이라, 술집 주인이 청석골 지휘를 받고 어물전 젊
은 주인에게 말하여 집안 우환을 핑계삼고 불시에 성주를 받게 하
였었다. (6권 89~90쪽)

완벽한 무대 세트에 치밀한 시나리오, 탁월한 연기력! 어찌나 앞
뒤가 척척 맞았던지 관아에선 운달산패거리로 완전 속아넘어간다.
덕분에 이십 년 전통과 역사를 지닌 운달산패가 하루아침에 풍비박
산이 나고 말았지만.

이런 식의 치고 빠지기, 거짓정보 흘리기, 목표지점과 멀리 떨어
진 곳에서 살인방화를 저질러 관군을 이동시키기 등이 청석골의 기
본전략이다. 심지어 붙들어 두었던 관상쟁이를 일부러 탈출시켜 관
군한테 거짓 정보를 흘리기도 한다. 이쯤 되면 고단수다. 다른 때는
머리를 안 쓰지만, 전투가 시작되면 그야말로 기막히게 머리를 굴린
다.^^ 거짓 대사들도 어찌나 그럴듯하게 치는지. 화적질보다 연극 연
출이 더 뛰어난 것처럼 보일 정도다. 그럴 때 보면, 다들 원초적으로

'연기 본능'을 타고난 듯하다. 호모 드라마쿠스!

심지어 서울에선 최고의 세도가인 윤원형을 속여 먹기도 한다. 꺽정이가 각시를 얻으려고 하다가 윤원형의 집 사람 열둘을 한꺼번에 죽인 일이 있었다. 사건이 미궁에 빠지자 윤원형의 집에서 부정풀이굿을 시키려고 날짜를 받아놓았다. 그러자 한온이가 윤원형의 집 단골무녀를 불러다가, 굿을 할 때 망자의 말로 모든 것이 자기 죄요, 과부 모녀의 탓이 아니라고 공수^{무당이 죽은 사람의 넋이 하는 말이라고 전하는 말}를 주게 하였다. 귀신까지 '들었다 났다' 한다.

전략 2 — 엑스피드

✿
✿ ✿
✿

발 없는 말이 천리를 간다는 말이 있다. 낮말은 새가 듣고 밤말은 쥐가 듣는다 는 말도 있다. 『임꺽정』을 읽으면 이 속담들이 절대 은유도, 과장도 아닌, 있는 그대로의 진실이라는 걸 확인할 수 있다. 말들이 퍼져나가는 속도가 거의 빛의 속도에 가깝다(이건 좀 뻥인가?). 인터넷도 없는데 그게 어떻게 가능하냐구? 그러니 신기한 노릇이다.

청석골이 화려한 전략을 구사할 수 있었던 건 첩보전에 능했기 때문이다. 첩보전의 핵심은 속도다. 적이 움직이는 동선을 파악한 다음, 그보다 딱 한발 앞서서 움직일 수 있어야 한다. 그리하여 적의 맥락을 끊어 버리는 것, 그게 바로 속도다. 그러기 위해선 먼저 정보를 채집하는 끄나풀 혹은 포스트가 도처에 박혀 있어야 한다. 청석골은 이 점에서도 타의 추종을 불허한다. 마을에선 아문의 이방들과 기생들, 그리고 주막주인, 혹은 하인들이, 중앙정계에선 대갓집 종들과 포교들, 이들이 모두 첩보원이다. 예컨대 이춘동이의 처남이란 사람은 재령에서 통인通引 조선시대에 수령의 잔심부름을 하던 구실아치 노릇을 하다가 퇴직한 관리의 데릴사위가 되었는데, 자기 경력에 장인의 연줄까지 있어 재령 안에서의 일은 무엇이든지 알아낼 수 있었다고 한다. 그러니

순경사들이 주고받은 말도 얼마 후면 고스란히 청석골로 날아든다. 궁중 안의 소식도 마찬가지. 송도유수와 황해감사가 주상의 밀명을 맡아 군사를 움직인다는 소식도 득달같이 청석골로 들어왔다. 밀담을 해봤자 아무 소용없다. 얼굴표정에 몸짓, 밀담이라는 그 말까지 거의 생방송 수준으로 전달된다.

서림이가 배신을 하고 관군의 끄나풀 노릇을 하고 있을 때다. 좌변포도대장 김순고의 보호를 받으며 꺽정이패를 잡을 아이디어를 내놓는다. 그런데 그 내용이 벌써 남소문 안 한온이의 귀에까지 들어간다. 한온이는 포도대장집의 하인 큰쇠를 불러다 놓고 사실 확인 작업에 들어간다. 그러자 깜짝 놀라는 큰쇠. 자기네 주인댁에서도 대령포교 둘과 세간 청지기, 그리고 자신까지 해서 단 네 명만이 아는 사실을 한온이가 어찌 알았느냐는 것이다.

실상은 이렇다. 큰쇠와 함께 서림이가 포도대장에게 계책을 바치는 것을 들었던 세간 청지기가 친구 손동지네 소실의 집에서 약주를 먹으며 그 이야기를 했다. 그런데 그 집의 곁방살이하는 이가 청석골과 연동된 인물이다. 손동지가 바로 그에게 전하고, 그는 듣자마자 바로 청석골로 편지! 이렇게 된 것이다. 일종의 인간 네트워크(人터넷?^^)가 그물망처럼 엮여 있었던 것. 이들은 청석골 중앙조직에서 파견한 첩보원들이 아니다. 그저 청석골 식구들과 직·간접으로 연계된 인맥들이며, 라인이 분명하지도 않다. 그냥 이렇게 저렇게 얽혀 있는 방계인맥이다. 그런 까닭에 관아에서도 색출할 도리가 없다. 더덕

줄기처럼 사방으로 뻗어 있어서 청석골에서조차 확인할 도리가 없는데, 관아에서야 말할 나위가 없다.

그럼, 이렇게 입수된 정보들은 어떻게 청석골로 날아가는가? 전령사는 물론 황천왕동이. 서울 남소문 안 한첨지(한온이) 집과의 연통은 천왕동이를 통해 이루어진다. 천왕동이에게는 서울 삼백여 리 길이, 가는 데 하루 오는 데 하루면 끝! 그러니 광복산으로도 조정의 소식이 실시간으로 전해지는 것. 천왕동이의 발은 그야말로 엑스피드, 요즘 용어로 치면 'LTE'급이다. 신속하고, 광범하다. 평산싸움에선 천왕동이가 관군의 이동 과정을 거의 생방송 수준으로 중계해 준다. 예나 이제나 정보는 자산이자 무기다. 청석골이 아무리 전투력이 뛰어나다 해도 은밀히 떠다니는 이 고급 정보들과 접속하지 못했다면, 그저 좀도둑으로 끝나고 말았을 것이다. 그들이 반역의 무리가 될 수 있었던 토대, 그것은 다름 아닌 천왕동이의 발(!)이었다.

움직이는 요새 — 동번서번!

✿
✿
✿

요컨대, 청석골은 산중 깊숙한 곳에 있지만 결코 닫혀 있지 않다. 인근 마을은 물론 서울 한복판까지 연결되어 있다. 그러다 보니 어디까지가 청석골이고 어디서부터가 청석골 바깥인지 경계도 불분명하다. 어떤 것과도 접속할 수 있고, 어디로도 튈 수 있는 조직. 권위도, 위계도 없지만 활동성과 응집력 하나는 끝내주는 달인들의 코뮤니티. 중앙권력을 탈취하기 위해 한바탕 소용돌이를 일으켰다가 장렬하게 와해되는 반란군이 아니라 전투와 일상과 축제가 동시적으로 가능한, 그래서 존재 자체가 불온한 아주 특별한 저항조직. 청석골의 저력이 빛을 발하는 건 바로 이런 대목이다.

서림이가 꺽정이에게 팔도를 가지고 한바탕 겨뤄 보자며 나름 원대한 비전을 제시한다.

"여기가 처녑 속 같은 산중이라 자리가 좋긴 좋지만 우리가 힘을 기르는 동안은 여기 한군데 붙박여 있는 게 좋을 것 없으니 강원도 땅, 평안도 땅 또는 함경도 땅에 이런 자리를 몇군데 만들어 놓구 이 도, 저 도를 넘나들어서 종적을 황홀하게 하는 것이 좋구요, 우리의 힘이 엔간히 자란 뒤에는 황해도에 와서 어느 산성 하나를 뺏어서 웅거하는데, 그것두 거사하기 전까지는 해주 감영에서 가깝지 않은 산성이 좋을 것입니다." (7권 23쪽)

한마디로 요새를 몇 군데 만들어 두자는 것. 여차하면 치고 빠질 수 있게. 소수의 병력으로 관군과 대적하기 위해선 이런 식의 게릴라전이 상책이다. 한군데 붙박여 농성을 하게 되면 그건 백전백패다. 도의 경계를 넘나들면서, 종적을 황홀하게 해야 한다. 황홀하게? 동에 번쩍, 서에 번쩍 하자는 뜻이다.

하지만 졸개들까지 이끌고 이 도, 저 도를 옮겨 다니는 것이 쉬운 일은 당연히 아니다. 이에 대한 서림의 계책은 간단하다. 졸개는 묻어 두면 된다는 것! 기막힌 전략이다. 한꺼번에 이동해 봤자 관군만 자극할 뿐이다. 각처에 묻어 두었다 비상시에 동원하면 된다. 그야말로 '모이면 도적, 흩어지면 민'이라는 말에 딱 들어맞는 형국이다. 이전에는 민이었다가 도적이 되었다면, 이젠 '청석골 소속'으로 마을에 파묻혀 살다가 여차하면 청석골로 달려와 무기를 든다. 그뿐 아니다. 졸개들이 더 필요하다 싶으면 다른 화적패들을 적극 활용하기도 한다. 평소 각 지역의 소소한 패들과 적당한 연을 맺어 둔 탓이다. 청석골의 몸집을 계속 불리는 데는 한계가 있다. 식량 조달 및 조직 관리도 어렵거니와 위험에 더 쉽게 노출되기 때문이다. 그러니 그럴 필요 없이 다른 조직들과 그때그때 '이합집산'을 하면 된다. 오, 멋진 걸! 조직을 이끌어 가는 데 가장 중요한 건 규모가 아니라, 외부와 접속할 수 있는 유연성 혹은 탄력성이다. 상황에 따라 유연하게 대처할 수 있다면 최고의 기동력을 발휘할 수 있다.

이렇게 해서 청석골은 이제 고유명사가 아니라 보통명사가 된다. 때론 관군을 속이기 위해, 때론 관군의 공격을 따돌리기 위해 요새를 이리저리 옮겨 다닌다. 조직 안에 목공들이 다 있기 때문에 언제, 어디서건 마을 하나는 뚝딱 만들어 낸다. 양식은 인근 이방들과 주민들의 협조를 구한다. 물론 두령들이 원정을 나가 보급투쟁(?)을 해오기도 한다. 원칙은 간단하다. 뭐든 현장에서 해결한다! 예컨대 이런 식이다. 광복산에서 다시 청석골로 돌아와 보니 청석골 소굴은 형지形址 _{어떤 형태가 있던 자리의 윤곽}가 없었다. 즐비하던 기와집과 총총하던 초막이 하나도 없고 깨어진 기왓장과 타다 남은 끄트럭과 다 탄

재가 땅바닥에 깔렸을 뿐이다. 즉각 복구사업이 시작되었다. 봉학이가 금교역말 어물전에서 양식과 장건건이며 아쉬운 대로 연장들도 얻어오고, 그 다음에 장단, 토산, 강음 각처에 묻어 두고 간 졸개들을 호출한다. 조직이 부르면 언제든 달려온다! 거기다 신참들까지 가세를 하니 식구가 나날이 늘어 양식이 큰일이었다. 이번에 인근 읍 아전들에게 힘을 빌리고 동네 주민들에게 도움을 구했다. 그래도 넉넉지가 않아 봉학이와 서림이는 청석골에서 일을 보고, 천왕동이는 발로 뛰며 연락을 날리고, 유복이와 배돌석이와 곽오주와 길막봉이는 상황에 따라 두서너 패로 나뉘어 화적질을 해서 먹거리와 재목들을 구했다. 그와 더불어 봉학이가 목수일, 미장이 일을 닫는^{빨리 뛰어가다} 말에 채질하듯 건몰아서 한 달 안에 마을 역사가 얼추 다 끝이 났다. 이전과는 전혀 다른, 아주 새로운 청석골이 탄생한 것이다. 이때 칠두령은 영락없이 인디언 추장이다.

하지만 이건 또 하나의 시작에 불과하다. 대충 먹고사는 게 해결되면, 다시 관군을 도발하는 짓을 하기 때문에 영속적 정착이란 있을 수 없다. 청석골패가 점점 더 기세가 커지자, 결국 중앙에서 대대적으로 토포사(討捕使 도적 등을 체포하기 위한 특수 관직)를 내기로 한다. 서림이가 방책을 냈다.

"우리가 한군데 붙박여 있지 말구 동에 가 번쩍, 서에 가 번쩍 종적을 황홀하게 하는 것입니다. 가령 토포사가 황해도로 나온다 하거든 우리는 강원도에 가 있구, 또 토포사가 강원도루 온다고 하거든 우리는 평안도에 가 있어서 토포사를 한두 달만 헛다리 짚구 돌아다니게 하면 조정 공사 사흘이라니 조정에서 하는 일이 어디 오래 갑니까?"(8권 131~132쪽)

그리하여 소설 마지막 대목에 가면 다시 청석골을 비우고 자모산성으로 이동한다. 소설은 모두가 떠난 청석골에서 오두령이 마누라에 대한 그리움으로 몸부림치는 장면에서 끝나지만, 실제 역사는 자모산성에서 다시 구월산성으로 갔다가 최후를 맞는다. 거점을 이렇게 자유자재로 옮길 수 있다니. 그야말로 유목민의 텐트라 할 만하다. 언제든 요새를 만들 수 있고, 언제건 비우고 떠날 수 있는, 이 존재의 참을 수 없는 가벼움! 꺽정이와 그의 친구들이 동번서번(동에 번쩍! 서에 번쩍!)할 수 있었던 건 바로 이 때문이다. 이렇게 요새가 움직이는 한, 코뮤니티는 경직되지 않는다. 소유와 증식이 아니라 순환과 흐름이, 강령이나 체제가 아니라 일상과 현장이 코뮤니티를 주도하기 때문이다.

소설 『임꺽정』과 노마디즘이 만나면?

☆
☆
☆

보통 무협지나 의적소설의 주인공들은 '동번서번'을 한다. 동번서번이야말로 소수의 무리가 중앙권력과 맞설 수 있는 최고의 전략전술이기 때문이다. 하지만 그것은 대개 호풍환우하는 도술이나 둔갑술, 분신술 등을 통해 이루어진다. 그래서 저항과 반역은 늘 신비주의로 분식되고 만다. 하지만 임꺽정과 칠두령은 도술을 부리지 않는다. 아니, 그 방면에 관해서는 도통 배운 바가 없다. 신출귀몰하는 전투력을 지니긴 했지만, 그건 어디까지나 달인의 경지지 도술의 경지가 아니다. 『임꺽정』의 분위기가 『수호지』나 『서유기』 혹은 『홍길동전』하고도 영 다르게 느껴지는 건 전적으로 그 때문이다. 그렇다. 소설 『임꺽정』은 단연코 '리얼리즘'이다. 눈곱만큼의 판타지에도 기대지 않고 있다는 점에서 그러하다. 물론 여기에는 단서가 필요하다. 작가가 강조했다시피, '순 조선적 정조'로 이루어진 리얼리즘!

그런데도 이들 역시 동번서번을 한다. 덕분에 꺽정이네 칠두령의 명성도 드높아졌다. 그 때문에 꺽정이의 이름을 빌린 도적들이 각처에 출몰하기도 했다. 꺽정이를 팔아서 봉물을 이동시키는 패거리까지 있었다. 아울러 꺽정이에 관한 각종 판타스틱한 루머들이 떠돌기도 했다. 분신술을 한다는 둥 날개가 돋쳤다는 둥. 허나 그건 그야 말로 스캔들^{추문}에 불과하고, 그런 것과 상관없이 수시로 종적을 황홀 하게 한 건 틀림없다. 어떻게? 접속과 변신, 잠행과 유목을 통해서다. 이름하여 '노마디즘적' 전략을 통해. 하긴 청석골 자체가 길 위에서 만들어진 유목민의 텐트 아니던가. 어디서건 요새를 만들 수 있고, 동 시에 언제건 버리고 뛸 수 있다. 왜? 유목민들에겐 세상의 모든 길이 존재의 집이자 실존의 현장이니까. 꺽정이와 그의 친구들에겐 화려 한 이념이나 그럴싸한 명분은 없다. 대신 길 위에서 살아가는 기막힌 노하우들이 도처에, 보석처럼 숨어 있다. 물론 그 비전들은 길을 나설 준비가 되어 있는 존재들 —— 특히 청년백수들 —— 에게만 보일 것이 다. 고로 『임꺽정』의 '리얼리즘적 진수'는 바로 여기, '조선적 정조'가 '노마디즘'과 마주치는 그 지점에 있는 것이 아닐는지.

흥미롭게도 청석골과 꺽정이에게 가장 큰 위기가 닥친 건 바로 이 흐름이 멈추었을 때다. 청석골의 규모가 커지고 잠시 소강 상태에 접어들자 꺽정이는 상당한 양의 봉물을 들고 서울로 잠입한다. 조직 의 비대, 전투의 중지, 재물의 축적 ——이것은 노마디즘과는 상극이 다. 유목적 여정을 멈추게 하는 요소들이기 때문이다. 그때 꺽정이가 무엇을 했던가. 늦바람이 나서 무려 세 명의 처와 기생 소홍이까지 취하는 등 일종의 '오입중독자'가 되어 버렸다. 재물과 성욕이 오버랩 되는 명리학적 이치를 이보다 더 잘 보여 주기도 어렵다. 또 거기에 빠지는 순간 꺽정이는 자기를 추방시킨 주류적 가치의 종속자가 되어 버린다. 즉, 이 시절 그가 하는 짓거리는 부패한 권세가들과 하등 다를 바가 없다. 하늘이 내린 장사에 '검과 말타기의 달인'이라 해도 정착민이 되는 순간 재물과 성욕의 노예가 된다. 우리 시대를 지배하는 것도 바로 이것이다. '먹방'먹는 방송과 성형중독, 성에 대한 지독한 탐닉, 돈에 대한 맹목적 집착 등등. 이런 욕망에 붙들려 있는 한, 한 발자국도 내딛지 못한다. 그러므로 노마디즘은 무엇보다 이런 식의 배치로부터 탈주하는 것을 뜻한다. 그것은 오직 길 위에서만 가능하다.

덧붙이건대, 이런 분석은 정통 리얼리즘의 이론적 틀과는 아무런 연관이 없다. 그러니 말도 안 된다고 생각하시는 분들은 그저 농담으로 들어주시기 바란다. 리얼리즘과 노마디즘, 그리고 『임꺽정』에 관한 농담 한 토막.

부록

『임꺽정』의 사상

지성의 향연

소설 『임꺽정』의 주인공은? 그야 물론 양주 백정 꺽정이다. 그렇다고 이 작품이 꺽정이의 일대기인 건 결코 아니다. 꺽정이는 처음부터 등장하지도 않고, 시종일관 등장하지도 않는다. 2권 중간 대목에나 가야 비로소 등장한다. 그때도 '짠!' 하고 폼나게 등장하는 것도 아니고, 섭섭이와 금동이(갖바치의 아들)의 결혼 장면에서 아무렇지도 않게 쑤욱 등장한다. 하도 걱정스런 짓을 많이 해서 외할머니가 '걱정아, 걱정아' 부르다가 이름이 꺽정이가 되었다는 멘트와 함께(주인공에 대한 신비화가 전혀 없는 것도 이 작품의 미덕이다. 그런 점에서 꺽정이의 한자 표기 '거정'ㅌㅍ은 몹시 부담스럽다). 물론 서사의 베이스에 늘 깔려 있는 건 틀림없다. 그런 점에서 꺽정이는 일종의 '키워드'라 할 수 있다. 그를 중심으로 사건과 인물들이 전방위적으로 교차되는 키워드. 따라서 각 편, 각 장마다 아주 낯선 인물들이 꺽정이 못지않은 주연으로 맹활약을 펼친다.

　1권은 「봉단편」이다. 이 편을 장식하는 주연은 교리 이장곤이다. 문무 양면에서 한창 '뜨다가' 연산군의 비위에 '엇박'을 치는 바람에 거제도로 귀양을 간다. 그런데 그전에, 친구 정희량이 이장곤에게 "올 갑자년은 무오년보다 더 화가 심할 것"이라 예견하면서 비상시에 뜯어 보라며 "종이봉지"를 건네준 적이 있다. 이장곤이 거제도에서 과연 벼랑 끝에 몰리게 되었다. 그때 이장곤의 뇌리에 문득 정희량의 봉투가 스쳐 지나간다. 속봉지 속에 또 봉지가 있는데, 그 셋째 봉지 위에 '거제배소개탁'巨濟配所開坼이라고 되어 있다. 호오, 거제도로 유배 가리라는 것까지 미리 알았단 말인가. 급히 셋째 봉지를 뜯으니 '주위상책 북방길'走爲上策 北方吉, 단 일곱 글자뿐이다. '달아나는 게 상책이다, 북쪽 방향이 길하다.' 확 줄이면, 북쪽으로 튀어라! 고심 끝에 결단을 내린다. 의리를 목숨처럼 소중히 여기는 유배지 집주인의 도움을 받아 뱃길로 거제를 벗어난 뒤, 무조건 북으로, 북으로 달아난다. 마침내 함흥땅에 들어선 뒤, 한 빨래터에서 고리백정의 딸 봉단이와 극적으로 조우한다.

여기서 잠깐 사건을 리플레이해 보자. 이 긴박하고도 극적인 드라마의 배후는 다름 아닌 정희량이다. 그는 연산군의 광기가 몰고 올 피의 정국, 이장곤의 귀양과 수난, 봉단이와의 운명적 마주침, 이 모든 사건을 다 예견하고 있다. 말하자면, 그는 1권 전체의 사건을 주도하는 은밀한 복선인 셈이다.

그렇다면 이 정희량은 대체 누군가? 정희량은 한국 도교사의 큰 봉우리다. 도교는 수련을 통해 도맥이 전수되는 까닭에 텍스트가 몹시 회박하다. 도맥의 계보를 추적하기도 만만치 않다. 그럼에도 벽초는 정희량에 관한 극소수의 일화들을 바탕으로 그의 자취를 복원하고 있다. 정희량은 작품의 서두를 장식하고는 곧 숨어 버린다. 그래서 눈 밝은 독자들이 아니면 그의 존재성을 잊어버리게 된다. 구름에 가린 태양이 언뜻언뜻 보이는 수준이랄까. 그러다 이천년으로 이름을 바꿔 다시 등장한다. 그런 다음, 양주팔에게 자신의 도를 고스란히 전수해 준다. 그와 더불어 정희량의 역할이 양주팔, 아니 갖바치에게로 이양된다. 이후 일어나는 사건들의 예견자이자 복선은 갖바치가 떠맡게 된다.

알다시피 2권은 「피장편」이다. 이 편은 명실상부하게 갖바치가 주연이다. 갖바치는 모든 인물과 사건의 교차점이기도 하지만, 더 중요한 건 그를 중심으로 유·불·도 삼교가 회통한다는 사실이다.

덕분에 이 작품에는 조선 지성사의 스타들이 대거 출연한다. 한창 성리학에 입문하고 있는 청년 퇴계, 윤원형의 세도에 배짱 좋게 맞서는 남명 조식, 인종에 대한 충성과 의리를 평생 간직한 채 살아가는 하서 김인후 등이 유학사의 빛나는 별들이라면, 『토정비결』의 저자 토정 이지함과 조선 사상사의 아웃사이더 화담 서경덕, 『용호결』의 저자 북창 정렴, 허준과 함께 『동의보감』의 편찬에 참여한 유의儒醫 정작(정렴의 아우) 등은 도교사의 스타들이다. 한편 문정왕후 시절은 불교의 중흥기이기도 했다. 조선 초 억불정책으로 변경으로 밀려났던 불교가 문정왕후의 전폭적 지지하에 돌연 중앙무대를 장악하게 되었으니, 승 보우가 바로 그 핵심이다. 선비의 나라에 돌연 불교의 판이 열린 것이다. 갖바치는 이 모든 인물들과 조우한다. 그야 말로 종횡무진이다. 조광조에서 꺽정이까지, 상하층을 이어 주는 고리에 갖바치가 있었듯이, 지성사의 대향연을 연출하는 총매니저 역시 갖바치다.

유·불·도는 같으면서 다른 길이다. 유교가 존심양성存心養性을 통한 수양을 기본축으로 한다면, 불교는 수행을 통해 무아의 연기법을 터득해 가는 가르침이다. 그럼, 도교는? 수련을 통해 몸과 우주의 절대적 감응을 터득하고자 한다. 수양과 수행, 그리고 수련. 분명 다른 코스다. 하지만, 이 공부들이 전제하는 공통의 기반이 하나 있다.

존재와 세계의 간극 없는 일치. 그 길 위에서 얻어지는 '대자유의 경지'가 바로 그것이다. 주류 사상사에선 늘 유교, 그것도 성리학이 압도한다. 불교와 도교의 가르침들은 소수 이단자들에 의해 가끔씩 등장할 뿐이다. 그 결과, 삼교회통이라는 비전은 증발되었다. 하지만 소설 『임꺽정』에는 유·불·도 삼교의 '차이와 동일성'이 역동적으로 회통한다. 화적패가 주인공인 대하소설에서 어떤 사상사에서도 맛보기 어려운 지성의 대향연이 펼쳐질 줄이야! 이 또한 소설 『임꺽정』이 선사하는 반전이다.

유교 – 조광조와 그의 친구들

연산군에서 중종을 거쳐, 인종에서 명종으로. 이것이 『임꺽정』의 시대배경이다. 이 시기는 바야흐로 사화士禍의 시대였다. 무오사화(연산군 4년)를 시발로, 갑자사화(연산군 10년), 기묘사화(중종 14년), 을사사화(명종 즉위년) 그리고 기타 크고 작은 옥사들이 꼬리를 물고 이어졌다

사화란 무엇인가? 사림파士林派의 수난이라는 뜻이다. 사림파는 훈구파勳舊派의 짝이 되는 범주다. 훈구파란 조선 건국의 기반을 다진 공신들을 의미한다. 건국 과정뿐 아니라, 세조의 정변(계유정난) 등을 거치면서 훈구공신들이 중앙권력을 독점하게 된 것이다. 그에 반해, 사림파란 중앙정계에 진출하지 못한 재야세력을 의미한다. 주로 향

촌에 토지를 소유한 사족들이라 사림파라 불리었다. 성종이 훈구파를 견제하기 위한 방편으로 사림파를 등용하면서 비로소 중앙정계에 진출했다. 훈구파가 공훈을 명분으로 한 기득권 세력이라면, 사림파는 도학정치라는 이념적 기치를 내건 신흥 정치세력이다. 알다시피 조선의 이념은 성리학이다. 성리학은 공자·맹자의 유교를 송나라의 유학자 주희가 형이상학적으로 재편한 사상체계다. 성즉리性卽理, '본성이 곧 천리다'라는 명제를 기본테제로 삼는 까닭에 성리학이라 부른다. 이 원리는 개인적 차원에선 존심양성으로, 사회적 차원에선 왕도정치로 변주된다. 사림은 사대부士大夫라고도 한다. 나아가면 대부, 물러나면 처사라는 의미다. 요컨대, 사화란 이 사대부 계급이 중앙정계에 진출했다가 훈구파의 대공세로 피의 숙청을 당한 사건들을 말한다.

1권 「봉단편」의 서두를 장식하는 피바람은 갑자사화다. 폐비 윤씨의 피 묻은 적삼이 발견되어 연산군의 광기가 폭발했던 사건이다. 이때는 훈구파, 사림파가 동시에 화를 입었다. 그렇기 때문에 연산군을 축출한 세력 역시 훈구파였다. 중종반정 이후 중종은 자신을 왕위에 오르게 해준 훈구파들을 견제하기 위해 사림파를 적극 등용하였다. 조광조라는 도학정치의 기수가 등장한 게 바로 이때다. 조광조는 사림의 기수답게 한치의 타협 없이 개혁 프로젝트를 추진해 나갔다. 소격서 혁파에 현량과 실시, 토지개혁을 위한 위훈 삭제 등. 훈구파의 기득권이 흔들리는 건 당연지사. 훈구파의 반격이 시작되었다. 거기다 왕비 윤씨의 치마폭에 감싸인 중종이 점차 조광조의 근본주의에 염증을 내기 시작하면서 대대적인 숙청이 일어난다. 이게 바로 기묘사화다. 중종 이후 인종이 등극하여 사림파를 복권, 등용하려 했으나 병약한 탓에 일 년 만에 사망하고 말았다. 이후 어린 명종의 등극으로 문정왕후의 시대가 열렸다. 문정왕후의 오라비인 윤원형의 득세와 더불어 사림파를 대거 숙청하는 사건이 일어난다. 을사사화가 바로 이 정국의 소산이다. 이후 크고 작은 옥사들이 이어져 중앙정계에 피비린내가 진동한다. 거기다 문정왕후의 전폭적 지지하에 보우까지 등장하면서 조선의 정국은 난마처럼 얽혀든다. 3권 「양반편」에 이 과정들이 세밀하고도 박진감 넘치는 터치로 그려져 있다.

사화의 하이라이트는 '기묘사화'다. 훈구파와 사림파의 한판승부처이기도 하지만, 무엇보다 조광조라는 빛나는 별이 있었기 때문이다. 게다가 왕비 윤씨를 비롯하여 경빈, 희빈에 정난정까지, 기세등등한 여성들이 난무한 시대였다.

훈구파의 대표주자는 남곤과 심정. 이들은 경빈 박씨와 희빈 홍씨를 이용하여 조광조 일파를 역모로 몰아간다. '주초위왕'走肖爲王이라는 글씨가 단서가 되었다. 경복궁 안 함원전 뒤에 서 있는 나무 잎사귀에 새겨진 것이란다. 풀이하면, 조씨가 왕이 된다는 것. 물론 희빈 홍씨의 자작극이다. 참으로 어이없는 증거지만, 중요한 건 조광조의 지주였던 중종의 마음이다. 중종은 이미 조광조의 개혁 드라이브에 염증이 나 버린 상태다. 졸지에 옥사가 일어나고 조광조 일파가

의금부에 잡혀온다.

잡혀온 이들은 조광조와 김정, 김식(김덕순의 아버지)과 윤자임 등 여러 명이다. 느닷없이 끌려온 탓에 모두 무슨 죄로 잡혔는지는 알지 못하지만 죽음을 면치 못할 줄은 다들 짐작하였다. 그런데도 조광조 이외에는 모두 일없는 사람같이 웃고 이야기하고 심지어 금부도사에게 사정하여 술을 사다가 돌려 마신 뒤에는 시까지 읊조리는 사람도 있었다. 한데, 유독 조광조만은 시종일관 통곡을 그치지 않았다. 그러자, 한 친구가 죽음에 임하여서도 옹용雍容 마음이나 태도가 화락하고 조용함한 것이 "글자 배운 보람"인데 무얼 그리 통곡을 하느냐고 면박을 준다. 조광조가 죽음을 두려워한다고 생각한 것이다.

솔직히 이 대목에서 한방 먹었다. 이때가 어느 때인가? 연유도 모른 채 억울하게 잡혀왔을뿐더러, 죽음이 목전에 임박한 상황이다. 분노나 두려움에 치를 떨어도 시원치 않을 순간 아닌가. 그런데 이 태평함이라니. 게다가 울고 있는 조광조를 오히려 꾸짖고 있다. 글자를 배웠으면 죽음 앞에서 당당하고 의연해야 한다면서. 오호, 놀랍지 아니한가. 이 순간, 조광조와 그의 친구들은 부귀공명을 위해 정계에 뛰어들었다 얼떨결에 희생되는 불운한 정객이 아니라, 생사의 관문을 두려움없이 통과하는 도학자가 된다. 따지고 보면, 공부란 본디 이런 것이다. 생과 사의 경계를 훌쩍 뛰어넘을 수 있는 힘, 그것이 바로 공부다. '성즉리'라는 테제의 윤리적 경지가 이런 것이 아닐지. 그에 비하면 우리 시대의 지식과 학문은 얼마나 초라하고 저속한가. 생사의 관문은 고사하고 삶의 지평에서도 완전 동떨어져 오직 정보더미로만 존재하고 있으니 말이다.

그럼 조광조는 공부가 모라자서 이렇게 홀로 울고 있나? 그렇지 않다. 조광조가 답한다. "낸들 그걸 모르겠나. 나는 우리 임금을 뵙고 싶어. 우리 임금이야 이렇게 하실 리가 없어." 그렇다! 그는 아직 중종에 대한 미련을 떨치지 못한 것이다. 하여, 눈물로 묵수^{墨水} 삼고 웃옷 자락으로 종이 삼아 상소 한 장을 쓴다. 소원은 임금이 친히 한번 심문하여 주면 죽어도 한이 없겠다는 것. 순진하게도 직접 대면하면 자신의 진정을 알아주리라고 믿은 것이다. 옆에서 보고 있던 윤지임이 농을 건넨다. "친국당하기가 소원이란 것은 좀 우습소그려." 임금이 몸소 죄인을 심문하는 친국^{親鞫}. 왕의 권위를 과시하기 위하여 혹독하기 이를 데 없는 신체형이 가해진다. 죄인으로선 최악의 상황이다. 그런데 그걸 소원으로 한다구? 소원치고는 좀 거시기하구먼, 하면서 조광조를 놀리고 있는 것이다. 이 살벌한 상황에서도 유머를 잃지 않는다. 그만큼 마음에 여유가 있다는 뜻이렷다.

옷자락 상소를 올린 뒤, 조광조는 내심 기대에 차 기다렸으나 의금부에선 아무 소식이 없다. 아예 상부에 올리지조차 않은 것이다. 사태가 영 틀려 버린 것을 파악하게 되자 조광조 역시 모든 것을 체념한다. 그런 뒤로는 조광조 또한 여러 친구와 웃고 이야기하는 것이 자기 집 사랑에 모여 앉았을 때나 다름이 없었다. 그 역시 '글자 배운 보람'을 충분히 발휘한 것이다. 성리학은 도학이라고도 한다. 여기서

'글자'란 바로 성리학의 가르침을 의미한다. 그런 점에서 조광조와 그의 친구들은 도학의 한 경지를 보여 주고 있다. 살아서는 청렴결백하게 세상을 경륜하고, 죽음 앞에선 아무런 원망도 미련도 없이 의연하고 태평하게 대처하는 것.

하이라이트는 조광조와 갓바치가 작별인사를 나누는 장면이다. 조광조가 동소문 안을 지나갈 때 길가에 나와 있는 여러 사람들 틈에 한 사람이 눈물을 뿌리며 섰으니 이 사람이 갓바치다. 이날 저녁때 갓바치가 문밖으로 나와서 조광조에게 하직할 틈을 타려고 애썼으나 금부도사가 잡인 출입을 엄하게 금하여 근처를 다만 배회하고 있었다. 조광조가 저녁상을 받을 때에 사첫방 문이 열리며 밖에 있는 갓바치를 보고 고개를 끄덕이니 갓바치는 허리를 구부리어 하직하는 뜻을 보이었다. 조광조가 문앞으로 가까이 나앉으며 갓바치를 손짓하여 부르려고 한즉 마침 사첫방^{손님이 묵고 있는 방}에 들어앉았던 금부도사가 고개를 가로 흔들고 방문을 닫았다. ——페이드 아웃! 서로를 향한 사랑과 그리움이 사무치게 그려진 장면이다.

도교 – 사주명리학이라는 매트릭스

연암 박지원의 『허생전』 후기를 보면 아주 흥미로운 노인이 하나 나온다. 이름은 윤영. 신선술에 심취하여 바람처럼 떠돌며 도를 닦는 인물이다. 유복이의 앉은뱅이병을 고쳐 준 노인과 흡사한 캐릭터다. 연암이 청년 시절 한 절에서 이 노인을 만났는데, 행동거지가 정말 괴짜였다. 입을 열면 만언이 쏟아져 나오고 밥은 거의 먹질 않고, 밤새도록 잠도 자지 않고 도인법(양생술)을 행했다. 힘으로는 호랑이를 움켜쥐었고, 걸음걸이는 나는 듯하였다. 도력이 상당했던가 보다. '허생' 이야기도 이 노인한테서 들은 것이다. 굳이 따지자면 『허생전』의 원저자는 이 노인인 셈이다. 한데, 이 노인이 정오가 되면 문득 벽에 기대앉아서 눈을 감고 '용호교'龍虎交를 하였다.

용호교의 기본교재가 『용호결』龍虎訣이다. 『용호결』은 한국 도교계의 정전이다. 중국 의역학의 고전인 『주역참동계』周易參同契를 조선에 맞게 재구성한 텍스트라고 한다. 이 『용호결』의 저자가 바로 북창 정념이다. 정념은 한국 도교사의 핵심인물이다. 『임꺽정』에도 당연히 출연한다. 하지만 작가가 서사의 기본 축을 정희량에 둔 까닭에 아주 잠깐 등장했다 바로 사라진다. 일종의 카메오인 셈.

정념은 도교사의 거장답게 어릴 때부터 총명과 품성이 남달랐다. 허나 불행히도 그의 아버지는 당대 알아주는 간신배 정순붕이다. 열세 살 갑이한테 복수당하는 바로 그 인물이다. 아비가 이 지경이니 그 아들의 심정이 어떠했으랴. 어떻게든 말려 보려고 안간힘을 썼으나, 그때마다 아비 정순붕이 한다는 말이, "너의 아비는 천하 소인인 까닭에 너의 말이 귀에 들어오지 않는다." 완전 '배 째라!'는 식이다. 아비라는 작자가 충심으로 간하는 아들한테 이렇게 대꾸하다니, 참 전고에 보기 드문 장면이다. 거기다 둘째 동생 정현은 아비와 한통속이었다. 부자지간에 죽이 맞아 늘 속닥거리며 온갖 모리배짓을 다 해 댄다. 그런가 하면, 어린 막내 정작이는 십여 살밖에 안 된 아이지만 시비 분간이 분명하여 부친이 그르고 큰형님이 옳은 것을 능히 알았 다. 정렴과 정작은 나이차가 삼십 년 가까이 나서 형제간이라도 부 자간과 다름이 없었으나, 정념이 이 아우를 특별히 귀여워하여 글을 가르쳐 줄 뿐 아니라 간간이 의약 묘리도 일러주고 선가의 연단하는 방법을 알려주느라 데리고 앉으면 해 가는 줄 모를 지경이었다.(3권 127~128쪽) 참, 희한한 가문이다. 아비와 둘째는 모략과 음모로 날을 새고, 장남과 막내는 의역을 탐구하느라 해 가는 줄 모르고. 결국 정 념은 아비와 동생의 해괴한 짓거리에 지쳐 시골로 내려가 은둔해 버 린다. 갑이의 복수로 정순붕이 죽고 장례를 치르는 장면에서 잠시 얼 굴을 비추고는 작품의 무대에서도 퇴장한다. 자기가 죽을 것을 알고 미리 사세가辭世歌 세상을 떠나는 노래까지 지었다는 멘트가 잠깐 나올 뿐 이다. 막내 정작은 훗날 허준과 함께 『동의보감』을 편찬한 이름난 명 의다. 정작을 통해 북창 정념의 사상이 『동의보감』 속으로 흘러 들어 갔을 터.

정념 외에 또 한 명의 카메오가 있으니, 화담 서경덕이 바로 그 다. 화담 서경덕은 사상사에선 기氣철학자로 분류되지만, 도교사에선 기문둔갑술의 새 장을 연 인물로 평가받는다. 갓바치와 꺽정이, 김륜 등이 화담 초당을 방문했던 대목을 떠올려 보라. 그때 갓바치가 화담 의 아우들과 요술 한마당을 펼치는 장면이 나온다. 그게 바로 기문둔갑술의 일종이다. 황진이의 스승이자 최고의 파트너이기도 했다.

한국 도교사를 보면 한국 도가의 맥을 이렇게 잡고 있다. 김시습 – 정희량 – 승 대주 – 정념 순이다. 여기서 승 대주가 누구인지는 밝혀져 있지 않다. 모르긴 해도, 벽초는 이 인물을 단초 삼아 갖바치라는 캐릭터를 만들어 낸 듯하다. 정희량은 조정에 있을 때부터 '사주'로 이름을 날렸다. 유학자 시절에 이미 음양술수를 익히고 있었던 것이다. 연산군 시절, 닥쳐오는 화를 피하기 위해 홀연 세상에서 자취를 감춘다. 죽은 것처럼 위장한 뒤 잠행자가 되어 도를 닦는다(이로써 보건대, 죽을 운이 닥칠 땐 공부를 하면 된다^^). 천하를 떠돌다 묘향산 삼성암에 잠시 깃들인다. 이름까지 이천년이라 바꾸었다. 삼성암에 머무르면서 김륜이라는 제자를 가르치고 있던 중 양주팔과 운명적으로 조우한다. 그 과정은 앞에서 이미 나온 바와 같다.

이천년이 양주팔에게 전수해 준 것은 『삼원명경』三元明鏡이라는 책이다. "이 책은 사람의 상중하 삼원 명수를 추구한 것이니, 말하자면 사주책의 전서全書라고 할 것이다." 소위 사주명리학의 진수가 담긴 책이다. 사람의 생년월일시를 보고 평생의 길흉화복을 예측하는 것이 사주명리학이다. 그 이론적 바탕은 물론 음양오행론이다. 이천년은 양주팔에게 사주명리를 넘어 천문지리와 주술에 이르기까지 아낌 없이 가르쳐 주었다.

서울로 돌아와선 양주팔이란 이름을 버리고 갖바치로 거듭났다. 그의 예지력과 도술, 그리고 의술은 단연 최고의 경지였다. 사주명리학이란 단지 팔자의 길흉을 짚어 내는 것만을 의미하지 않는다. 사람의 운명을 알려면 반드시 천지만물의 변화무쌍한 흐름을 읽어 내야 한다. 존재의 원리와 세계의 이치, 그 변화의 원리를 궁구하는 것, 그 것이 사주명리학이다. 그 매트릭스에 진입할 수 있으면 몸과 세계 사이의 완벽한 일치, 곧 인생의 도를 터득하게 된다. 그때 도란 신비롭고 기묘한 기예가 아니라, 번뇌와 질병으로부터의 자유를 의미한다. 불교적 수행과 맞물리는 지점이 바로 여기다.

그로부터 30년 뒤, 갖바치는 강서 구룡산에서 김륜과 함께 스승이천년과 재회한다.

선생은 조는 듯이 눈을 내리감고 앉았다가 홀제 눈을 들어 두 제자를 바라보며 "이리 가까이들 와 앉아라" 하고 이르고 그 다음에 "명일 오시에는 내가 이 세상을 떠날 터이다. 신후사는 부탁할 것이 없으나 화장에 소도바도 성가신 일이니 배토장培土葬으로 관 쓰지 말고 묻고, 봉분도 만들지 말고 평토를 쳐라. 고인총상古人塚上 금인경今人耕이라니 가랫밥 보탬도 좋지그려" 하고 허허 웃었다. 아무 병도 없는 선생이 그 이튿날 오시에 과연 자는 사람과 같이 운명하니⋯⋯.(2권 339쪽)

최후의 순간까지 청정하게 호흡할 수 있는 힘, 이것이야말로 진정 도의 정수다!

갖바치 역시 이천년과 비슷한 궤적을 밟는다. 조광조가 죽자 갖바치는 서울생활을 접고 묘향산에 들어가 머리를 깎고 중이 되었다. 갖바치에서 병해대사로! 격정이를 데리고 백두에서 한라까지 천하를 주유한 뒤 칠장사에 자리를 잡는다. 그때부터 그의 도력이 본격적으로 빛을 발한다. 아픈 사람은 병을 고쳐 주고, 아이가 없는 사람은 아이를 낳게 해주고, 슬픔과 괴로움에 빠진 사람은 마음을 치유해 주고. 이름하여 생불이 된 것이다. 그의 공부엔 이렇듯 경계가 없다. 그의 주전공(?)은 사주명리학이지만 그걸 바탕으로 유·불·도를 자유자재로 넘나든다. 이 자유의 경지에 비한다면 부귀공명이 선사하는 쾌락과 방탕이란 얼마나 초라한 것인지!

불교 – 보우의 길, 병해대사의 길

주지하듯이 조선은 사대부의 나라였다. 국가의 이념적 토대가 유교, 그중에서도 성리학이었기 때문이다. 고려왕조의 이념이었던 불교는 변방으로 축출되었다. 중들은 천민으로 분류되어 사대문 안에 들어오는 것이 금지되었다. 하지만 그건 어디까지나 법과 제도에 한한 것일 뿐, 그렇다고 일상에 뿌리 박힌 불교의 흔적을 없앨 수는 없었다. 초상이 나면 중들을 초청하여 경을 읽혔고, 중과 속인이 뒤섞여서 수선을 떨었다. 야단법석이라는 말이 여기에서 유래했다고 한다. 이럴 수밖에 없는 것이, 성리학은 세상을 경륜하는 학문일 뿐, 죽음 이후에 대해서는 아무것도 말해 주지 않기 때문이다.

문정왕후 역시 그랬으리라. 남편 중종이 죽고 인종마저 짧은 생애를 마치자 자신의 친아들 명종이 지존의 자리에 올랐다. 수렴청정을 통해 권세를 한손에 쥐었다. 하지만, 살아서 누리는 영광이 죽은 뒤의 안락을 보장해 주지는 못한다. 아니, 오히려 정반대의 결과를 낳을 수도 있다. 어떻게 하면 사후에도 이 영광을 계속 누릴 수 있을 것인가? 문정왕후가 불교를 중흥하게 된 속내는 이런 것이었으리라. 그때 등장한 불교계 스타가 보우다. 보우에 대한 역사적 평가는 엇갈린다. 변방으로 축출된 불교를 잠시나마 중흥시킨 역량을 주목할 수도 있고, 오히려 권력과 야합하여 불교를 타락시켰다고 볼 수도 있다. 참

고로 임진왜란 때 맹활약을 펼쳤던 서산대사^{휴정}와 사명당^{유정}이 이때 발굴된 인재들이다.

하지만, 벽초 홍명희의 초점은 거기에 있지 않다. 그보다는 불교의 가르침이 세상과 관계하는 방식에도 두 가지 길이 있다는 것, 그것을 말하고 싶었던 것 같다. 하나는 보우의 길이고, 다른 하나는 병해대사의 길이다. 둘은 극단적으로 대비된다.

먼저 보우의 길. 문정왕후가 후생 길을 닦으려는 의사로 인수궁을 건설한 뒤, 무차대회無遮大會 성범(聖凡)·도속(道俗)·귀천·상하의 구별 없이 일체 평등으로 재시(財施)와 법시(法施)를 행하는 대법회를 열려고 명승을 팔도에 구하던 중 보우가 강원감사의 천거로 올라온다. 보우는 생김새와 언변이 모두 좋고 무차대회에 익숙하여 곧 대비의 눈에 들었다. 말하자면, 보우는 불교를 최고 권력자의 입맛에 맞게 전달해 준 것이다. 대비가 보우에게 완전 반하여 처음에는 인수궁에 거처하게 하다가 나중엔 경복궁 안으로 불러들였다. 특별한 거처를 따로 마련해 주었음은 물론이다. 보우의 가르침은 『미타경』이었다. 극락세계의 장엄함을 담고 있는 경이란다. 대비가 무슨 공덕을 쌓아야 극락을 가게 되겠냐고 하니까 보우가 "환희불이 육신성불하는 비밀 법문이 있으니 이것이 극락가는 데 가장 속한 길이올시다." 역시 대비의 목표는 극락이었다. 이승과 저승의 복을 모두 챙기려는 엄청난 탐욕! 부처의 깨달음과는 가장 먼 길이다. 이후로 그 법문을 전수받는데, 그 자리에는 난정과 여러 궁인들이 감히 참예하지 못하였다. 이것도 어불성설이다. 무슨 비전을 전수받는다고 밀실에서 한단 말인가. 독신남녀가 밀실에서 뭘 하지? 작가는 그저 독자들의 상상에 맡겼다.

좌우지간 이렇게 하여 대비의 마음은 완전히 보우에게 쏠리고 말았다. 불법을 진작하기 위해 과거시험에 선종, 교종 양과를 실시하자, 유생들이 들고 일어나 보우를 탄핵했으나 대비의 마음은 반석 같았다. 이때 "대왕대비는 눈 안에도 보우 한 사람이 있을 뿐이요, 맘 안에도 보우 한 사람이 있을 뿐이라 보우 한 사람의 한마디 말이 대비에게는 천 사람 만 사람의 천 마디 만 마디 말보다 더 힘지던 것이다." (3권 231~232쪽) 문정왕후는 과부다. 중종으로 하여금 조광조를 버리게 했을 정도로 성적 매력과 수완이 뛰어났다. 아무리 천하의 권세를 한손에 쥐고 있다 한들 그것이 여성으로서의 욕망을 채워 주지는 못한다. 보우와의 관계에서 계속 에로틱한 분위기가 연출되는 건 이런 맥락과 무관하지 않다. 결국 보우는 불교를 통해 부귀영화를 원없이 누렸다. 최고권력자에게 내세를 보장해 준 대가로 말이다. 그의 종말은? 비참하기 그지없다. 문정왕후가 사망하자 바로 축출되어 제주도로 귀양갔다가 맞아죽는다. 가장 고귀한 자리에 올랐으나 가장 천하게 죽은 셈이다.

병해대사의 길은 보우와는 정반대의 포물선을 그린다. 갖바치는 병해대사가 된 이후 도술로 이름을 날린다. 그를 모셨던 한 중은 그를 두고 가만히 앉아 세상만사를 다 알 뿐 아니라 눈을 위로 뜨면 천상의 일을, 아래로 뜨면 지하의 일을 다 아는 사람이었다고 이야기한다.

이 기막힌 내공과 도술을 그는 오직 민중의 번뇌와 질병을 치유하는 기술로 썼다. "병 있는 사람이 절 한 번에 병이 낫지요, 자손 없는 사람이 스님 불공 한 번에 자손을 보지요." 그러므로 그는 진정 자유로웠다. 부귀공명으로부터 완벽하게 벗어난 탓이다. 사실 도인들에겐 소유가 필요하지 않다. 인생과 자연, 그 변화무쌍한 이치를 깨쳤는데 대체 무엇이 더 필요하단 말인가. 그런 이에겐 죽음 역시 변화의 한 과정일 뿐이다.

칠장사 서쪽 산기슭 편편한 땅에 새로 세운 소도바가 한 개 있으니 이 소도바에 들어 있는 한 줌 재는 팔십오세 일생을 이 세상 천대 속에서 보낸 사람이 뒤에 끼친 것이다. 그 사람이 초년에는 함흥 고리백정이요, 중년에는 동소문 안 갓바치요, 말년에는 칠장사 백정중이라 천인으로 일생을 마쳤으나, 고리백정으로는 이교리의 처삼촌이 되고 갓바치로는 조정암의 지기가 되고 백정 중으로는 승속 간에 생불 대접을 받았었다. 생불이 돌아갈 때 목욕하고 새옷 입고 앉아서 조는 양 숨이 그치었는데, 그날 종일 이상한 향내가 방안에 가득하고 은은한 풍악소리가 공중에서 났다고 소문이 자자하였다. (6권 288쪽)

다시 정리해 보면, 백정의 자식으로 태어나 경전을 공부했다. 그 공부로 사람들을 치료하고 삶의 지혜를 나눠 주다가 이장곤을 따라

서울로 왔다. 천하를 주유하다 묘향산에서 이천년과 운명적으로 조우했다. 스승에게서 음양술수의 최고 경지를 터득하였고, 다시 저잣거리로 돌아와 주류에서 벗어난 마이너들을 연결해 주는 전령사가 되었다. 조광조가 세상을 떠난 이후 출가하여 칠장사 생불로 자비와 지혜를 베풀다 입적하였다. 앉아서 조는 양 숨이 그쳤다. 소위 '좌탈입망'坐脫立亡 단정히 앉아서 해탈하고, 꼿꼿이 서서 열반함을 한 것이다. 그러곤 죽은 뒤에도 계속 사람들의 발원을 들어주는 도력을 펼친다. 수련과 수행의 완벽한 오버랩! 참으로 대단한 경지 아닌가. 가장 천하게 태어났으나 죽음에 이르러서는 가장 고귀한 존재가 되었다. 나아가 천함과 고귀함의 경계를 훌쩍 넘어 버렸다.

라디오 스타 : '이주민'들의 접속과 변이

영월과 노브레인

내가 영화 〈라디오 스타〉에 꽂힌 건 순전히 우연이었다. 굳이 이유를 들자면, 영월과 노브레인에 대한 호기심 때문이었다고나 할까. 영월은 내 고향인 정선군 함백에서 기차로 30분 정도 거리에 있는 '읍내'다. 단종애사가 어린 청령포와 아름다운 동강이 흐르는 곳. 고향이라고 하기는 뭣하지만, 그 정도면 향수를 자극하기에 충분했다.

그런가 하면, 노브레인에 대한 기억은 좀 엉뚱하다. 30대 후반 박사실업자가 되어 지식인공동체를 시작하려고 할 즈음, 한 여성지 별책부록에서 특집으로 인디밴드들을 다룬 기사를 본 적이 있었다. 거기에 그들의 인터뷰가 실려 있었다. 라이브에 대한 열정, 자본의 외부를 유쾌하게 질주하는 자신감 등에 큰 감명을 받았다. 이후 공동체 활동을 하면서 힘겨운 문턱을 만날 때마다 '그래, 그냥 가 보는거야. 노브레인 같은 밴드도 있는데 뭘' 이런 식으로 용기를 얻곤 했다. 이를테면, 노브레인은 계속 새로운 실험을 할 수 있도록 촉발한 견인차였다. 그런 노브레인이 영화에 나온다고? 그것도 영월의 밴드로?

한때 가수왕이었지만 지금은 한물간 록가수와 그를 위해 불철주야 발로 뛰는 매니저가 있다. 밀리고 밀려 영월에 라디오 방송 디제이를 하러 내려간다. 먼지 폴폴 날리는 중계소에서 '방송 같지 않은' 방송을 하다 졸지에 '뜨는' 바람에 다시 스타가 된다. 평범한 스토리에 딱히 드라마틱한 반전도, 그 흔해 빠진 멜로도 없다. 그렇다고 추석개봉작에 걸맞게(?) 가족의 훈훈한 사랑이 있는 것도 아니다. 그렇기는 커녕, 이 영화에는 멀쩡한 가족이 거의 없다. 대부분 집에서 '내놓은' 자식들에 속한다. 그런데 그렇게 '탈가족화'된 인물들이 방송을 통해 하나로 엮이면서 새로운 '코뮤니티'가 구성된다. 누구도 주인공이 아니지만, 모두가 주인공이 되는 삶 혹은 축제로서의 '코뮤니티'를.

그런 점에서 영월과 노브레인이 어떻게 하나로 연결될까 궁금해했던 내 호기심은 질문법 자체가 틀렸다. 왜 강원도 시골읍내엔 록밴드가 있어서는 안되겠는가. 누군가 말했듯이, 우정이란 서로 다를 때 힘차게 피어오를 수 있는 법. 〈라디오 스타〉는 그 이질적인 존재들이 엮어 가는 '우정의 코뮤니티'에 관한 영화다.

'김과장'의 계급은?

중산층. 남들 받는 만큼의 연봉에 작은 집, 아내, 그리고 내 아이들. 김기환(가명·37) 씨의 소박한 꿈이다. 스카이 대학을 졸업했고 지금은 사회생활 10년 차, 중견회사 과장이다. 2002년, 김 과장이 30대 초반일 때만 해도 남들처럼 집 사서 가정 꾸리는 일쯤은 대수롭지 않은 것 같았다. 하지만 5년이 지난 지금 그의 생활에서 달라진 건 짐작같이 무거워진 나이에 늦장가로 가정을 꾸린 것뿐이다. 월급의 5분의 1을 까먹는 세금과 준조세, 속없이 치솟는 기름값과 생활물가, 때 되면 올려 줘야 하는 전세금까지……. 연봉 4,000만 원으로 의식주를 해결하고 나면 채 1,000만 원도 남기질 못한다. 그나마 3년 전엔 주식투자로 생살 같은 돈 5,000만 원을 날렸다. '배' 단위로 뜀박질하는 아파트 값 앞에 내 집 마련은 남의 이야기가 된 지 오래다.

"독립군(자수성가) 신세에 무슨 집. 대출이자 안 무는 게 어디냐"고 자위하며 10년째 전세투어 중인 김 과장. 겉보기엔 멀쩡하지만, 이른바 '중산층다운 삶'을 살기엔 여기저기 결격사유 투성이다. 대한민국 샐러리맨의 전형인 그는, 무슨 특별한 잘못을 저지른 것도 아니다. 그래서 늘상 푸념이다. "사는 꼴이 늘 왜 이 모양인지……."

우연히 인터넷에서 발견한 기사다. 『헤럴드경제』(2007년 6월 1일 자)에 「우리 사회 중산층 있나? 박탈당한 중산층의 꿈」이라는 제목으로 실려 있다. 글의 요지는 양극화의 심화로 중산층이 추락하고 있다는 것. 허나, 이것도 이젠 옛말이 되었다. 그나마 위의 김 과장은 정규직이다. 2014년 현재 비정규직은 823만 명으로 전체 노동자의 약

44.7%에 달한다. 거기다 취포맨(취업을 포기한 사람) 42만 명, 골드미스&미스터, 돌싱족, 기러기아빠, 독거노인 등 1인 가족 488만 명. 어디 그뿐인가. 이주노동자 54만 명(2013년 기준)에 이주민 결혼자, 또 노인세대의 엄청난 증가 등등……. 바야흐로 계층적, 집단적 이질성이 만개하고 있는 실정이다.

맑스주의에 입각해 보면, 계급은 적대와 착취에 기초한 두 집단, 곧 부르주아지와 프롤레타리아트(피티)다. 이 계급론에서는 자본주의가 발전할수록 피티는 동질화하고 단결해야 한다. 하지만, 현실은 정반대다. 정규직과 비정규직, 알바생 등은 다 피티지만 절대 단결하지 않는다. 단결은커녕, 정규직이 비정규직을 차별·배제하는 데 앞장선다. 결국 계층적 분화는 다양해졌지만 욕망과 윤리적 차이는 전혀 생성되지 않고 있다. 아니, 더더욱 균질화되어 가고 있다. 도시빈민이건 비정규직이건 노동자건 모든 이들의 욕망은 부르주아와 다를 바가 없다.

위의 김과장도 마찬가지다. 그가 꿈꾸는 것은 30평 이상의 아파트, 주식투자, 억대 연봉 등 한마디로 안정된 중산층으로 살아가는 것뿐이다. 자, 그럼, 그의 계급은 무엇일까? 부르주아 혹은 피티?

우리 안의 '디아스포라'

영화 〈라디오 스타〉의 등장인물들은 일단 주류에서 추방된 인물들이다. 먼저 최곤, 그는 1988년 가수왕이었으나, 음주(운전)·폭행·대마초 등 주기적으로 사고를 치는 바람에 추락을 거듭하여, 2006년 현재 미사리 술집에서 노래를 하고 있다. 이런 추락에도 불구하고 여전히 성질을 죽이지 못해 어쭙잖은 자존심 때문에 술집주인을 폭행하고, 다시 경찰서에 가선 사회부 기자를 때려눕힌다. 그 결과 강원도 구석 탱이에 있는 영월방송국으로 추방당한다.

다음, 그의 매니저 박민수. 20년 동안 최곤을 뒷바라지하느라 청춘을 다 바친 인물. 그가 하는 뒷바라지는 거의 엄마가 유치원생 자녀 한테 하는 수준이다. 담배, 커피 심부름은 물론, 사고 치면 온몸을 던져 수습해 준다. 최곤이 술집주인을 폭행한 일로 경찰서에 달려갔을 때, 박민수는 말한다. "제가 때린 걸로 하고 싶습니다. 그렇게 믿고 싶습니다." 최곤과 박민수, 이 둘을 계층적으로 범주화하기는 참, 어렵다. 중산층이라고 하기도 뭣하고, 빈민층이라고 하기도 뭣하다. 분명한 건 이들 역시 우리 시대의 중산층처럼 추락에 추락을 거듭하고 있는 존재들이라는 것. 추락하는 것은 날개가 있다고 했지만, 글쎄다!

그리고 이들이 추락의 한 착지점에서 만난 '이스트리버' 멤버들. 이스트(East) '동', 리버(River) '강', 즉 동강이란 뜻이다. 앞서 언급했다시피, 영월 읍내 한가운데를 가로지르는 강이름이다. 이스트리버는 영월 유일의 록밴드다. 비닐하우스가 그들의 본거지다. 학교는 물론 사회가 부여한 모든 코드를 완전 '쌩까는' 아이들. 삶의 척도가 없는 대신, 좌절도 없다! 왜냐? 자의식이 없으니까. 명실상부한 '노 브레인'! 이들 역시 이주민이다. 자기의 고향에서 이주민으로 사는 존재들인 것. 〈밀양〉의 신애가 이주민이면서도 누구보다 정착민의 코드 안에 갇혀 있었다면, 이스트리버는 강원도 산골에 살면서도 정착민의 궤도에서 이탈한 존재들이다.

최곤과 박민수가 정점까지 올랐다가 추락한 경우라면, 이스트리버는 아예 주류와는 담을 쌓고 지내는 외부자들이다. 외부자들끼리는 필^{feel}이 통하는 법, 그러므로 최곤과 박민수가 영월에 가자마자 이스트리버와 마주치게 된 건 가히 운명이자 필연이라 할 수 있다.

주인공 최곤은 철딱서니없고 괴팍한 데다 성깔이 있는 인물이다. 일종의 사회부적응자에 해당한다. 하지만 바로 그렇기 때문에 그는 절대 상식적 코드로 움직이지 않는다. 스타팩토리(참, 이름 한번 기막히다. '스타를 제조하는 공장'이라니. 자본의 쌩얼을 그대로 드러내는 이름 아닌가) 사장이 찾아왔을 때 다짜고짜 멱살을 잡는다. 재기하게 해주겠다고 공언하는 자본가한테 멱살잡이를 할 수 있는 록커가 몇이나 될까? 한마디로 그의 욕망은 자본의 회로에 갇히지 않는다. 하긴, 자본에 포획당했다면, 음주(운전)·폭행·대마초 따위의 사고를 주기적으로 쳤을까마는.

박민수는 더 말할 나위도 없다. 그에게는 오직 최곤이 무대 위에서 노래를 하는 것 말곤 더 바라는 바가 없다. 돈도, 명예도, 자존심도, 일절 없다! 가정의 안락함도 그에게는 유혹이 되지 못한다. 길 위를 떠돌지언정 최곤과 더불어 살아가는 것이 그의 현재요, 미래다. 이스트리버는 한술 더 뜬다. 영월 같은 곳에서 록을 한다는 것부터가 기상천외의 짓거리다. 그들에겐 돈은 물론이려니와, 최소한의 인정욕망조차도 부재한다. 그저 '제멋에 겨워' 노래를 할 따름이다. 경제활동? 글쎄, 그런 데 대한 개념조차도 없음에 분명하다. 요컨대, 이들은 계급 외부의 존재, 이주민(실은 백수)이다.

가족(주의)의 '외부자'들

최곤과 박민수, 이스트리버가 하나로 연결되는 또 하나의 코드가 있다. 이미 예고했다시피, 이들 모두 '탈가족화'된 존재라는 것. 최곤은 가족은커녕 아예 여자친구도 없다. 뿐만 아니라 그에 대한 욕구 자체가 등장하지 않는다. 매니저 박민수는 가출한 지 오래다(아이가 그림을 그릴 때 아예 아빠를 뺄 정도다). 이스트리버는? 불문가지! 아마 집에서 포기한 지 오래되었음에 분명하다. 가족의 품에 있으면서 그런 짓을 하고 다니기란 불가능할 테니까. 다른 캐릭터들 역시 대체로 비슷하다. 청록다방 김양은 가출했고, 동강순대집 꼬마는 아버지가 집을 나갔다. 중국집 배달부 장씨 역시 모르긴 해도 비슷한 처지이리라.

　더 중요한 건 이 영화에는 가족이나 가족적 욕망이 아주 부차적으로 처리되어 있다는 사실이다. 예컨대, 유일하게 '정상적인'(?) 가족형태를 지닌 박민수의 경우, 그의 아내는 최곤 팬클럽 초대 회장이었다. 이후 매니저 박민수와 결혼을 했고, 박민수가 최곤을 뒷바라지

하느라 거리를 떠도는 사이 김밥장사를 하면서 아이를 기르고 있다. 최곤이 사고칠 때마다 박민수가 찾아와 손을 내미는 물주이기도 하다. 하지만 감독은 이 가족에 대해 눈곱만큼의 연민도, 동정도 보내지 않는다. 영화 후반부, 박민수가 자본의 대공세에 밀려 잠시 가족의 품으로 돌아와 아내와 함께 김밥장사를 한다. 그러나 박민수의 아내는 다시 남편을 최곤에게로 보내 준다. "가라! 이 화상아!" 아내는 알고 있는 것이다. 남편의 욕망이 절대 가족 안으로 귀환할 수 없는 것임을. 그런 점에서 최곤과 박민수의 관계는 가족주의적 영토 외부에 존재한다.

21세기에 들어서면서 가족의 해체가 과격하게 진행되었다. 최근의 통계에 따르면 1인 가구가 4인 가구를 훌쩍 넘어섰다고 한다. 경제적 파산으로 가족이 뿔뿔이 흩어지는 경우는 말할 것도 없고, '멀쩡한' 중산층 안에서도 가족관계들이 사분오열되고 있는 실정이다. 한데, 그러면 그럴수록 사람들은 더더욱 가족, 아니 가족주의의 환상에 집착한다.

그에 반해, 〈라디오 스타〉의 인물들은 신기할 정도로 가족(주의)에 대해 무심하다. 다들 사회적으로 추락했기 때문에 그런 것처럼 보이지만, 속내를 따져 보면 그게 아니다. 이들은 애시당초 가족적 욕망자체가 별로 없다. 다시 말해, 이들이 탈가족화된 것은 객관적 조건에 결부된 사항이 아니라, 이들을 움직이는 욕망 자체의 문제라는 것이다. 바로 그렇기 때문에 이들은 진정한 이주민이다. 계급과 가족이라는 영토를 벗어나 전혀 다른 척도 속에서 이동하는 존재들!

영월, Young World!

이 이주민들이 모여든 곳은 다름 아닌 영월이다. 영월이 어디런가? 지금이야 동강트레킹으로 더 유명하지만, 영월은 원래 '단종애사'의 고장이었다. 어린 단종이 수양대군에게 쫓겨 와 유배생활을 보내다 마침내 사약을 받은 곳이 영월 청령포다. 아름답지만 슬픈 역사를 지닌 마을. 그러고 보면, 가수왕 최곤이 밀리고 밀려서 온 최후의 거처가 영월이라는 건 나름 의미심장하다. 이들 또한 자기 땅으로부터 유배당한 자들이니까.

뭐, 그렇다고 이 영화가 그런 묵직한 이미지들을 환기하는 건 결코 아니다. 영화에 포착된 영월의 풍경은 보통의 읍내처럼 소박하고 평범하기 이를 데 없다. 영화는 와이드 비전으로 영월시내를 한눈에 보여 주기도 하고, 동강의 아름다운 풍광들을 포착하기도 하지만, 거기에 어떤 특별한 의미를 부여하지는 않는다. 즉, 이주민들에게 있어 영월은 어떤 특별한 표상의 공간이 아니라, 그저 생활과 생존의 공간일 뿐이다.

영월 방송국은 통폐합을 앞둔 지 3개월밖에 안 남은 지국이다. 방송을 안한 지 12년이 넘은 곳이라 방송국이라기보다 중계소에 가깝다. 그곳에서 라디오 방송을 만들라는 본부의 지시를 받고 지국장은 혼비백산한다. "아니, 최곤 그 친구는 여길 가란다고 와요?" 하는 순간, 이미 최곤과 박민수가 문앞에 와 있다. 스튜디오는 먼지만 폴폴 날리고, 기계들은 작동을 멈춘 지 오래다. 참으로 난감한 상황이다. 참담한 심정으로 최곤과 박민수가 들른 곳은 동강순대집. 최곤과 이 술집에는 아주 작은 인연의 끈이 있다. 1989년 최곤이 여기를 들렀다 사인을 남긴 적이 있는데, 그게 여전히 벽에 걸려 있는 것이다. 그리고 그곳에서 '이스트리버'와 마주친다. 이스트리버는 단번에 최곤을 알아보고 무릎을 꿇는다.

"록이 저주받은 이땅에 신중현 선생님의 뒤를 잇는 진정한 록커는 전무후무 선배님뿐입니다."

여기까지는 좋았다. 문제는 그 다음.

"선배님이 온몸으로 보여 준 세상과의 거침없는 충돌 —— 음주·폭행·대마초. 이것이야말로 카리스마의 결정체라고 생각합니다."

맙소사! 최곤이 친 '깽판' —— 음주(운전)·폭행·대마초 —— 이 이들에겐 일종의 영웅적 행위에 해당한다. 록커라면 그 정도 사고는 쳐 줘야 한다고 굳게 믿고 있다. 해서 그들의 애환은 진정한 록커답게(?) "사고를 치고 싶지만 영월이 하도 작아서 칠 사고가 없"다는 것.

아무튼 영월과 록, 동강과 이스트리버. 이 엉뚱한 조합이 가능한 건 미디어의 힘이다. 미디어를 통해 감성의 전 지구화가 일어났고, 그걸 바탕으로 비틀즈나 퀸 같은 낯선 제국의 청년문화가 강원도 깡촌까지 흘러들어올 수 있었던 것이다. 말하자면, 이들은 인터넷이 낳은 돌연변이 혹은 사생아에 해당한다. 그렇기는 해도 록이나 밴드의 지역적 토대는 미미하다. 따라서 불가능한 조합은 아니지만 그렇다고 공존하기도 쉽지 않다. 오래된 곳에 아주 낯설고 첨단적인 것이 뜬금없이 접속했다고나 할까.

하긴, 이런 식의 이질성은 영월의 표지판에서부터 등장한다. 최곤과 박민수가 처음 영월에 진입할 때, 길 위 표지판에 쓰여진 글자는 '미래의 땅 영월 Young World'였다. 영월과 영월드. 비슷한 발음을 포개 놓으면서 슬쩍 의미를 바꿔 버리는 방식의 번역어(?)다. 〈밀양〉을 '시크릿 선샤인'이라고 번역했을 때의 무겁고 신비로운 느낌과는 정반대의 효과를 일으킨다. 명랑하면서도 익살스러운. 하긴, 가수왕이 라디오 디제이가 되는 것도 생뚱맞긴 마찬가지다. 이 경우에도 록이 주는 모던한 이미지와 라디오가 주는 오래된 이미지가 서로 교차한다.

아무튼 최곤과 박민수는 이 '영 월드'에서 두 개의 특이한 관계망 속으로 들어간다. 한편에는 라디오를 만드는 사람들. 지국장과 박기사, 강PD. 특히 강PD는 원주방송국에서 방송사고를 치고 영월로 쫓겨온 신세다. 다른 한편은 좌충우돌 이스트리버와 인터넷의 세계. 전자의 눈에는 최곤이 한물간 스타고, 후자들의 눈에는 신화와 전설이다. 전자가 현실이라면, 후자는 일종의 판타지다. 아무튼 라디오와 인터넷, 낡은 것과 첨단이 마주치면 대체 무슨 일이 일어날까?

이동에서 유목으로

서두에서 밝혔듯이, 이 영화는 이질적인 존재들이 새로운 코뮤니티를 만들어 가는 과정을 보여 주는 작품이다. 시작은 공간의 재배치부터. 박민수는 오랫동안 잠들어 있던 방송국에 숨결을 불어넣는다. 잔디를 깎고 유리창을 닦고, 복도청소를 하고 기계들을 다시 점검하고. 지극히 평범해 보이지만, 결코 범상한 장면은 아니다. 왜냐하면 그 과정에서 사람들 사이의 강렬한 공감이 일어나기 때문이다. 중국집 배달부 장씨가 은근슬쩍 이 대열에 합류하고, 아무런 개성이 없는 박기사와 지국장도 차츰 마음을 열어 간다. 이를테면, 공간의 재배치 속에서 사람들 사이의 관계망이 재구성되는 것이다. 이 코뮤니티의 주역은 단연 박민수다. 박민수는 세상 누구와도 친구가 될 수 있는 놀라운 친화력의 소유자다. 그는 직접 발로 뛰면서 〈최곤의 오후의 희망곡〉을 사방팔방에 전파한다. 플래카드를 걸고 선전문을 뿌리고. 청록다방에 가서 라디오를 틀어 주고 등등. 그는 진정 최곤을 세상에 연결해 주는 매니저이자 전령사다.

드디어 첫방송. 최곤은 이때도 물정 모르는 짓을 한다. PD가 써

준 대본은 내팽개치고 그냥 제멋대로 멘트를 날린다. "청취자 여러분, 엽서도 많이 보내 주십시오. 봐서 쓸 만한 거 있으면 틀어 드리도록 하겠습니다." 첫곡은 그룹 시나위의 〈크게 라디오를 켜고〉. 영월 시내에 시나위의 거친 노래가 울려퍼진다. 하지만 영월사람들은 록의 소음이 낯설다. 이스트리버를 제외하곤 모든 곳에서 라디오를 꺼버린다. 제목과는 정반대로. 거기다 최곤은 자신의 인기를 과시하려고 인기가수 김장훈에게 전화로 축하인사를 요구한다. 하지만, 둘이 주고받은 대화는 "형, 민수 형이 삼천 꿔 간 거 알지? 그거 언제 갚을 거야?" "쌩까고 있네. 증말." "그렇게 살지 마." "무슨 개뼉다구 같은 소리야."

그 순간, 방송은 오후의 '절망곡'으로 바뀐다. 이래저래 방송의 문법은 쑥밭이 되어 버렸다. 사실 그가 한 방송은 시종일관 거의 다 '사고'에 해당한다. 방송의 일반규칙을 하나도 지키지 않아서다. 한데, 방송의 규범이 무너진 곳에 사건들이 범람하기 시작한다. '궁즉통'이라고, 최곤이 깽판을 치고 자리를 비우자 박민수가 즉흥적으로 일일 디제이로 나서고, 촌스럽기 짝이 없는 박기사가 얼떨결에 피디 노릇을 한다. 매니저와 디제이, 피디와 기사 사이의 경계가 졸지에 무너졌다. 어디 그뿐인가. 디제이와 청취자 사이의 경계도 지워진다. 이런 좌충우돌에 결정타를 먹인 건 다름 아닌 청록다방 김양이다. 그녀는 비오는 날 방송국으로 커피배달을 왔다가 일일 디제이 노릇을 한다. 처음에는 세탁소와 철물점 주인한테 외상값 좀 갚으라고 하면서

부터 사람들의 귀를 붙들더니, 가출할 때의 심정을 절절히 읊어 내면서 사람들의 가슴을 봄비처럼 촉촉이 적신다. 이후 방송은 사람들의 일상 속으로 들어간다. 청년백수, 간호사, 고스톱 할머니들, 짝사랑에 빠진 꽃집청년, "아들아"를 외치는 아버지 등등. 방송이 사람들의 감성을 좌우하는 것이 아니라, 삶이 방송을 접수해 버린 것이다.

최곤은 기꺼이 그들을 위한 공간을 마련해 주고, 그들의 배경이 되어 준다. 최곤의 '곤조'가 빛을 발하는 대목이다. 그의 더러운 성질은 택도 없는 고집이나 유치찬란한 치기로 사람들을 황당하게 만들기도 하지만, 대신 허황한 포즈나 가식 같은 건 일절 없다. 다시 말해 그는 어설픈 교양이나 허영으로 자신을 위장하지 않는다. '언더'에서 굴러먹고 세상에 대해 거침없이 저항한 록커답게(?) 그는 사람들의 질펀한 일상과 허심탄회하게 접속한다. 예컨대 이런 식이다. 저 시골 구석에 살고 있는 청년백수가 전화를 했다. "일자리 하나만 소개해" 달라고. 가진 거라곤 "운전면허증하고 태권도 단증." 최곤이 제시한 도움말은? "태권도장 운전기사 자리를 알아보세요." 실제로 그 청년은 그렇게 되었다. 또 간호사가 전화를 해서, '병원에 환자가 너무 없다, 지난주엔 뱀한테 물려서 온 아저씨 한 명밖에 없었다'고 하자, 최곤 왈, "그럼 뱀을 좌악 푸세요." 뭐, 이런 식이다. 이것은 단순히 말을 재미있고 유쾌하게 하는 차원의 문제가 아니다. 자신을 대중으로부터 분리시키려는 자의식이나 내적 경계가 없음을 의미한다. 자본의 중력장을 벗어날 수 있는 저력도 여기에 있으리라. 만약 음악에 대한 예술적 망상이나 스타라는 자의식에 싸여 고독한 성채에 갇혀 있었다면, 그의 추락은 곧바로 절망과 광기로 이어졌을 것이다.

물론 최곤과 대중 사이를 연결해 주는 건 박민수다. 최곤과 대중 사이, 록과 대중 사이의 긴장을 릴랙스시켜 주고, 그것들이 서로 어우러질 수 있도록 연결해 주는 것이 바로 매니저 박민수의 너스레다. 그가 입에 달고 다니는 말이 "릴랙스~"고, 그의 십팔번이 〈미인〉―한 번 보고 두 번 보고 자꾸만 보고 싶네 ―인 건 실로 멋진 배합이다.

박민수의 주 활동무대가 오프라인이라면, 이스트리버는 인터넷 공간을 주름잡는다. 사실 이스트리버는 오프라인에서는 소통 불가능한 존재들이다. 퀸, 비틀즈 등을 흉내낸 코스프레 중독에다 박민수조차 열받게 만드는 정신없는 말들과 행동. 한마디로 대책이 안 서는 인간들이다. 하지만, 인터넷 공간에서라면 이 모든 것은 장기로 활용될 수 있다. 그들의 맹활약으로 최곤의 방송은 전국으로 전파된다. 인터넷은 자본과 대중 모두에게 열려진 공간이다. 이스트리버는 이 열린 공간을 자신들의 우상 최곤을 위해 적극 활용한 것이다.

이렇게 두 개의 코뮤니티가 형성되면서 최곤과 그의 무리들은 이주민에서 유목민으로 변이한다. 이주민이 단지 이동을 통해서만 자신을 표현한다면, 유목민은 자신이 가는 곳마다 새로운 삶을 창안하는 존재다. 전자가 늘 길 위에 있으면서 고향이나 가족, 다시 말해 귀환할 곳을 기억하고 있다면, 후자는 기억의 중력장에서 벗어나 삶의 새로운 척도들을 만들어 낸다. 최곤과 박민수는 영월이라는 불모지에서 여러 이질적 삶들과 접속함으로써 예기치 않은 사건들을 연출해 냈다. 불모의 유배지를 유목민의 초원으로 바꾼 것이다.

탈주에서 생성으로

방송이 좀 뜨고 난 뒤, 동강순대집에서 방송국 멤버들이 다함께 술을 마신다. 강PD가 취해서 최곤과 박민수한테 주사를 부린다.

"봐봐요. 추하지 않아요? 영월까진 왜 와 가지고."
"이 촌구석에 매니지먼트할 게 뭐 있다고. 아저씨 가족 없어요?"

이런 식으로 최곤과 박민수의 아픈 구석을 마구 쑤시더니 그냥 쓰러져 버린다. 박민수가 강PD를 업고 최곤과 함께 동강다리 위를 걷는다.

"형, 힘들지?"(최곤)
"왜 이렇게 무겁냐 얜."(박민수)
"형, 우리 그냥 찢어질까?"(최곤)
"열심히 할게."(박민수)

이 영화에서 가장 진지하고 가슴 뭉클한 대사다. 사실 강PD가

한 말은 다 진실이다. 방송이 좀 떴다 한들 그는 이미 한물 간 스타다. 그런데도 이들은 찢어지지 못한다. 왜? 서로에 대한 우정 때문이다. 그런데 이건 단순히 정이 깊이 들어서만은 아니다. 돈이나 권력, 명예 따위를 벗어난, 다시 말해 '탈코드화된' 영역에 있어서 둘이 깊이 교감하고 있기 때문이다. 최곤의 성격은 참, 한심하다. 더럽고 유치하고 거칠고. 하지만 절대, 비굴하진 않다. 그 야생성은 다른 누구도 흉내 내기 어려운 특이성을 지니고 있다. 따라서 언뜻 보면 박민수가 최곤을 위해 일방적으로 희생하는 것처럼 보이지만, 꼭 그런 것만은 아니다. 박민수는 최곤의 야생성에서 자본과 가족주의의 영토를 넘어서는 삶의 충동을 본다. 그것은 오직 최곤만이 줄 수 있는 '기쁜 능동촉발'(스피노자)이다.

드디어 영화의 클라이맥스, 〈최곤의 오후의 희망곡〉 100일 기념 축제가 열린다. 이스트리버의 기발한 아이디어로 만들어진 무대다. 영월이 한눈에 보이는 산 위에 라이브 무대가 마련되었다. 덕분에 이스트리버는 생애 처음 라이브 무대를 갖게 된다. 이스트리버는 최곤 덕분에, 최곤은 이스트리버 덕분에 상생의 리듬을 연출하게 된 것이다. 축제란 바로 이런 것이다. 스타와 대중, 일상과 이벤트 사이의 경계가 무너질 때, 그때 비로소 진정한 축제가 가능하다. 무대에 선 최곤은 애청자들을 하나씩 호명해 준다. 그들의 삶은 이미 하나의 네트워크 안에 연결되어 있다. 그리고 그러한 접속을 통해 방송과 삶, 노래와 현실이 하나 되는 축제가 생성된다.

생성의 열기가 뜨거워지자 당연히 자본이 개입한다. 자본은 늘 이 생성의 에너지를 흡인하면서 자신을 증식해 가기 때문이다. 68혁명 이후 록의 역사가 잘 보여 주듯이. 그것은 혁명의 열기조차 포획해버린다. 스타팩토리 사장이 직접 영월까지 납시어 최곤을 스카웃하려 한다. "음반시장에 7080에 대한 수요가 있습니다. 지금이야말로 최곤 씨를 팔 수 있는 마지막 기회입니다." 그리고 그는 박민수라는 중간매개자를 치워 버리려 한다. 최곤을 파는 데 장애가 되기 때문이다. 그가 박민수한테 하는 말, "그의 걸림돌이 되시겠습니까?" 참으로 쿨한 세계다. 박민수가 최곤과 세상을 연결해 주는 전령사라면, 스타팩토리 사장은 최곤을 시장의 상품으로 소비하는 마케터다. 흥미롭게도 자본이 이렇게 개입하는 순간, 박민수는 최곤과 결별하고 가족으로 회귀한다. 자본과 가족의 기묘한 공모관계를 보여 주는 장면! 박민수는 최곤한테 이렇게 둘러댄다. "늙어서 따순 밥 얻어먹으려면 지금이라도 기어들어가서 (김밥집) 카운터라도 봐야 되는 거 아니냐?" 참으로 서글픈 대사다. 어떤 마누라보다도 더 최곤을 잘 내조하면서 가족 안으로 돌아갈 때는 이런 화법을 쓰다니. 정체성이란 고정된 것이 아니라, 배치의 산물임을 말해 주는 대목이다. 그런 점에서 가족주의──더 정확히 말하면 스위트 홈에 대한 판타지──란 배치는 근본적으로 구제불능이다. 책임과 의무, 희생과 헌신이라는 축을 통해 삶의 새로운 가능성을 차단해 버린다는 점에서 말이다.

자본의 마수를 알아채자, 최곤은 거칠게 저항한다. 록커답게! 아무리 막돼 먹은 최곤이지만 그는 박민수와 자신의 관계가 결코 돈으로, 성공으로 환원될 수 없는 것임을 분명히 알고 있다. 만약 그가 스타팩토리 사장의 제안을 받아들인다면? 얼마간 상품으로 팔리다 수요가 떨어지면 즉시 폐기처분될 것이다. 그러고 나면 또 다시 추락을 거듭할 테고. 하지만 자본과 상품의 유혹에 저항하는 순간, 그는 날개를 달고 날아오를 수 있다. 자유의 새로운 공간을 향하여! 그런 점에서 유목민으로 산다는 것, 비계급적 존재가 된다는 건 아주 간단하다. 자본으로 환원되지 않는 삶의 다양한 가능성과 흐름을 포기하지만 않으면 되는 것이다.

사실 최곤은 이미 예전의 그가 아니다. 축제무대에서 관중들의 열광적 환호에도 불구하고 그는 '노래 부르기'를 끝내 사양한다. 그걸 지켜보고 있던 스타팩토리 사장이 하는 말, "최곤 씨가 노래하기엔 무대가 너무 작지요." 자본가란 참 어쩔 수 없는 존재다. 최곤의 변신을 전혀 눈치채지 못하고 있다. 최곤이 노래를 안 한 이유는 그게 아니다. "다시 노래하고 싶을까 봐." 어차피 다시 가수왕이 된다는 건 불가능하다. 그 허망한 꿈을 좇기보단 이스트리버에게 무대를 내어 주고 자신은 이스트리버와 마을사람들의 배경이 되어 주고자 한 것이다. 음반을 내 준다고 하는 스타팩토리 사장의 유혹을 뿌리칠 수 있었던 것도 그 때문이다. 동시에 라디오 프로그램의 서울 이전도 격렬하게 거부한다. 서울의 방송국장이 최곤에게 호통친다. "너 재기하기 싫어?" 최곤은 단호하게 대답한다. "네, 재기하기 싫어요."

결국 방송은 영월에서 전국으로 쏘게 된다. 영월, 그 변방의 유배지가 중심이 되는 순간이다. 그렇다. 유목민이란 중심을 향해 움직이는 것이 아니라, 자신이 사는 곳을 중심으로 만드는 존재다. 아무리 황폐한 곳일지라도 그곳에 들러붙어 삶을 창안하는 순간, 그곳은 세상, 아니 우주의 중심이 된다. 그래서 유목민은 가는 곳마다 길이 된다!

최곤의 저항이 탈주를 넘어 생성이 될 수 있는 이유도 여기에 있다. 탈주는 그 자체로 좋은 것도 나쁜 것도 아니다. 자본의 척도를 넘어 무조건 외부를 향해 치닫는 흐름이자 운동일 뿐이다. 그것이 새로운 생성으로 이어질지 아니면 죽음의 선을 타게 될지는 아무도 예측하기 어렵다. 음주·폭행·대마초 등 그가 그동안 저지른 일탈행위들은 대개 후자에 가깝다. 하지만, 지금 그는 영월주민들과 접속하면서 전혀 다른 리듬을 탄다.

박민수가 떠나고 깊은 좌절에 빠졌을 때, 그가 찾은 곳은 동강순대국집. 그는 거기서 꼬마 호영이랑 친구가 된다. 그리고 호영이가 아빠를 찾을 수 있도록 도와준다.

"야, 정상철. 나 알지? 너 당장 돌아와! 마누라 찾아 집 나간 건 좋다 이거야. 당장 돌아와서 호영이 땜에 나간 게 아니라, 너 땜에 나간거라고 말하고 다시 나가. …… 빨리 돌아와, 이 나쁜 자식아."

이 또한 '방송사고'에 해당한다. 방송의 문법에 맞지도 않을뿐더러 어법 자체도 말이 안 된다. 하지만, 이것은 '깊은 공명'을 불러일으킨다. 방송을 위해 호영이를 내세운 게 아니라, 호영이를 위해 방송을 포기한 것이기 때문이다. 그의 울먹이는 협박(?)에 힘입어 호영이의 아빠는 집으로 돌아온다. 그리고 호영이는 '비와 당신'을 신청하고, 최곤은 처음 라이브로 '비와 당신'을 부른다. 축제무대 위에선 노래를 부르지 않던 그가 단지 호영이를 위해 노래를 부른 것이다. 이 순간, 노래는 돈과 성공을 위한 도구가 아니라, 타자들과 소통하는 우정의 메신저가 된다. 그의 거침없는 저항이 생성의 리듬으로 전환되는 순간이다.

에필로그 : 홀로 빛나는 별은 없다!

"너, 별자리가 뭐냐?"(박민수)

"전갈자리."(최곤)

"그래서 성질이 더럽구나. 난 물병자리.

곤아, 너 아냐? 별은 말이지. 자기 혼자 빛나는 별은 거의 없어.

다 빛을 받아서 반사하는 거야."(박민수)

둘이 영월 천문대에서 망원경으로 별자리를 보면서 나눈 대사다. 가장 빛나는 대사이자 주제가 압축된 대목이다. 홀로 빛나는 별은 없다!

왠 줄 아는가? 외로워서다. 인간은 누구나 빛나고 싶어한다. 또 누구든 빛날 수 있다. 하지만, 그것은 전적으로 배경이 있다는 전제하에서다. 그 빛남을 지켜봐 주는 타자들의 배경이. 만약 어떤 배경도 없다면 빛날 수도 없거니와 그 고립감으로 절로 소멸되고 말 것이다. 키에르케고르가 말했다던가. 고독, 그것은 죽음에 이르는 병이라고.

인간에게 고립감보다 더 두려운 것이 또 있을까? 연예인이 되고 싶은 것도, 정치가가 되고 싶은 것도, 돈과 권력에 집착하는 것도, 가족과 연애에 목숨을 거는 것도, 그 모든 욕망의 근저에는 홀로 남는 것에 대한 두려움이 있다. 그런데 문제는 이 욕망이 어느 순간, 전도되어 버린다는 데 있다. 배경을 지워 버리고 오직 혼자만 빛나고 싶어지는 것이다. 아니, 혼자만 빛날 수 있다는 어이없는 환각이 일어나는 것이다. 돈과 권력의 노예가 되고, 가족과 연애가 블랙홀이 되어 버리는 순간이 바로 그 지점이다. 지금 우리는 이런 망상이 거의 모든 이들을 지배하는 시대에 살고 있다. 서로가 서로에게 배경이 되어 주면서, 낯설고 이질적인 타자들과 공명의 지대를 만들어 가야 하는 이유가 여기에 있다. 그런 점에서 "홀로 빛나는 별은 없다."——다소 진부해 보이는 이 아포리즘이야말로 우리 시대가 요구하는 가장 절실한 윤리적 테제라 해도 좋으리라.

최곤이 방송을 통해 민수 형을 부르며 울먹인다. ——"민수 형, 얼른 돌아와. 씨~ 와서 좀 비춰 주라." 그동안은 다른 사람들의 사연을 들려주다가 이젠 자기 자신이 사연의 주인공이 된다. 김밥장사를 하고 돌아오는 버스 안에서 박민수가 그 방송을 듣는다. 김밥을 꾸역꾸역 먹으며 복받치는 감정을 꾸욱 누르고 있는 그에게 옆에서 졸고 있던 부인이 말한다. "가라! 이 화상아!" 이어지는 마지막 신. 영월 방송국에 비가 억수로 내린다. 쓸쓸하게 비를 보고 있는 최곤 앞에 민수형이 나타난다. "한 번 보고 두 번 보고 자꾸만 보고 싶네. 띵띠딩~" 그리고 곤이한테 우산을 받쳐 준다. 아마 그들은 또 다시 티격태격하며 좌충우돌을 연출할 것이다. 하지만, 그 부딪힘들 속에서 수많은 이주민, 아니 유목민들이 흘러오고 흘러갈 것이다. 서로가 서로를 비춰주면서 말이지.

『임꺽정』 등장인물 캐리커처

임꺽정
"극히 천하구 극히 귀한", 존재 자체가 모순덩어리이자 걱정스러운
인물. 하도 걱정스런 짓을 많이 해서 '걱정아, 걱정아' 하다가 이름도
꺽정이가 되었다. 소백정의 아들로 태어났지만 넘치는 힘과 충만한
자존심이 있으니 세상 무서울 것이 없다. 아, 한 가지 약점은 무식하
다……기보다 문자에 약하다. 갖바치에게 병법을 배울 때도 이야기
로 배웠다. 문자는 싫어하지만 배우는 건 참 좋아한다. 하여, 길 위에
서 병법과 말타기와 검술까지 다 익혔다. 타고난 힘과 카리스마, 그리
고 완벽한 기술로 청석골 화적패의 우두머리가 되었다. 그의 힘과 무
술은 흉내낼 수 없지만 배움에 대한 열정, 충만한 자존심, 우정과 의
리만큼은 우리 시대 백수들도 얼마든지 따라잡을 수 있다.^^

이봉학
꺽정이의 죽마고우로 활의 달인이다. 어린 시절, 할머니를 따라 잠시
절에서 지낸 적이 있는데, 꺽정이, 유복이도 없이 혼자 있는 시간이
심심하여 싸리나무로 활을 만들어 활장난을 시작한 것이 그를 활의
고수로 만든 것. 청석골패 중 유일하게 정규직 출신이다. 하지만 그
어떤 지위와 안정도 친구보다 중할 순 없다. 해서 기꺼이 청석골 두령
이 되었다. 이런 열정이 있었기에 '활의 달인'이 되었으리라. 사랑 앞
에서는 제도와 관습, 귀신까지 물리쳐 버리는 로맨티스트.

박유복
꺽정이, 봉학이와 함께 의형제의 '원년 멤버'. 태어나기도 전 아버지
를 잃어 '유복이'가 되었다. 젊은 시절 갑자기 병에 걸려 10년이나 앓
은뱅이 생활을 해야 했다. 이때 심심풀이로 하던 나무 꼬챙이 던지기
장난이 나중에는 일심정력으로 익힌 재주가 되었다. 이인을 만나 몸
을 회복하고 아버지의 원수도 갚고 도망길에는 장가도 드는 능력자
다. 험한 인생역정 속에서도 착하고 어진 마음씨를 버리지 않았다.

길막봉

소금장수 출신으로 이곳저곳을 떠돌지만 술 마시는 게 주업이다. 그 유명한 '쇠도리깨 도적' 오주와 맞짱을 떠서 그를 묵사발로 만들어 놓을 정도로 기운이 장사다. 소금 팔러 다니다 얼결에 데릴사위가 되었다가 장모의 구박이 어찌나 심한지 처갓집에서 쫓겨나 결국 청석골로 들어가게 된다. 장모님 덕에 화적이 된 참 기구한 팔자!

황천왕동

꺽정이의 처남, 즉 운총이의 동생이다. 꺽정이만큼이나 문자에 약하지만 걸음이 엄청 빨라, 전국의 소식을 실시간으로 청석골에 전달해 주는 역할을 한다. 매형한테 얹혀사는 처지에 뜬금없이 장기에 꽂혔다. 방방곡곡 전국 국수를 찾아 장기를 겨루다 마침내 백이방네 데릴사위가 되어 예쁜 색시까지 얻는다. 뭐든 일심으로 하다 보면 반드시 좋은 인연을 만나게 된다는 사실. 호랑이사냥 때 돌팔매의 달인 배돌석이를 만나 그와 둘도 없는 친구가 된다. 아, 칠두령 중에 최고의 꽃미남이지만 바람기는커녕, '일편단심 민들레'다.

곽오주

쇠도리깨질로 여러 사람을 쓰러뜨렸다. 그러나 그의 진정한 무기는 덩치와 기운에 어울리지 않는 "애걔걔" 소리. 유복이와 힘겨루기를 할 때 이 한마디로 유복이의 마음을 녹아내리게 했다. 마누라가 산후더침으로 죽고 젖먹이를 젖동냥해서 키우다 아이가 너무 우는 통에 정신줄을 놓고 패대기쳐서 죽게 한 후부터 애울음소리만 나면 발광을 한다. 이걸 진정시킬 수 있는 유일한 사람이 유복이다. 유복이와 오주의 사랑은 그 어떤 에로스보다 깊고 뜨겁다.

배돌석

돌팔매의 고장에서 나고 자라 돌팔매의 달인이 되었다. 대갓집 비부쟁이 노릇을 하였으나 처가 주인댁과 '그렇고 그런' 사이라는 것을 알고는 둘을 혼쭐을 낸 뒤 떠돌다 황주의 호랑이 사냥에 참가한다. 이때 천왕동이를 만나 둘도 없는 친구가 된다. 여자를 엄청 밝히건만 여자복은 지지리도 없는 캐릭터. 성질 더럽고 팔자는 억수로 사납지만 돌팔매를 칠 때 그의 모습은 진짜 멋지다. 그 덕에 청설골 두령이 되었고, 거기에서 천생배필을 만난다.

오가(오두령)

본명은 개도치. 청석골의 터줏대감이나 힘 쓰는 일에는 소질이 없다. 도적질보단 입으로 먹고산다. 말발 하나는 끝내준다. 말발만큼이나 기가 막힌 것은 아내에 대한 지고지순한 사랑. 과부가 된 아내와 사랑의 도피를 해서 터를 잡은 곳이 청석골. 그래서 그는 관군의 공격으로 꺽정이패가 떠난 후에도 끝까지 아내의 무덤이 있는 청석골을 지킨다. 입담과 의리만 있어도 세상은 그럭저럭 살 만하다는 걸 온몸으로 증명해 주는 인물.

갓바치

속명은 양주팔, 법명은 병해. 일찍이 백정학자로 이름을 날렸으며 꺽정이(에게는 사돈어른이기도 하다), 봉학이, 유복이의 어릴 적 스승이다. 묘향산에서 이천년(정희량)의 제자로 사주명리학의 이치를 모두 전수받고 서울로 돌아와 갓바치 생활을 하며 조광조, 심의 등과 교류하였다. 조광조의 죽음 이후 머리를 깎고 병해대사가 되어 꺽정이와 주유천하를 한 후 죽산 칠장사로 들어가 생불로 자리잡는다. 가장 천하게 태어났으나, 가장 고귀하게 생을 마감한 인물. 그에게는 길이 곧 스승이자 인생이었다. 우리 시대 백수들의 진정한 롤모델이다.

서림

청석골 제일의 모사꾼. 청석골의 다른 두령들이 몸을 쓸 때 오로지 머리와 입만 쓴다. 좋게 말하면 박학다식하고 솔직히 말하면 잔머리의 대가다. 아전으로 일하다 공금횡령 사건을 일으키고 청석골로 들어왔다. 청석골의 조직적 수준을 업그레이드하는 데 크게 기여했지만, 포도청에 잡힌 후엔 꺽정이를 잡을 수 있는 온갖 아이디어를 쏟아내는 배신의 달인이다.

노밤이

영평 땅에서 임꺽정 행세를 하다 임꺽정에게 딱 걸린다. 꺽정이에게 온갖 아부를 떨면서 목숨을 구걸하는데, 입만 열면 거짓말이 술술 나온다. 거짓말이 그를 가장 용감하게 하는 힘이다. 남들이 잘 쳐다보지도 못하는 꺽정이 앞에서 수시로 농담 따먹기를 하기까지 한다. 그러다가 꺽정이에게 삐쳐 포교들한테 정보를 흘리고 그래서 결국 자기도 잡혀들어갔다가 다시 꺽정이를 잡겠다며 청석골로 들어가는 배신과 도주를 반복하는 인생을 산다. 이름하여, 호모 치투스(사기의 달인)!

『임꺽정』인물관계도

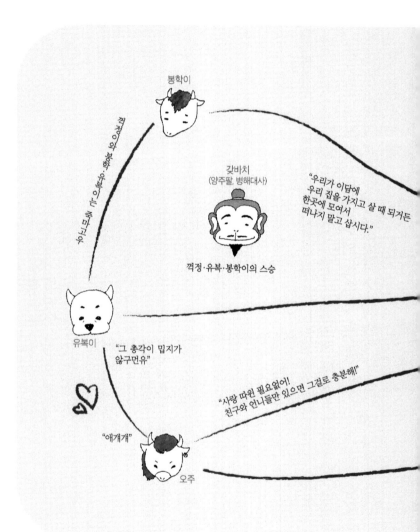

봉학이

갖바치
(양주팔, 병해대사)

꺽정·유복·봉학이의 스승

"우리가 이담에
우리 집을 가지고 살 때 되거든
한곳에 모여서
떠나지 말고 삽시다."

꺽정이와 봉학·유복이는 죽마고우

유복이

"그 총각이 밉지가
않구먼유"

"사랑 따윈 필요없어!
친구와 언니들만 있으면 그걸로 충분해!"

"애개개"

오주

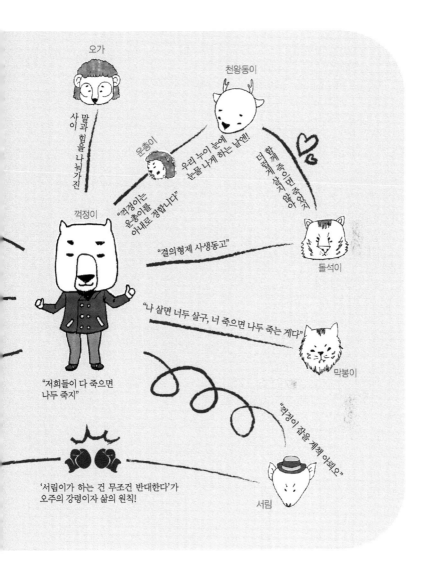